국내 1호
관광커뮤니케이터가
세계를 여행하며 발견한
관광의 비밀

윤지민의

리얼
관광

윤지민의
리얼관광

글/사진	윤지민
초판 1쇄 인쇄	2016년 10월 20일
초판 2쇄 발행	2019년 11월 25일

발행처	이야기나무
발행인/편집인	김상아
아트 디렉터	박기영
기획/편집	박선정, 김정예
홍보/마케팅	한소라, 김영란
표지 디자인	한하림, 전동렬
디자인	온나라, 박현미, 장정원
인쇄	중앙 P&L
등록번호	제25100-2011-304호
등록일자	2011년 10월 20일
주소	서울시 마포구 연남로 13길 1 레이즈빌딩 5층
전화	02-3142-0588
팩스	02-334-1588
이메일	book@bombaram.net
홈페이지	www.yiyaginamu.net
페이스북	www.facebook.com/yiyaginamu
인스타그램	yiyaginamu_
블로그	blog.naver.com/yiyaginamu

ISBN 979-11-85860-24-4
값 17,000원

「이 도서의 국립중앙도서관 출판예정도서목록(CIP)은 서지정보유통지원시스템 홈페이지(http://seoji.nl.go.kr)와
국가자료공동목록시스템(http://www.nl.go.kr/kolisnet)에서 이용하실 수 있습니다.(CIP제어번호: CIP2016023864)」

국내 1호
관광커뮤니케이터가
세계를 여행하며 발견한
관광의 비밀

윤지민의
리얼
관광

Contents

Prologue

　　　　세계 여행을 떠나는 날, 아침부터 하루종일 눈물이 멈추지
않았다. 너무 많은 것을 남겨두고 떠나는 것 같았고, 도착할 도시에
대한 기대는커녕 걱정만 가득했다. 무섭고 두려웠다. 비행기 옆 자리에
앉은 사람이 괜찮냐고 물어볼 정도로 정신 없이 울다가 첫 도시에
내리자마자 정신이 번쩍 들었다. 두렵다는 이유로 망설이고 있을 새가
없었다. 당장 오늘 지내야 할 곳, 끼니를 해결할 곳을 찾아야 했고, 내가
계획한 여행을 시작해야 했다.

여행에서 돌아와 가장 크게 달라진 부분이라면 매 순간 여행하듯
살게 되었다는 것이다. 일상도 이제 여행과 별반 다르지 않다. 현재
관광커뮤니케이터라는 새로운 직업을 만들어가며 살고 있는 나는 매일
어떤 일이 생길지 몰라 두렵고, 어디로 가야 할지 몰라 갈팡질팡한다.

세상에 있는 그대로 던져져 앞에 놓인 알 수 없는 길을 찾아가는
여행자인 것이다. 여행이 삶이 되는 순간을 꿈꾸고, 여행을 일로 하는
삶을 꿈꾸었으니 꿈을 이룬 셈이다.

세계 여행을 떠난 가장 큰 이유는 내가 원하는 나의 모습을 찾고 싶었기
때문이다. 나도 모르는 사이 현실에 안주하며 꼭꼭 숨어버리는 모습이
아닌 끊임없이 도전하고 새로운 세상을 갈망하는 나를 만나고 싶었다.
여행에서 나는 순수한 마음으로 내가 보고 싶은 것을 보았고, 묻고 싶은
것을 물었으며, 얻고 싶은 것을 얻었다.

이 책은 스스로 원하는 모습을 찾아가는 한 여행자의 기록이다.
그리고 그 여행은 아직도 끝나지 않았다.

Beginning of Travel

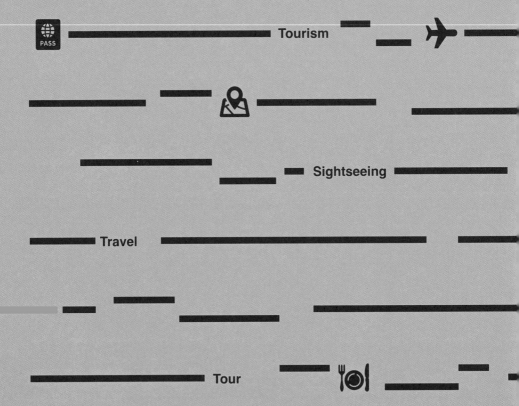

Real

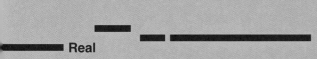

진짜 관광을 배우러
세계 여행을 떠나다

관광을 평생의
업으로 ──── 정하다

2008년, 교환학생으로 1년 동안 살았던 싱가포르^{Singapore}에서 나는
도시국가의 편안함과 답답함을 동시에 느꼈다. 싱가포르는 서울보다
생활반경이 좁다. 면적은 서울과 비슷하지만, 서울만큼 주거
클러스터가 많지 않고, 도심 지역과 관광지는 남부 해안가에 몰려 있어
갈 수 있는 곳이 한정되어 있다. 그런데도 싱가포르는 아시아의 대표
관광지로 인기가 많다. 대체 싱가포르의 어떤 매력이 관광객들을 불러
모으는 것일까?

궁금증을 해소하고자 다니고 있던 싱가포르경영대학의 'World Travel
and Tourism'이라는 수업을 청강했다. 그리고 수업을 통해 관광지의
매력은 실제 그곳에 얼마나 많은 볼거리와 즐길 거리가 있느냐는
사실과 더불어 지리적 위치, 마케팅, 언어, 문화 등 수많은 요소가
결정한다는 사실을 알게 되었다. 이러한 요소들이 복합적으로 작용하는
것이 바로 관광이었다. 그때 처음으로 관광에 매력을 느꼈고, 이
분야에서 일을 해 보고 싶다는 생각이 들었다.

하지만 관광학 전공자도 아닌 내가 관광 분야에 취업하려면 관련
스펙이 필요했다. 그때부터 여행사 학생 마케터, 관광가이드
아르바이트, 이집트 관광청 한국 홍보사무소 인턴, MICE 아카데미,
호텔체인 박람회 통역, 청와대 문화체육관광비서실 인턴 등 관련
기회가 생기는 대로 관광과 관련된 다양한 경험을 쌓았다. 그러면서

관광이라는 분야가 무척이나 광범위하다는 사실을 알게 되었고, 정부 차원에서 바라보는 관광에 관심이 생겼다. 그리고 이를 더 깊게 공부하고자 2년 동안 미국의 대학원에서 정책학을 공부하며 도시에 관광객을 끌어들이는 문화적 요인들, 브랜드 마케팅 요인들과 그러한 결과물을 정책으로 만들어내는 방법을 연구했다. 그리고 우여곡절 끝에 서울시청에서 한류관광과 한류마케팅을 담당하는 주무관이 되었다. 그렇게 나는 내가 선택한 '업'을 향해 한 걸음씩 나아가고 있었다.

고민이   시작되다

화장품을 사러 명동에 갔을 때였다. 매장에 들어가 제품을 추천해 달라는 나를 직원이 말똥말똥 쳐다보며 중국어로 대답했다. 순간 기분이 상했지만 제품을 골라 계산대로 향했다. 그런데 이번에는 샘플이 문제였다. 중국인 손님에게는 한 주먹씩 집어주던 샘플을 내게는 선심 쓰듯 한두 개만 주는 것이 아닌가! 한국어도 못 하는 불친절한 직원들에게 역차별을 당하고 불쾌한 기분으로 매장을 나섰다. 머릿속이 복잡해졌다.

'관광객의 편의를 위한 것은 좋지만 그로 인해 현지인이 불편해진다면,
과연 이게 올바른 방향인 걸까?'

그렇게 시작된 고민과 회의는 걷잡을 수 없이 커져만 갔다. 혹시 나처럼
관광객으로 인해 불편을 겪는 시민이 있지는 않을까? 시민들의 세금으로
만드는 가이드북은 과연 시민들에게 도움이 되고 있을까? 이런저런
생각에 파묻히다 보니 점점 업무에서 자신감을 잃어갔다.

기관 특성상 사업 보고서를 쓸 때 예산 사용에 대한 효과를 명시해야
하는데 그 결과를 보여줄 수 있는 건 숫자밖에 없었다. 때문에 해당
사업이 얼마나 많은 관광객을 유치했고, 얼마만큼의 경제 효과를
창출했는지 알기 위해 관광객들을 숫자와 금액으로만 봐야 했다.
분명 통계적이고 산업적인 접근은 필요하다. 하지만 사람들의 기본
욕구와 맞닿아 있는 관광은 얼마나 많은 사람이 기억에 남는 경험을
하고, 그들의 기대와 욕구를 충족시킬 수 있었는지에 대한 고민 역시
중요하다고 생각했다. 결국 관광은 사람을 대하는 일이기 때문이다.

사무실에서 종이로만 관광을 말하는 데 익숙해지면서 세상에서 벌어지는
'진짜 관광'을 놓치고 있다는 생각이 들었다. 나는 더 넓게 경험하고 더
깊이 고민하고 싶었다. 여행이 좋아서 관광을 선택했지만 여행도, 관광도
제대로 하지 못하는 상황이 갑갑했다. 그렇게 퇴사를 결심했다.

진짜 관광을 배우려
세계 여행을 ——— 떠나다 ———

그러나 막상 회사를 그만두기로 결심하자 너무 괴로웠다. 아직 정리되지
않은 감정들과 너무 많은 것을 내려놓는 것 같다는 생각에 잠을 이루지
못했다.

내가 꿈꾸던 '진짜 관광'을 배우려면 어떻게 해야 할까? 방법은 하나밖에
없었다. 직접 관광객이 되어 경험하고, 관광을 삶의 일부로 받아들이고
살아가는 사람들을 만나보는 수밖에. 관광의 첫 출발점인 여행자로
돌아가 진짜 관광을 어떻게 바라봐야 할지 경험하고, 관광(Tourism)의
개념을 내가 어떻게 이해할지에 대한 답을 찾고 싶었다. 여행으로부터
비롯된 관광이라는 산업이, 그리고 사회현상이 세계 각 도시와 우리
삶에 어떤 영향을 미치고 있는지, 다른 나라는 관광을 어떻게 바라보고
있는지, 경험하고 물어보고 비교하면서 답을 찾고 싶었다.

그렇게 막연한 세계 여행의 꿈을 꺼내 놓았다. 떠나야 한다는 사실이
명확해지니 몸도 마음도 가벼워졌다. 여행을 통해 무언가를 해내겠다는
욕심보다 마음껏 배우고 오겠다는 마음이 커졌다. 기대와 함께 자신감도
상승했고, 무엇보다도 설레기 시작했다. 그렇게 진짜 관광을 배우기 위한
나만의 여행이 시작되었다.

Travel
Talk
Tourism

Nature / Activities

Festivals / Events

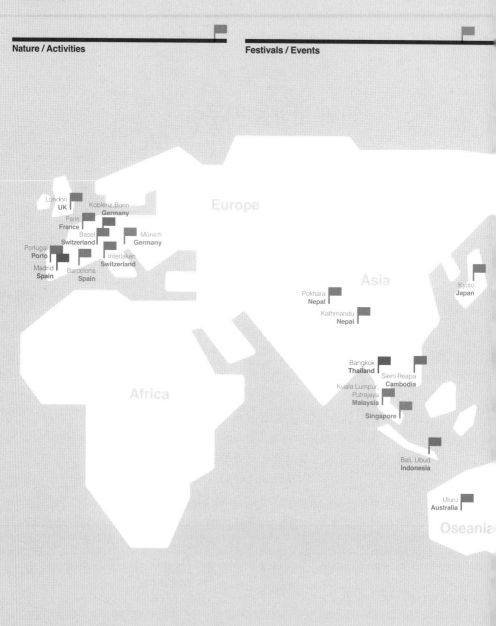

Europe

London
UK

Koblenz, Bonn
Germany

Paris
France

Basel
Switzerland

Münich
Germany

Portugal
Porto

Interlaken
Switzerland

Madrid
Spain

Barcelona
Spain

Asia

Kyoto
Japan

Pokhara
Nepal

Kathmandu
Nepal

Bangkok
Thailand

Siem Reapa
Cambodia

Africa

Kuala Lumpur,
Putrajaya
Malaysia

Singapore

Bali, Ubud
Indonesia

Uluru
Australia

Oseania

Community / Heritage

Nightlife

MAP

Entertainment / Theme Park

Design / Architecture

North America
South America
Toronto
Canada
Boston
USA
New York
USA
Philadelphia
USA
Washington D.C.
USA
LA
USA
Las Vegas
USA
Tequila
Mexico
Guadalajara
Mexico
Valle de Bravo
Mexico
Cancun
Mexico
Tulum
Mexico
Havana
Cuba
Antigua
Guatemala
Semuc Champey
Guatemala
Sydney
Australia
Melbourne
Australia
North Island
New Zealand

City Image

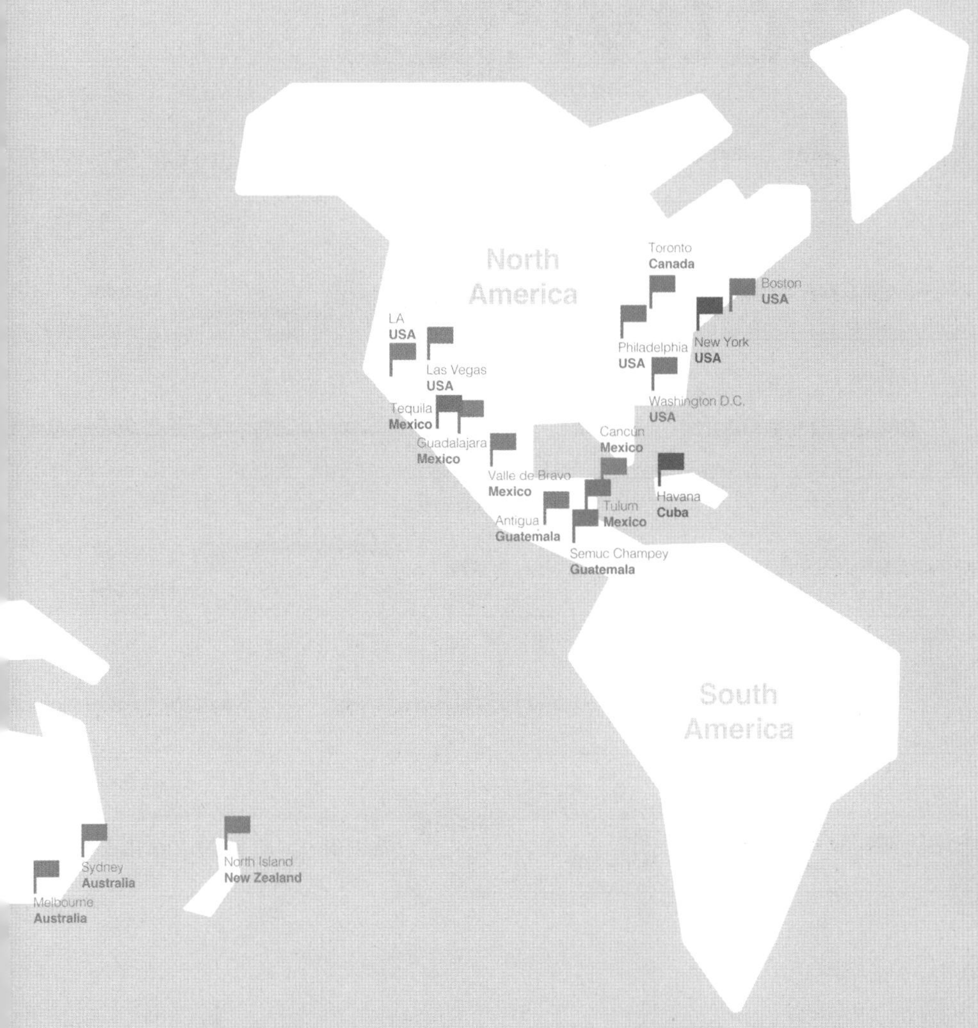

Nature
Activities

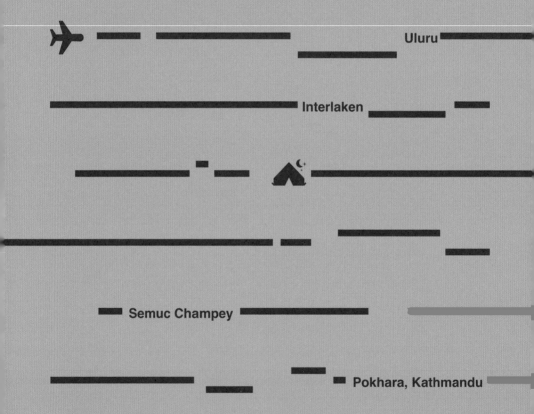

Uluru

Interlaken

Semuc Champey

Pokhara, Kathmandu

Tulum

날 것의
아름다움을 활용하라

세상의 중심에서
단체관광의 답을 찾다

호주 ━━━━━━━━━━━━━━━━━━━━━━ 울룰루

세상의 중심,
이곳이 내 사무실이야

새벽 5시 반, 털털거리는 20인승 버스를 세계 각국에서 온 사람들이 가득
채웠다. 울룰루^{Uluru}에서 가장 가까운 도시인 앨리스스프링스^{Alice Springs}에서
출발하는 캠핑 투어에 참여하는 사람들이다. 짧지도 길지도 않아
가장 인기가 있는 2박 3일 캠핑 투어 프로그램은 울룰루를 비롯하여
카타추타^{Kata Tjuta}와 킹스캐니언^{Kings Canyon}을 둘러보는 일정으로 구성된다.
식사와 이동, 국립공원 입장료 등이 포함된 가격은 350달러 내외. 포함된
사항들을 봤을 때 적당한 듯하여 투어를 신청했다.

2박 3일 동안 우리를 이끌어줄 가이드 킬리안은 큰 덩치와 빡빡머리
탓에 첫인상은 살짝 무서웠지만 밝은 에너지가 넘치는 사람이었다.

"앞으로 3일간 저는 여러분을 위해 운전사, 요리사, 가이드, 심부름꾼,
엔터테이너가 되겠습니다!"

끝도 없이 나열되는 그의 역할에 버스에 탄 사람들은 어색한 가운데 함께 웃었다. 운 좋게도 운전석 바로 뒷자리에 앉은 나는 그가 운전하는 동안 이런저런 말을 걸었다.

"킬리안, 언제부터 여기에서 가이드 일을 했어?"
"이제 2년 정도 된 것 같아."
"투어는 한 달에 몇 번 정도 나가?"
"적게는 5번에서 많게는 7번 정도. 한 달 중 2/3 정도는 나와 있는 듯해. 투어를 할 때는 운전도 오래 하고 일찍 일어나야 해서 힘들지만 그래도 다녀오면 또 하루 이틀 푹 쉴 수 있으니까 괜찮아."
"가이드로 일하면서는 어떤 점이 제일 좋아?"
"여기가 내 사무실이잖아. 하루에 400km 이상 운전해도 매일 이 경이로운 풍경을 볼 수 있다는 게 행복해. 새로운 사람들을 만나는 것도 좋지만 난 무엇보다 자연과 함께하는 순간들이 정말 좋거든. 원래도 캠핑하고 밖에서 별을 보면서 자는 걸 좋아하는데 여기선 얼마든지 할 수 있잖아."

매일 새벽같이 일어나 그룹의 모든 사람을 챙겨야 하는 가이드 일은 절대 쉽지 않다. 안내하는 장소에 애정이 있어야 하고 그 과정을 즐겨야 사람들을 이끌 수 있다. 킬리안은 진심으로 자신의 일을 사랑하고 있었다. 아웃백에 최적화된 그와 함께할 3일이 기대된다.

이 땅의 주인인
애보리진의 문화를 존중하는 법

정오 무렵 울룰루에 도착한 우리는 애보리진 문화센터Aboriginal Cultural Center를 찾았다. 울룰루에 온 사람이라면 가장 먼저 들러야 하는 장소다. 원래 이 땅의 주인인 애보리진의 문화를 충분히 이해하고 울룰루를 관람해야 하기 때문이다. 울룰루에서 가이드 허가증을 받으려면 필수 교육 과정을 들어야 하는데 그때 가장 중요하게 배우는 것이 바로 애보리진 문화를 존중하는 법이라고 한다. 킬리안은 애보리진들의 법률, 도덕, 가치 등 그들의 문화를 하나씩 알아가는 것이 행복하고 뿌듯하다고 말했다.

킬리만은
진심으로 자신의 일을
사랑하고 있었다

킬리안이 가장 먼저, 그리고 중요하게 언급한 것은 사진 촬영에 대한
부분이다. 센터 내에서나 그들이 신성시하는 울룰루 곳곳에서는 어떠한
사진이나 비디오 촬영도 철저하게 금지되었다.

"만약 모르는 사람들이 가족 장례식장이나 무덤 앞에서 브이자를 그리며
사진을 찍는다고 생각해 봐. 너희에겐 아무렇지 않은 행동이 그들에게는
정말 큰 무례가 될 수 있어."

킬리안은 애보리진들에게 울룰루는 신성하고 소중한 곳이며, 그들의
문화를 최대한 존중해야 함을 거듭 강조했다. 예전에는 투어 코스의
일부로 관광객들이 울룰루 위를 오를 수 있게 바위에 말뚝을 박고
발판을 달기도 했었다. 하지만 신성한 공간을 침범당하며 안타까워하는
애보리진들을 위해 지금은 호주 국립공원^{National Parks Australia}이 이러한
활동들을 규제하고 있다. 센터 내에서의 안내 요원은 대부분 애보리진이
아닌 백인이었는데 그 이유를 킬리안이 설명해 주었다.

"방문자들이 애보리진의 문화를 제대로 이해하지 못하고 그들을 만나면
원치 않게 무례를 범할 수 있잖아. 그래서 그들의 문화를 충분히
이해하는 사람들이 중간에서 전달자 역할을 해 주고 있어."

관광객으로서는 원주민과의 교류가 없어서 실망할 수도 있지만,
중간자가 그들의 문화를 전달하고 원주민들의 생활과 문화를 보존하는
방법 또한 의미 있어 보였다. 이 외에도 울룰루에는 애보리진들이
삶에 집중할 수 있도록 돕는 복지 프로그램들이 운영된다. 애보리진
마을의 어른들은 문화센터의 이사진으로 참여하고, 학교에 적응하지
못하는 14~16세 애보리진 아이들은 공원을 관리하는 파크레인저로
트레이닝하는 프로그램도 있다. 파크레인저 프로그램은 아이들이
본인들의 유산인 울룰루에 대해 잘 알고 그들의 문화를 존중하며
자랑스러운 애보리진으로 살아갈 수 있게 돕는다.

세계 곳곳 수많은 관광지에서는 생존권을 보장해 준다는 핑계로
원주민들의 문화를 상업화하는 경우가 많다. 관광객들의 일회성 즐길
거리로 그들의 모든 것을 보여주는 대신 그들이 살아온 땅에서 그들의

문화를 계승할 수 있게 돕고, 이곳에서의 삶을 더 잘 살아내도록
지원하는 것이 건강한 국립공원의 모습이 아닐까?

국립공원을 지키기 위한
모두의 노력

호주의 국립공원이 울룰루를 찾는 여행객들에게 요구하는 것은 은근히
많다. 공원 내 숙박이 불가능하며 개폐장 시간은 엄격하게 지켜진다.
공원 안에서는 어떠한 자연물도 가지고 나갈 수 없고, 오수와 오염물은
절대로 버려서는 안 되며, 투어 전 문화센터를 꼭 들러야 하는 등.
킬리안이 알려주는 울룰루 내 규칙을 듣는 동안 여행사들이 과연 이
모든 요구사항을 지킬까에 대한 의문이 들었다. 하지만 적어도 투어
중에 만났던 다른 그룹들은 국립공원의 요구사항에 적극적으로 따랐다.
그동안 기사나 미디어에서 보았던, 이익을 위해서는 물불 가리지 않고
달려드는 여행업체들과는 다른 모습이었다. 요구사항을 어긴 여행사에는
영업자격을 취소하는 국립공원의 엄격한 잣대 때문일 수도 있지만,
국립공원의 일하는 방식을 존중하고 따르는 여행사들의 성숙한 태도가
인상적이었다.

둘째 날 동트기 전 울룰루의 일출을 보려고 모여든 수많은 여행사의
버스가 국립공원 앞에서 줄을 서 있었다. 들뜬 마음으로 기다리는
우리에게 킬리안이 종이를 한 장씩 돌렸다. 해 뜨는 시간을 맞춰가기에
공원 오픈 시간이 너무 촉박하니 개장 시간을 조금만 앞당겨달라는
청원서였다. 청원서라는 공식적인 창구를 통해 실질적인 해결방안을
찾으려는 국립공원 관리기관과 여행사의 노력이 멋져서 나도 청원
서식에 맞춰 한마디 적고 사인하여 제출했다.

호주의 국립공원은 관광객이 아닌 원주민들을 최우선으로 생각한다.
돈을 쓰러 오는 관광객을 위해 모든 것을 맞추기보다는 자신들의
자연환경을 먼저 아끼고 현지인들을 소중히 여기는 모습을 보면서 그
마음이 관광객인 나에게도 전해져 감동으로 남았다.

관광객이 아닌
원주민들을
최우선으로 생각한다

윤지민의 리얼관광 ──────── 자연/액티비티

별이 수놓인 하늘을
이불 삼아 잠을 청한

울룰루의 밤

단체관광에서
풍성한 경험을 얻는 방법

울룰루 투어는 가이드가 하나부터 열까지 챙겨주는 대신 원하지 않는
쇼핑을 하거나 옵션 투어를 해야 하는 전형적인 패키지 관광과는 달랐다.
투어 프로그램 참여자들에게는 각자 맡은 역할이 있었다. 식사 준비에
설거지는 물론이고, 땔감을 준비하면서 옷이 더러워지고 상처가 나기도
했지만 세계 각국에서 온 참여자들과 함께 자연스럽게 대화하고 친해질
수 있어서 즐거웠다.

개별 배낭여행에만 익숙했던 나는 패키지 관광에 대한 고정관념이
있었다. 정해진 일정에 좋든 싫든 다른 사람들과 함께해야 한다는 생각에
꺼렸던 게 사실이다. 하지만 이번 투어를 통해 단체관광 역시 충분히
즐거운 여행이 될 수 있음을 깨달았다. 이번 투어에서 인상적이었던 점
세 가지를 정리해 보았다.

——— 함께여서 즐거웠던 순간들 ———

첫째, 개발보다는 보존 중심의 관리. 관광지에 대한 관리기관의 깊은 애정이 느껴졌다. 호주 국립공원은 관광지에 대한 깊은 통찰력으로 최대한 관광지를 보존하는 데 집중한다. 관광객의 편의보다는 울룰루라는 자연환경과 그곳에서 수백 년 이상 살아온 원주민들을 최우선으로 생각하는 정책을 시행했고, 그 결과 더 많은 여행객이 찾아와 제대로 보고 배우며 오래도록 보존할 수 있는 환경을 만들었다.

둘째, 여행사들의 성숙한 태도. 관광지를 지속해서 일할 수 있는 일터로 생각하며 관리기관을 믿고 그들의 규제를 따르는 여행사들의 성숙한 마음가짐이 인상적이었다. 여행 중에 만났던 여행사들은 울룰루라는 자연환경이 보존되어야 그들도 오랫동안 영업을 할 수 있다고 생각하며 관리기관의 운영 방향을 믿고 따랐다. 눈앞에 작은 이익을 바라보기보다는 장기적으로 일할 수 있는 환경을 만들기 위해 관리기관과 함께 관광지를 보존하고 운영하는 데 힘을 모은 것이다.

셋째, 체계적인 가이드 트레이닝. 가이드는 관광지와 관광객의 중간자로서 관광객의 경험을 풍성하게 해 주고 가장 많은 시간을 함께 보내는 여행 메이트다. 3일간 함께한 킬리안에게는 일에 대한 애정과 사람을 향한 열정이 있었다. 그는 가이드를 하면서 애보리진 문화를 조금씩 알아가는 데 재미를 느꼈고 우리에게 그들의 문화를 제대로 알려줘야 한다는 사명감이 있었다. 이곳의 모든 가이드는 지역문화에 대해 깊이 공부할 수 있는 국립공원의 트레이닝 과정을 수료해야 하며, 여행사들은 가이드의 역량을 항상 점검하고 교육한다.

관리기관, 여행사, 가이드. 이 세 가지 조건에서 우리가 배워야 할 점이 참 많다. 쇼핑 끼워 넣기, 저가 경쟁, 가짜 가이드, 바가지 등 셀 수 없이 많은 문제가 국내 인바운드 단체관광에서 일어나고 있다. 관광을 관리 감독하는 기관이 관광지의 보존과 운영에 대한 방향을 설정하고, 지속적인 동반 성장을 위해 올바른 가이드라인을 여행사들에 제시하면서 그들을 설득하는 과정이 필요하다. 관리기관이 앞장서서 관광지를 아끼고 보존하려는 마음가짐을 보여준다면 여행사도, 그리고 가이드들도 자부심을 느끼고 일할 수 있지 않을까?

Interview ——————————

with
—— Tourism Australia

Courtney Reynolds

Partnership Marketing Executive
다양한 기관들과 파트너십을 통한 마케팅의 총괄 책임자를 맡고 있다.

"우리의 주요 타깃은
'경험을 찾는 사람들'입니다."

코트니 레이놀즈 ━━━━

2014. 06. 16

Q1. 호주 정부관광청의 역할은 무엇입니까?

A1. 호주는 관광산업이 무척 중요한 국가입니다. 정부관광청은 국가 관광산업의 전략을 세우고, 업계를 독려하여 파트너로서 관광청이 세운 전략에 동참하도록 제안합니다. 현재 장기적으로 함께한다는 전제로 9개의 파트너사와 MOU를 보유하고 있습니다. 또한 글로벌 활동에도 집중하고 있는데요, 최근에는 국내 관광마케팅 업무는 지역관광청으로 이관하고 국내 시장에 투입되던 예산을 해외로 재배정했습니다.

Q2. 정부관광청과 지역관광청의 역할은 어떻게 분담하나요?

A2. 정부관광청의 주요 역할은 더 많은 사람이 호주에 오고 싶게 만드는 것입니다. 마케팅 과정은 동기부여(Inspiration), 관심고취(Awareness), 계획(Planning) 그리고 공유(Sharing)로 나뉘는데 이 중 정부관광청은 동기부여와 관심고취 단계에 집중하고 계획 단계부터는 주관광청이 진행합니다. 간단하게 말하면 정부관광청은 호주라는 국가의 브랜드 메시지를 전달하는 데 집중합니다. 정부관광청은 매년 한 해의 테마를 정하고 전략을 수립한 뒤 각 주를 돌아다니며 지역관광청들에 전략을 설명하고 그들이 얼마나 투자하고 어느 정도 함께할지 협의하는데요, 관광객을 안내하고 여행 일정을 제공하는 등 실질적인 서비스를 제공하는 업무는 주관광청과 지역관광청에 일임합니다. 지역에서 일어나는 일들은 정부관광청보다 그들이 더 잘할 수 있으니까요. 정부관광청은 주관광청들과 긴밀하게 협업하고, 주관광청들은 그보다 더 작은 도시나 지역관광청들과 가깝게 일하고 있습니다.

Q3. 정부관광청의 주요 타깃은 누구입니까?

A3. 우리의 주요 타깃은 경험을 찾는 사람들입니다. 우리는 여행을 좋아하고 새로운 경험을 하고 싶은 청년층을 끌어들이기 위해 워킹홀리데이 프로그램을 활용하고, 그들을 대상으로 마케팅 캠페인을 진행하고 있습니다. '세계에서 가장 좋은 일자리The Best Job in the World'로 호주 해변의 섬에서 돌고래 먹이를 주면서 월급을 받는 캠페인이 세계적으로 큰 인기를 끌기도 했습니다.

길을 따라
즐기는 알프스의 정취

스위스 ━━━━━━━━━━━━━━━ 인터라켄

알프스의 정석,
인터라켄에 가다

취리히^{Zürich}에서 가까운 융프라우^{Jungfrau}는 알프스 관광의 정석이다.
융프라우가 관광지로 각광받는 이유는 알프스 중 유일하게 유네스코
세계자연유산으로 등록될 만큼 봉우리가 아름답고 접근성이 편리하기
때문이다. 해발 3,454m에 있는 유럽 최고도의 기차역까지 산악열차를
타고 올라갈 수 있어서 세계 각국에서 온 수많은 관광객이 출발지인
인터라켄^{Interlaken}을 찾는다.

스위스에 사는 이모네 집에서 신세를 지던 중 휴일을 맞아 이모네 가족과
함께 관광객들이 많이 찾는 인터라켄에 가기로 했다. 취리히에서 차로
1시간 반 거리에 있는 인터라켄은 '두 개의 호수 사이에 있는 도시'라는
의미로 아름다운 봉우리들로 둘러싸여 스위스 특유의 평화롭고 아름다운
자연을 만끽할 수 있다. 대부분 높은 산 주변에는 안개가 많아 봉우리를

보기가 쉽지 않은데, 오늘따라 쨍쨍한 햇볕 덕에 인터라켄 시내에서도 융프라우 봉우리가 깨끗하게 보였다. 높이 올라가면 설산이 더 잘 보이겠지? 벌써 마음이 들뜨기 시작했다.

알프스를 즐기는 교통수단,
트로티 바이크

"융프라우는 예전에 가봤으니 새로운 곳을 소개해 줄게! 반대편에서 융프라우와 주변 봉우리들을 한눈에 볼 수 있는 니더호른Niederhorn이라는 봉우리가 있어."

이모가 들뜬 목소리로 말했다. 니더호른에는 트로티 바이크Trotti-Bike라는 특별한 액티비티가 있다. 트로티는 페달 없는 자전거로 하산할 때 산 중턱부터 산 아래까지 타고 내려갈 수 있다. 그렇게 내려온 트로티를

케이블카로 다시 산 중턱으로 운반해야 하기에 니더호른의 케이블카는 크기가 꽤 크다. 케이블카와 트로티를 하나의 회사가 운영하다 보니 교통수단 간 연계성이 편리해 이를 활용한 트레킹, 야생동물 관찰, 바비큐 등 다양한 관광상품을 기획하여 운영하고 있었다. 1,963m의 니더호른은 3,000m 이상인 융프라우 주변 고봉들에 비해 낮은 높이로 비교적 가벼운 트레킹을 즐기는 사람들이 많이 찾는다. 케이블카나 자동차로 꽤 높은 지역까지 오를 수 있고 실제 주민들이 사는 마을을 둘러 내려가기 때문에 길을 잃을 염려가 없어 여름에는 해가 질 때쯤 운영하는 하이킹 프로그램도 있다.

트로티 바이크를 타려면
개인정보를 상세히 적어야 한다.

두근두근 트로티 바이크 출발 전!

우리도 트로티 바이크를 체험하기 위해 니더호른의 정상을 둘러본 후 내려오면서 산 중턱의 중간역에서 하차했다. 내리자마자 보이는 렌탈숍에 들어서면 가장 먼저 안전 유의사항에 서명하고 개인정보를 기재해야 한다. 이는 안전과 관계된 활동에 필수적인 절차로 이름, 주소, 연락처 등을 적어야 라이딩에 필요한 헬멧과 트로티 바이크를 받을 수 있다. 트로티 바이크를 타고 내려가는 길은 모두 내리막길이라 동력이 전혀 필요 없다. 중심만 잘 잡고 서서 브레이크만 살짝 잡으면 된다. 그래서 어린아이부터 할머니, 할아버지까지 누구나 쉽게 탈 수 있다.

트로티 바이크로 산을 내려가는 코스는 30분 코스와 1시간 코스, 두 가지다. 4인 이상 미리 예약을 하면 옵션으로 코스 마지막 지점의 레스토랑에서 호수를 바라보며 바비큐를 먹는 저녁 식사를 추가할 수도 있지만, 우리는 따로 예약을 하지 않았기에 30분 코스를 선택했다.

푸른 호수와 스위스식으로 지어진 예쁜 집들은 코너를 돌 때마다 탄성을 자아냈다. 녹아내린 만년설로 채워진 호수 색깔이 어찌나 예쁘던지 계속 사진을 찍느라 중심을 잃고 넘어질 뻔했다. 선선한 바람을 가르며 내려오는 동안 라이딩 코스 길목에 실제 거주하는 주민들도 볼 수 있었는데 집 앞 정원을 가꾸러 나온 사람도 있었고, 스위스 전통가곡을 크게 틀어놓은 집도 있었다.

"이모, 관광객들이 트로티 바이크를 타고 마을 주민들이 사용하는 길로 내려오면 차를 운전할 때 위험하기도 하고 소음 때문에 불편하지 않을까요?"
"마지막 구간의 마을을 제외하고 군데군데 떨어져 있는 집들은 목양이나 목축 목적으로 지어서 평소에는 생활하지 않고 여름별장 정도로만 활용하는 것 같아. 본인들도 휴가 때나 별장에 찾아올 테니 관광객들을 만나는 데 비교적 익숙하지 않을까?"

스위스 사람들에게 알프스 별장은 평생의 로망이나 다름없다고 한다. 이렇게 아름다운 장소에 집이 있으면 얼마나 행복할까? 우직한 설산을 벗 삼아 살아가는 그들의 여유가 느껴졌다.

우직한 설산을 벗 삼아
살아가는 그들의
여유가 느껴졌다

사랑하는 만큼
더 가까이

인터라켄 시내로 내려와 이모 가족과 스위스 전통음식을 먹으며
스위스의 관광에 관해 이야기했다. 다들 스위스에 거주한 지 오래된
데다 특히 이모부의 동생은 알프스 관광의 중심지인 인터라켄에서
한국인을 대상으로 20년째 여행사를 운영하고 계셨다.

"알프스에서 케이블카나 산악열차 등 교통수단을 만들 때는 친환경적으로
만드는 게 가장 중요해. 그리고 한번 만든 것은 최대한 오래도록 많이
활용하려 하지. 그렇게 만든 교통수단과 연계해서 완만한 루트, 경사진
루트 등 아이부터 노인까지 모두 알프스를 즐길 다양한 트레킹 루트를
만들어."
"혹시 환경파괴를 이유로 반발하는 경우는 없나요?"
"가장 우선시되는 건 주민들의 의견이야. 스위스는 지방자치가 워낙
뛰어나서 직접투표가 보편화되어 있거든. 간혹 환경단체들이 반대하는
경우가 있지만 케이블카 이슈를 비롯한 각 지역의 기본적인 정책들은
주민투표를 통해 결정하고 따르는 걸 당연하게 생각해."

스위스가 산악관광의 중심지가 될 수 있었던 가장 큰 이유는 알프스라는
자연을 스위스 사람들이 아끼고 사랑하기 때문이라는 생각이 들었다.
스스로 자연을 더 깊게 체험하기 위해 주민들이 직접 고민하고 개발
여부를 결정하다 보니 관광객들에게도 자신 있게 내보일 수 있는
관광코스와 상품이 만들어졌으리라. 산악관광 개발이 조심스러운
이유는 한번 깎아버린 산은 다시 되돌릴 수 없기 때문이다. 그래서
더욱 신중해야만 한다. 금수강산이라 불리는 우리나라 역시 아름다운
산이 많다. 예전에 서울에서 거제까지 헬리콥터를 타고 다녀올 기회가
있었다. 땅의 모양이 그대로 드러나는 높이에서 바라본 우리나라는
국토의 70%가 산지로 이루어져 있다는 것을 실감할 만큼 아름답고
푸르렀다.

아름다운 알프스의 경관을 간직하면서 친환경적인 개발을 추구하는
스위스처럼 소중한 우리 강산의 모습을 보존하며 개발하는 방법이 있을
것이다. 무엇보다도 아름다운 우리 산지를 우리가 먼저 아끼고 사랑해야
한다. 내가 먼저 우리의 자연을 소중하게 즐길 방법을 고민하고 실천해야
타지에서 온 관광객들에게도 자랑스럽게 우리의 산 한 켠을 내어줄 수
있지 않을까?

Interview

with

Switzerland Tourism

Martin Nydegger

Executive Vice President
Head of Business Development & Tourism Partnerships
사업 개발과 관광 분야 파트너십 관련 업무를 총괄하고 있다.

Q1. 관광객들이 스위스를 찾는 가장 큰 이유는 무엇일까요?

A1. 자연은 관광객이 스위스를 찾는 가장 큰 이유이자, 우리 국민 스스로 가장
자랑스러워하는 자산입니다. 그동안 스위스의 관광은 많은 변화를 겪었지만
자연의 아름다움만은 변하지 않았습니다.

"절대 변하지 않을 스위스의 가장 큰 자산은 자연의 아름다움입니다."

마틴 니데거 ━━━

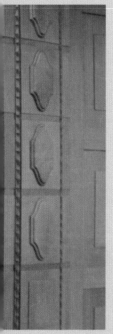

2014. 09. 18

Q2. 스위스를 관광지로 알리는 데 가장 어려운 점은 무엇입니까?

A2. 물가입니다. 원래 스위스는 물가가 높은 편인 데다, 스위스 프랑의 가치가 높아 관광객이 체험하는 물가는 훨씬 높아요. 그래서 유럽을 여행하는 배낭여행객들은 물가 때문에 스위스를 피하는 경향이 있습니다. 유로가 안정적이지 못할 때는 많은 사람이 스위스 프랑에 투자를 해서 환율이 더욱 높아지는데요, 이럴 때는 최대한 타깃 마켓을 좁혀서 물가와 관계없이 스위스의 독특한 매력과 럭셔리함을 즐길 사람들을 대상으로 홍보를 진행합니다.

Q3. 스위스 관광청의 조직과 운영에 관해 이야기해 주세요.

A3. 스위스 정부가 만들었지만 협회의 형태를 갖추고 있어 준공공기관이라고 할 수 있습니다. 전체 예산의 55%는 매년 스위스 정부에서 지원받고 45%는 자체적으로 민간 사업자와의 파트너십에서 확보하는데, 스위스항공을 비롯한 여행사, 호텔 등 다양한 분야의 700여 개 회원들이 지급하는 멤버십 비용을 예산으로 사용합니다.

현재 스위스의 대표산업인 의약산업, 금융업은 취리히, 제네바Geneva 등의 평지 도시에서 이루어지고 있습니다. 산악 지역 주민들이 생활을 지속할 산업이 없어 지역을 이탈하고 도심으로 집중되는 현상을 막기 위해 스위스 정부는 관광에 투자하고 있습니다. 지역발전에 있어 관광이 중요하다는 걸 느끼고 있어요. 스위스는 지방자치가 강해서 정부관광청과 지역관광청이 상하관계가 아닌 파트너로 협력하고 있습니다. 대부분의 큰 도시에는 관광청이 있는데 저마다 운영방식이 다르고, 시청이나 지역의 리조트 등 사기업이 주주로 함께하는 경우도 있습니다.

Q4. 기업과의 다양한 마케팅 캠페인은 어떻게 운영하나요?

A4. 스위스 관광청 멤버에는 스위스항공, 스위스철도 등 관광과 관련된 기업이 많은데요, 관광청은 관광산업의 전반을 관장해야 하기에 이와 같은 기업들과는 독점적으로 파트너십을 진행하기가 쉽지 않아요. 하지만 스위스라는 국가의 정체성을 담을 수 있는 기업과는 콜라보레이션을 진행한 경우가 많아요. 스위스 대표 은행인 UBS와 고객들에게 스위스 여행상품을 할인한 적도 있고, 각종 초콜릿 브랜드와 스위스의 풍경을 담은 관광기념 초콜릿을 제작하기도 했습니다.

세상 어디에도 없는
수중세계 탐험기

멕시코 ━━━━━━━━━━━━━━━━ 뚤룸

세상 어디에도 없는 우물,
세노떼 cenote

"맑은 물속에 구름이 있고, 나무가 있어. 인생에서 꼭 해 봐야 하는 특별한 경험이야."

여행에서 만난 정민이는 1년 동안 세계 여행을 하고 있었다. 수많은 지역을 돌아본 그가 강력히 추천한 곳은 멕시코 뚤룸 Tulum의 세노떼 앙헬리따 Angelita. 나는 여행에서 만난 세미와 함께 그가 말한 세상 어디에도 없는 우물을 찾아 어드밴스드 다이버 자격증을 따는 1박 2일 프로그램을 시작했다.

지하수가 흐르는 동굴의 석회암 천장이 무너져 만들어지는 세노떼는 그 크기와 깊이, 형태가 매우 다양하다. 석회암으로 이루어진 유카탄 반도 전역에는 수천 개의 세노떼가 있고, 뚤룸 주변에만 백여 개가 있다. 그중에서도 독특한 모양의 수중동굴이 많은 뚤룸은 동굴 다이빙 전문가들에게 천국 같은 곳이라고 한다.

어드밴스드 다이버 자격증을 따려면 2일 동안 이론 교육과 함께 다섯 번의 다이빙 실전 교육을 받아야 하는데, 뚤룸에서 이 자격증을 따면 각기 다른 세노떼 다섯 군데를 가볼 수 있다. 세노떼는 대부분 민물이지만 가끔 해수가 섞이는 곳이 있어 급격한 염분량의 변화로 아지랑이 모양의 할로클라인$^{Halocline, 염분약층 현상}$을 볼 수 있다. 바다에 비해 물속 생물들은 별로 없지만 다양한 석회동굴의 풍경과 독특한 자연현상을 구경하는 것이 세노떼 다이빙의 매력이다.

뚤룸에 있는 수많은 다이빙숍은 대부분 외국인이 운영한다. 다이빙숍을 운영하려면 초기 투자비용이 많이 들고, 고객 대부분이 관광객이라 영어도 능숙해야 하기 때문인 듯하다. 특히 뚤룸에는 세계 각국에서 다이빙을 하러 왔다가 눌러앉은 사람들이 많았는데 이들은 다이빙숍에서 강사나 다이빙을 도와주는 마스터 일을 하면서 지낸다. 다이빙을 가르쳐줄 찰스는 프랑스계 캐나다인으로 동굴 다이빙 전문가가 되기 위해 강사로 일하고 있었다.

"다이빙을 시작한 지는 3년 정도 됐어. 다이빙을 시작하고부터는 세계 곳곳을 다니면서 다이빙 강사 자격증을 따고 가르치는 일을 하고 있어."

찰스는 멕시코에 오기 전에는 플로리다에서 다이빙을 했고, 이곳에서 일하며 받는 월급을 모아 6개월 후에는 다른 곳으로 옮겨갈 거라고 했다. 아직 어디로 갈지는 정하지 않았는데, 다이빙을 하고 싶은 곳이 생기면 그곳의 다이빙숍에서 일자리를 찾을 거라 말하는 그의 삶이 자유로워

보였다. 아름다운 바다라면 어디든 일자리를 찾을 수 있는 직업이라니. 매력적이지 않은가!

신비로운
앙헬리따 다이빙

드디어 앙헬리따 다이빙을 하는 순간이 왔다. 앙헬리따는 약 40m 깊이로 뚫린 세노떼로 바다 부분의 해수와 윗부분의 담수로 이루어져 있다. 앙헬리따를 직접 보겠다는 마음으로 정글 같은 숲을 지나 엄청난 모기떼를 뚫고 물속으로 들어갔다. 눈앞에 숨 막힐 정도로 맑은 에메랄드빛 풍경이 펼쳐졌다. 푸른빛에 둘러싸여 한참을 내려가니 쭉 뻗은 나뭇가지가 보였다. 약 28m부터 한쪽으로 좁아지는 앙헬리따의 바닥에는 지반이 무너지면서 함께 가라앉은 나무와 나뭇잎들이 잠겨 있다. 좁아지는 지점을 경계로 아래쪽은 바닷물, 위쪽은 지하수로 나뉘는데 염분 차이가 크다 보니 바닥에 잠긴 나무들이 썩으며 나온 부유물들이 중간에 구름층을 만들어놓았다. 터져 나오는 탄성을 밖으로 뱉지 못하고 연신 속으로 삼켰다. 정민이 말대로 물속에 구름이 있고 나무가 있었다.

신비로운 경험은 이제부터다. 새하얀 구름층 아래까지 내려가다 보면 앞사람의 형체도 알아보기 힘든 암흑세계가 펼쳐진다. 구름층 아래 바닷물에서 썩은 나무 냄새가 마스크 사이로 조금씩 들어왔다. 준비했던 라이트를 켜고 주변을 살펴봤다. 어둡고 고요한 물속은 나무들의 공동묘지 같았다. 어드밴스드 다이버 자격증으로 내려갈 수 있는 최고 깊이는 30m. 다시 현실로 돌아갈 시간이다. 40분간 눈으로 보고도 믿지 못하는 풍경을 경험한 우리는 한동안 말을 잇지 못 했다.

신비로운 수중세계를 경험할 수 있는 뚤룸의 세노떼. 이곳에서만 경험할 수 있는 자연환경은 관광산업에 있어 엄청난 자산이다. 하지만 그렇기에 더 조심스럽게 홍보하고 유치해야겠다는 생각이 들었다. 만약 이곳의 세노떼가 수많은 사람이 찾을 정도로 유명해진다면, 하루에 들어갈 수 있는 인원을 제한하고 예약제로 운영하는 등 이 신비로운 공간을 더 오래도록, 더 많은 사람과 볼 수 있는 방법을 고민해야 할 것이다.

유카탄 반도에서
자주 볼 수 있는 세노떼 지형

신비로운 수중세계를
경험할 수 있는 세노떼

맑은 물속에 구름이 있고,
나무가 있어

인생에서 꼭 해 봐야 하는
──── 특별한 경험이야

여행하고 싶은 곳,
살고 싶은 곳

내게 뚤룸은 살고 싶은 곳이다. 이곳에 살면 심심할 틈이 없을 것 같다.
사계절 내내 해수욕을 하고, 날마다 다른 세노떼에서 다이빙을 하고,
신나게 놀고 싶을 때는 고급 리조트에서 여는 비치 파티에서 밤새도록
음악과 칵테일을 즐길 수 있다. 주변에 마야 문명이 남아 있는 매력적인
소도시들도 많아 언제든 그들의 삶으로 뛰어들 수 있고, 개발된 관광지인
칸쿤과 가까워 가족들이나 친구들이 찾아오기에도 안성맞춤이다.
무엇보다 뚤룸에서 바라보는 민트색 바다는 아무리 봐도 질리지 않을
정도로 아름답다.

아름다운 해변과 신기한 세노떼가 있는 뚤룸에서 다이빙과 스노클링을
즐기면서 사는 삶이란 얼마나 행복할까? 실제로 뚤룸에는 그렇게 지내는
사람들이 꽤 많다. 다이브 마스터인 찰스와 다이빙숍 주인 루카스,
호스텔 직원인 린다 역시 모두 뚤룸에 여행 왔다가 정착한 사람들이다.
그들에게도 뚤룸은 살고 싶은 도시였나 보다.

하지만 뚤룸에는 이렇다 할 관광정책이 없었다. 아직 개발이 안 된 작은 도시인 데다 관광청이라 부를 만한 것도, 변변한 관광안내소조차 없었다. 그저 여행객들과 다이버들 사이에서 입소문으로 알려지고, 이곳을 찾은 여행객들이 정착하며 사는 게 전부였다. 이들을 보면서 지역의 매력은 인위적으로 만든다고 해서 되는 것도 아니고, 누군가에게 알리기 위해 적극적으로 홍보한다고 만들어지는 것도 아니라는 것을 깨달았다.

"홍보하지 마. 사람들이 더 많이 오면 피곤해진단 말이야."

다이빙 자격증 과정을 마치고 한국인들에게 홍보를 많이 하겠다고 인사하는 내게 루카스가 말했다. 어쩌면 농담이 아닌 진심이었을지도 모른다. 만약 뚤룸이 더 많은 관광객을 유치하고 싶어 도시 홍보에 전력을 기울인다면 여유로운 뚤룸이 좋아 이곳을 찾고 정착하는 사람들이 떠나버릴지도 모른다. 이처럼 도시의 매력은 개인의 경험에 의해 발견되고 그것이 쌓여서 도시를 상징하는 이미지가 된다. 언젠가 다시 찾아갈 때까지 뚤룸이 내가 기억하는 모습 그대로였으면 좋겠다.

위험과 스릴의
경계에 서다

과테말라 ━━━━━━━━━━━━━━ 세묵 참페이

목숨을 건
10시간

"세묵 참페이^{Semuc Champey}로 가는 버스에서 강도를 당했대!"

파나하첼^{Panajachel}의 한인 호스텔에서 한 달 전 안티구아에서 세묵
참페이로 가는 관광객용 미니버스가 강도를 당했다는 소식을 접했다.
모든 관광객이 그 루트로 다니는데 강도라니. 물품 탈취로도 모자라
버스에 타고 있던 여학생들을 성폭행했단다. 버스 운전사와 강도,
경찰까지 합세해서 일어난 범죄라고 하니 어느 누구라도 당할 수밖에
없었을 것이다.

중미는 치안이 좋지 않다. 관광객을 대상으로 한 범죄가 특히
많다기보다는 전반적인 범죄율이 높다. 과테말라를 비롯한 온두라스,
엘살바도르 등 중미 대부분의 국가가 범죄율이 가장 높은 국가로
손꼽힌다. 이렇게 범죄율이 높은 지역에는 경찰이 손을 쓸 수 없을

정도로 거대한 범죄조직이 있거나 경찰이 부패하여 범죄조직과 한 패인 경우가 많다고 한다. 현지인들을 위한 치안정책조차 제대로 마련되지 않은 상태에서 관광객을 위한 치안정책을 기대하기는 어려웠다. 예상치 못한 소식에 갈지 말지를 두고 토론을 벌이던 장기여행자 여섯 명은 의기투합하여 안티구아를 지나 세묵 참페이까지 함께하기로 했다.

좁은 버스를 타고 긴장감 넘치는 10시간을 달려 랑킨^{Lanquin}에 도착했다. 세묵 참페이까지 가려면 여기서 트럭을 타고 1시간 정도 더 들어가야 한다. 세묵 참페이 앞에는 여러 숙소가 있는데 숙소마다 관광객들이 모두 내리는 지점인 랑킨으로 트럭을 몰고 나와 호객행위를 한다. 우리는 가장 저렴한 곳을 잡아 사륜구동 트럭에 몸을 실었다. 털털거리며 비포장 산길을 오르니 어느새 해가 지기 시작했다. 불빛 하나 없는 캄캄한 어둠 속에서 반딧불이들이 반짝이며 우리를 반겨주었다.

숙소는 세묵 참페이 입구에서 조금 더 안쪽으로 들어간 깊은 산속에 있었다. 시원한 계곡물이 통나무로 만든 알록달록한 방갈로를 두르고

깊은 산속에서 우리를 반겨준 알록달록한 통나무집

한국인들이
이렇게 많이 찾아온 건
오랜만이야 ──────

흘러 흡사 안개 낀 산들이 숙소를 품고 있는 듯하다. 저렴한 대신 주변에 슈퍼도 없고 레스토랑 역시 숙소에서 운영하는 게 전부라 식사를 무조건 안에서 해결해야 했지만 덕분에 호스텔 직원들과 친해질 수 있었다. 호스텔을 운영하는 유대인 골란은 벌써 일 년 남짓 이곳에서 지내고 있다고 한다. 직접 건물도 짓고 인테리어 소품까지 하나하나 만들어 애정이 남다르다고 했다. 처음에는 유대인만 받았는데 최근에는 외국인들도 받기 시작했다면서, 한국인들이 이렇게 많이 찾아온 것은 오랜만이라고 반가워했다.

체크인을 하고 저녁을 먹기 전 수다를 떨고 있는데 골란이 스무 살쯤 되어 보이는 현지인 직원에게 랜턴과 먹을거리를 쥐여준다. 그녀는 일을 마치고 퇴근하려는 참이었다.

"이 친구는 저기 보이는 산을 넘어서 2시간이나 걸어가야 해. 가로등은커녕 불빛 하나 없는 산길을 매일 왕복 4시간 걸어서 출퇴근한다니까! 정말 대단한 친구야. 조심히 들어가!"

앳된 직원은 그쯤은 아무 일도 아니라는 듯이 배시시 웃으며 손을 흔들었다.

지상 최고의 액티비티, 동굴 투어

"정말 구명조끼가 없어? 진짜 촛불 하나만 들고 들어간다고?"

세묵 참페이의 동굴 투어에 참가했다. 구명조끼도 없이 깜깜한 동굴을 촛불 하나로 수영해서 들어간다니. 상상만 해도 아찔했지만 여기서만 할 수 있는 경험이라 생각하니 도전하지 않을 수 없었다. 설레는 마음으로 가이드를 따라 강물이 폭포처럼 쏟아지는 천연동굴에 도착했다. 입구부터 종아리까지 물이 차는 동굴 앞에서 우리에게 주어진 것은 달랑 촛불 한 개. 중간중간 발이 닿지 않아 수영해야 하는 구간이 있다는 이야기를 아무렇지 않게 하는 가이드 안드레가 야속했다.

나름 수영을 잘한다고 생각했는데 촛불을 꺼뜨리지 않고 수영하기란
쉽지 않았다. 촛불이 꺼지면 순간 주변은 새카맣게 변하고, 발이 닿지
않는 구간에서 조금만 당황하면 꼴깍꼴깍 물을 마셔야 했다. 천연동굴의
물길은 정말 신기했다. 넓은 공간은 일어서서 걸을 수도 있었지만, 좁은
공간은 물이 쏟아지는 폭포를 네발로 기어 올라가야 할 정도로 무서웠다.
말 그대로 탐험. 촛불을 꺼뜨리는 사람이 속출했다. 물속에 푹 담가 꺼진
촛불은 입으로 물기를 세게 불어 없앤 후 다시 붙여야 한다.

깜깜한 동굴을 거침없이 나아가는 안드레를 따라 20여 분 정도 들어가자
막다른 지점에 폭포가 나왔다. 깜깜한 동굴 속 3m 높이의 폭포에서
쏟아지는 물소리에 귀가 울린다. 벽을 따라 폭포 옆으로 올라간 안드레가
손을 내밀었다. 뭐지? 지금 나한테 뭐 하라는 거지?

"여기로 올라와서 뛰어내려! 재미있을 거야!"

한 치 앞도 안 보이는 암흑세계에서 다이빙이라니. 뒤를 보니 한 줄로
늘어선 사람들이 어서 올라가라는 듯 나를 보고 있다. 벌벌 떨며 폭포에
기어올랐지만 귓가에 울리는 어마어마한 물소리에 압도되어 몸이
굳어버렸다.

'에라 모르겠다. 이럴 때는 그냥 죽었다 생각하고 뛰어내리는 게 답이지!'

눈을 질끈 감고 폭포 아래로 몸을 던졌다. 끊임없이 내려치는 폭포수에
깎인 바닥은 꽤나 깊었고, 물속에 풍덩 들어갔다 올라올 때 느낌은
신선했다. 이루 말할 수 없는 짜릿함이 온몸에 흘렀다.

그새 어둠에 익숙해졌는지 나오는 길은 생각보다 쉬웠다. 매끈매끈한
바닥에서는 미끄럼도 타고, 조금씩 동굴 지형을 즐길 때쯤 어디선가
괴성이 들려왔다. 뭐지? 두려운 마음을 애써 다잡으며 조금씩 앞으로
나아갔다. 앞서 걸어가던 사람들이 하나둘 검은 구멍 안으로 사라지고
있었다. 물이 쏟아져 앞이 보이지 않는 좁은 구멍으로 몸을 끼워
넣으면 구멍은 순식간에 사람들을 빨아들였다. 캐리비안 베이의
워터슬라이드가 따로 없었다. 천연동굴에 워터슬라이드라니, 게다가

귓가에 울리는
물소리에 압도되어
몸이 줄어버렸다

어디로 이어지는지도 모르는 구멍으로 뛰어들어야 한다니!

조금 전 시도했던 폭포 다이빙을 떠올리며 구멍 속으로 몸을 던졌다.
구멍은 생각보다 넓은 공간으로 이어졌다. 앞사람의 목소리를 따라
더듬더듬 수영을 하다 보니 저 멀리 출구가 보였다. 한 시간 만에 본
햇볕이 그렇게 따뜻하고 소중할 수 없었다. 저 어둠 속에서 목숨을 몇
번이나 걸었던가. 기진맥진한 우리는 이구동성으로 이렇게 말했다.

"살아 돌아온 것만으로도 감사합니다!"

맨 몸 다이빙,
생애 가장 큰 용기를 내다

동굴 투어에 지쳐 더 이상의 익스트림은 없을 거라 생각했다. 그런데
바로 이어진 코스는 강변에서 그네를 타고 세묵 참페이를 흐르는 강물에
뛰어드는 대형 그네 다이빙. 거센 물살보다 별다른 안전장치가 없다는
것이 더 두려웠다. 그네 다이빙은 그네가 가장 높이 올라갔을 때 강으로
뛰어야 한다. 뛰는 게 무서워 다시 그네가 달린 절벽으로 돌아오면
오히려 다치기 쉬워서 출발했으면 무조건 뛰어야만 한다. 시범 차 그네를
탄 안드레가 공중제비를 하며 뛰어내렸다. 그동안 그는 몇 번이나 강으로
뛰어들었을까? 그의 모습을 보고 다시 한 번 두 손을 꼭 붙들고 목숨을
건 다이빙을 시도했다. 여러 번 시도 끝에 다이빙에 익숙해졌을 때쯤
안드레는 우리를 다음 코스로 데려갔다.

그가 멈춰 선 곳에는 상상하지도 못 한 풍경이 나를 기다리고 있었다.
아무 생각 없이 건너왔던 높이 11m의 다리, 안드레가 멈춰 선 곳은 분명
그 다리 위였다. 여기서 뛰어내리라고? 일명 줄 없는 번지점프. 철제
프레임에 나무 바닥으로 만든 다리는 쳐다보기만 해도 아찔하다. 얼어
있는 일행을 비웃기라도 하듯 열 살쯤 되어 보이는 동네 꼬마들이 보란
듯이 각양각색의 포즈로 거침없이 다리에서 뛰어내렸다. 놀라서 입이
떡 벌어진 우리에게 안드레는 자신도 어렸을 때 여기서 뛰어내리며
놀았다면서 웃는다.

이때가 아마
내 생애 가장 용감했던
순간이 아니었을까?

이곳에서 자란 아이들에게는 관광객들이 타고 들어오는 사륜구동
트럭 뒤에 매달려 말을 거는 것도, 튜브를 타고 강을 따라 내려오는
관광객들에게 음료를 파는 것도, 물놀이에 지쳐 있는 관광객들에게
초콜릿을 건네는 것도 일상이었다. 그렇게 어릴 적부터 세계 각국에서
찾아오는 사람들을 만나면서 아이들은 안드레처럼 동굴을 누비고
거침없이 강을 거스르는 가이드로 성장하는 것이다.

아이들의 모습에 용기를 내어 다이빙에 도전했다. 떨어지는 순간
최대한 손을 가슴에 붙이고 일자로 떨어지라는 안드레의 조언을 가슴
깊이 새기며 떨리는 마음을 부여잡고 점프! 점프에서부터 거센 물살을
헤쳐 뭍으로 나오기까지, 이때가 아마 내 생애 가장 용감했던 순간이
아니었을까?

세묵 참페이에서의
수영

동굴 투어에 그네 다이빙, 다리 다이빙까지. 어마어마한 체험을 잔뜩
했지만 아직 우리에겐 하이라이트가 남아 있었다. 진짜 세묵 참페이는
이제부터다. 세묵 참페이는 석회성분으로 만들어진 계단형 계곡으로
옥빛으로 고인 맑은 물이 자연 수영장을 만든다. 마치 수영장이 계곡
위에 떠 있는 것 같다. 세묵 참페이를 제대로 보려면 전망대에 가야
한다기에 후들거리는 다리를 끌고 40분 정도 산에 올랐다. 아름다운
풍경을 바라보니 사진으로 봤던 신비로운 풍경을 실제로 보고 싶어
이곳까지 찾아왔다는 사람들의 마음이 이해가 됐다.

긴장의 끈을 놓을 수 없었던 흥미진진한 일정의 끝엔 세묵 참페이에서 즐기는 휴식이 있었다. 드디어 에메랄드빛 물에 여유롭게 몸을 담글 수 있다. 맨 위쪽부터 한 계단씩 수영을 하고 몇몇 구간에서는 천연 워터슬라이드를 타며 물놀이를 즐겼다. 햇살을 머금은 물은 물놀이를 하기에 적당히 따뜻했다. 석회성분으로 만들어진 다리가 끝나는 부분에는 아래로 흘러온 계곡물이 급류를 만들며 절벽으로 쏟아지고 있었다. 위쪽은 잔잔한데, 아래쪽에는 급류가 몰아치다니. 평온한 듯 위험해 보이는 그 모습에 이곳에서 살아가는 사람들이 떠올랐다. 어릴 때부터 자연을 벗 삼아 살면서 거센 급류에서의 수영도, 깜깜한 동굴 안을 누비는 것도 익숙하지만 매번 새로운 사람들을 맞아 홀로 사람들의 안전을 챙기면서 목숨을 걸고 자신의 동네를 소개해 주어야만 하는 사람들. 열 명이나 되는 우리를 데리고 온종일 세묵 참페이 곳곳을 보여주었던 안드레가 고마워졌다.

액티비티의 기본은
안전!

아침부터 계속된 물놀이에 다들 피로한 상태로 숙소에 돌아와 사발면에 밥까지 말아 싹싹 비웠다. 부른 배를 두드리며 이곳에서의 시간을 돌아보았다. 세묵 참페이를 찾아올 때부터 다양한 액티비티를 즐길 때까지 내가 가장 걱정한 부분은 안전이다. 세묵 참페이의 독특한 자연환경을 활용한 액티비티는 비할 데 없이 매력적이지만 안전에 있어서는 취약하다. 안드레 같이 베테랑 가이드가 함께했지만 혹여 일어날 사고를 대비한 병원이나 응급실 등 기본적인 안전 인프라가 갖춰져 있지 않았다. 어쩌다 동굴 속으로 혹은 계곡 아래로 발을 헛디디면 안드레 같은 베테랑 가이드라도 절대 찾을 수 없을 것 같았다.

물론 익스트림한 액티비티를 좋아하는 사람들은 안전장치가 제대로 되어 있지 않은 상황을 스릴 넘치고 매력적이라 생각할 수 있지만, 더 많은 관광객을 수용하려면 기본적인 안전 인프라가 필요할 것이다. 사고는 1%의 가능성만 있어도 예방해야 한다. 더 많은 사람이 안전하고 즐겁게 세묵 참페이를 즐길 수 있기를 바란다.

지진이 할퀴고 간 상처를
극복해가는 사람들

네팔 ━━━━━━━━━━━━━ 포카라
카트만두

네팔을 선택한
이유

세계의 지붕, 히말라야 산맥과 에베레스트가 있는 네팔은 전
세계인들에게 오래전부터 사랑받은 관광지다. 세계적으로 유명한
산악지대에서 즐기는 등산과 트레킹은 엄청난 관광객을 끌어들이는
액티비티로 네팔의 국가 경제에서 관광산업의 역할은 크다. 2015년 4월,
네팔은 대지진을 겪으면서 유명 관광지가 붕괴되고 산사태로 등산로가
폐쇄되었다. 지진은 많은 이들의 목숨뿐만 아니라 살아남은 이들의 생계
또한 앗아갔다.

네팔 대지진이 일어난 지 6개월 후, 나는 아빠와 함께 네팔로 떠날
준비를 했다. 당시 네팔은 관광객이 1/10로 줄어들어 경제적인 어려움을
겪고 있었다. 네팔 관광청에서는 대지진으로 인한 관광산업 피해 복구를
위해 'Nepal: Back on Top of the World'라는 캠페인을 진행하고

있었다. 네팔을 찾는 관광객들 역시 소셜미디어에 #IaminNepal, #NepalNow, #ReturntoNepal 등 해시태그를 사용해 네팔은 이제 안전하니 다시 찾아달라는 메시지를 전하고 있었다. 나는 그들의 메시지에 응답해야 했다.

네팔 전역을 들썩인 연료 파동

"네팔 전역에 연료 파동이 났어요. 주유소마다 기름이 없어서 차를 구하기가 힘듭니다."

카트만두^{Kathmandu}에서 포카라^{Pokhara}로 가는 버스표를 예약해달라는 우리에게 돌아온 호텔 컨시어지의 대답이다. 연료 파동이라니 이게 웬말인가. 네팔과 인도와의 국경지대에서 연방공화제 헌법 제정에 반대하는 시위가 일어나는 바람에 무역로가 봉쇄되었다고 한다. 네팔 수입품의 60%가 공급되는 무역로가 막혔으니, 그 피해는 어마어마했다. 석유나 가스 등 에너지 공급이 중단되면서 관광객들을 위한 버스 운행이 축소되었을 뿐만 아니라 운행을 하지 못하는 택시도 많아졌다. 포카라의 숙소를 예약해둔 상태라 어쩔 수 없이 암시장에서 기름을 구했다는 택시를 어렵게 설득해 두 배 가격의 웃돈을 얹어서 포카라로 향했다. 기름이 없으니 도로에 다니는 차가 없어서 평소 6시간 걸리는 거리를 4시간 만에 도착했다. 보이는 주유소마다 수백 대의 자동차와 오토바이가 끝도 없이 긴 줄을 만들고 있었다.

"주유소 앞에서 12시간 정도 기다리면 최고 10ℓ까지 받을 수 있어요. 그것도 받을 수 있을지 없을지는 장담 못 하고요. 택시 운전으로 먹고사는데 기름이 없으니 힘들어도 매일 이렇게 기다리는 수밖에요."

우리를 포카라까지 데려다준 기사가 속상한 얼굴로 말했다. 대지진 이후 관광객이 줄어든 마당에 연료 파동까지 겹치니 관광객을 대상으로 택시나 밴을 운전하는 사람들은 물론이고 레스토랑 역시 가스가 떨어져서 영업에 어려움을 겪었다. 공항 역시 피해갈 수 없었다.

서울로 돌아갈 때는 직항이었던 비행기가 카트만두 공항의 항공유 부족 사태로 방콕에 들러 중간 급유를 하느라 3시간 반이나 지체되기도 했다. 시내 중심가에서는 그렇지 않아도 관광객이 없어 어려운데 기름도 없어 한숨만 푹푹 쉬는 기사들을 쉽게 볼 수 있었다. 온종일 기다린 끝에 2~3배에 달하는 돈을 주고도 겨우 며칠 분 기름만 받을 수 있는 그들의 처지를 생각하니 평소보다 두 배나 더 낸 택시비가 아깝지 않았다. 이번 여행에서 쓴 경비가 부디 그들에게 도움이 되기를.

세상에서 제일 어렵다는
히말라야 골프 코스

네팔에서 지내는 기간에 아빠 생신이 있었다. 선물을 고민하던 차에 세상에서 가장 어렵다는 골프 코스가 히말라야에 있다는 얘기를 들었다. 평소 골프를 좋아하시는 아빠에게 딱 맞는 선물이다. 히말라야 골프 코스가 어려운 이유는 공을 치기 힘든 험준한 산세 탓도 있지만, 골프채를 가지고 이곳까지 찾아오기가 쉽지 않기 때문이다. 하지만 안나푸르나 설산을 배경으로 한 골프장이라니! 골퍼라면 한 번쯤 꿈꿔볼 만한 곳이다.

히말라야 골프장은 포카라 시내에서 차로 20분 정도 거리에 있었다. 짓다 만 건물들이 서 있는 엉성한 리조트 입구를 지나니 클럽하우스와 넓은 계곡을 사이에 둔 18홀 골프장이 나타났다. 구름에 가린 설산이 골프장 뒤로 병풍처럼 둘러서 있었다. 골프 코스는 골짜기 아래까지 이어져 이 또한 굉장한 트레킹 코스라 할 수 있었다.

"처음에는 9홀밖에 없었는데 몇 년 전에 확장했어요. 실제로는 16홀이지만 1번, 2번 홀을 두 번씩 쳐서 18홀을 즐길 수 있죠. 주말에는 정기적으로 찾아오는 회원이 있지만, 주중에는 하루에 두세 팀 정도밖에 없어요. 원래 포카라에 9홀 골프장이 우리 말고도 하나 더 있었는데 요즘은 영업을 안 하는 것 같아요. 히말라야가 워낙 상징적이니까 골프를 즐길 수 있는 특별한 장소로 더 홍보하려 해요."

골퍼라면
한 번쯤 꿈꿔볼 만한

———————————— 히말라야 골프 코스

골프장 매니저인 바하두르의 말이다. 간혹 나타나는 소 떼나 동네 사람들을 피해 조심히 골프를 쳐야 하는 히말라야 골프장은 절벽에서 다른 절벽으로 혹은 계곡을 넘어서 공을 쳐야 할 만큼 다이내믹했다.

클럽하우스에는 볼 보이를 하는 열 살 정도의 남자아이들이 많았다. 아빠가 캐디와 공을 어디로 보낼지 상의하는 동안 나는 볼 보이를 맡은 카밀과 함께 다음 공이 도착할 장소를 쫓아다녔다. 얼마나 골프장을 속속들이 잘 알고 있는지 공이 떨어질 위치를 예측하고 주워오는 센스가 남달랐다. 아홉 살인 카밀이 18홀을 한 번 돌고 받는 금액은 5달러. 골프장에 수수료를 내고 나면 반나절 이상 이리저리 뛰어 손에 쥐는 돈은 우리 돈 천 원 남짓이다. 뛰어놀기만 해도 부족할 나이에 일을 하는 카밀이 대견하면서도, 한편으로는 안쓰러웠다.

"카밀은 커서 뭐 하고 싶어?"

부끄러워하던 카밀은 '택시드라이버'라고 작게 말했다. 그리고 바로 공을 잡으러 뛰어가는 바람에 이유는 듣지 못했지만 사뭇 놀라웠다. 택시드라이버라니. 네팔에서 제일 유명한 관광도시 포카라에 사는 카밀의 눈에는 택시 운전사가 멋져 보였나 보다. 사실 네팔 관광에서 골프 관광은 굉장히 마이너한 분야다. 포카라에 골프장이 있다는 사실을 모르는 사람도 많은 데다 험준한 산세에 접근성도 좋지 않다. 그럼에도 이 골프장은 '히말라야 골프장'이라는 자신만의 브랜드를 키우며 지역의 일자리를 창출하고 있었다.

"골프장 근처에 포카라 신공항 개발사업이 진행 중이에요. 공항이 생기면 더 많은 골퍼가 이곳에 찾아오길 기대하고 있어요."

바하두르는 직접 기념품으로 제작하여 판매하는 히말라야 골프장 모자를 건네며 말했다. 그의 말대로 더 많은 이들이 이곳을 찾아 성실하게 하루하루를 살아가는 이들에게 도움이 되면 좋겠다. 골프장을 떠나기 전, 카밀이 관광산업의 일원으로 성장하길 바라는 마음을 담아 그의 작은 손에 한국에서 가져온 사탕과 팁을 쥐여주었다. 먼 훗날 다시 포카라를 찾았을 때 카밀이 운전하는 택시를 타볼 수 있길 바라며.

안나푸르나 트레킹에서
만난 테즈

관광객들이 포카라를 찾는 가장 큰 이유는 안나푸르나 트레킹이다.
해발 4,130m의 안나푸르나 베이스캠프 Annapurna Base Camp(ABC)는 일반인도
천천히 오르면 열흘 정도에 오를 수 있는 높이로 히말라야의 장엄한
자연을 온몸으로 느끼려는 사람들에게 인기다. 하지만 체력이 좋지도
않을뿐더러 걷는 것도 그다지 좋아하지 않는 나와 아빠는 처음부터 높이
오를 생각이 없었다. 뒷동산을 오르는 정도의 강도로 히말라야의 설산을
조금 더 가깝게 보려면 어떻게 해야 할까? 우리는 산을 찾는 한국인
관광객들의 아지트라 불리는 산촌다람쥐를 찾았다.

산촌다람쥐는 젊은 한국인 부부가 운영하는 음식점으로 부부는
히말라야에 트레킹을 하러 왔다가 네팔과 사랑에 빠져 3년째 한국인
관광객을 대상으로 루트 추천이나 퍼밋[1]을 발행하고, 가이드와
포터[2] 소개, 각종 티켓 및 액티비티 예약 대행 등을 도와주고 있었다.
이곳에서는 매일매일 정성껏 만든 밑반찬과 텃밭에서 직접 가꾼 신선한
채소, 그리고 삼겹살, 김치찌개 등 그리운 한국의 맛을 느낄 수 있어 오랜
트레킹에 지친 이들이라면 꼭 한번 들르게 되는 장소다.

"많이 걷는 것이 싫다면 담푸스하고 오스트레일리안 캠프로 가세요.
담푸스는 차로도 갈 수 있어서 2박 3일 정도면 두 군데 전부 여유롭게
둘러볼 수 있을 거예요. 가는 길도 수월하고 설산도 잘 보여요. 무엇보다
퍼밋이나 가이드, 포터 없이도 다녀올 수 있어 간편하죠. 요즘에도 간혹
돈을 아끼겠다고 포터 한 사람에게 짐을 과하게 주는 사람들이 있는데
우리는 포터들에게 절대 12kg 이상 들지 말라고 해요. 포터는 단순히
짐만 들어주는 사람이 아니에요. 함께 산을 오르는 동반자이죠."

포터는 함께 산을 오르는
동반자예요

네팔인 가이드나 포터에 대한 노동착취는 국제적 이슈가 될 만큼 심각하다. 많은 NGO가 대신해서 목소리를 낸 결과 상황이 조금 나아졌다고는 하지만 아직도 많이 열악하다. 더 많은 사람이 착한 여행을 실천할 수 있도록 독려하고 모범을 보이는 주인 부부가 멋져 보였다. 이들의 노력은 네팔의 관광산업이 더욱 건강하게 발전하는 데 보탬이 될 것이다.

우리는 추천받은 담푸스 루트를 향해 길을 떠났다. 트레킹 첫날밤, 3시간 정도 트레킹을 하고 담푸스에 숙소를 잡았다. 저녁을 먹으러 숙소 마당에 놓인 테이블에 앉아 있는데 네팔인 가이드가 우리에게 말을 건다.

"혹시 한국 사람이에요? 전 테즈에요. 내년에 한국에 갈 예정이에요."

영국인 관광객과 함께 안나푸르나 베이스캠프에 갔다가 하산하는 그는 오늘이 트레킹의 마지막 밤이라고 했다. 테즈는 네팔 대지진의 가장 큰 피해 지역 중 하나인 고르카^{Gorkha} 출신으로 가이드로 일한 지는 5년 정도 되었다. 지진이 났을 때도 안나푸르나 지역 트레킹 중이라 부모님과 전화가 되지 않아 마음을 졸였는데 다행히 부모님은 무사하셨고 지금은 고향도 많이 복구되었다고 한다.

"네팔 청년들이 한국에서 일할 수 있게 지원하는 정부 프로그램에 선발되었어요. 한국에서는 네팔보다 돈을 많이 벌 수 있어서 경쟁률이 높아요. 1년에 8,000명 정도 선발되는데 공업이나 농업 중 선택해야 하죠. 저는 농업 분야로 선발되어서 농촌 지역에 갈 것 같아요. 벌써 설레고 기대돼요. 한국어를 배우고는 있는데 아직 너무 서툴러서 걱정이에요."

그는 한국에 갈 생각에 잔뜩 들떠 있었다. 그동안 공부했다는 한국어가 맞는지 물어보기도 하고, 한국 음식은 뭐가 맛있는지 물어보면서 꼼꼼하게 수첩에 적었다.

---

1. 입산 허가증
2. 등반 시 짐을 들어주는 사람으로 대부분 현지인을 고용해서 함께 간다.

안나푸르나 트레킹은
히말라야의 장엄한 자연을

온몸으로 느끼려는 사람에게
인기가 있다 ────────

오스트레일리안 캠프에서 보이는 히말라야 설산

포카라 한국 여행자들의 아지트 산촌다람쥐

"테즈, 가이드 하는 것보다 한국에서 일하는 게 더 좋을 것 같아?"
"당연하지. 물론 가이드 일도 재밌지만, 한국에서는 여기보다 돈을
  더 많이 벌 수 있잖아. 2년 동안 열심히 일해서 돈을 모아 돌아오면,
  여행사를 차리거나 게스트하우스를 할 수 있을지도 몰라."

네팔의 4년제 대학에서 관광을 전공하고 영어도 유창하게 구사하는 그가
꿈을 위해 한국의 농촌으로 일을 하러 온다. 앞으로의 계획을 이야기하며
눈을 반짝이는 그의 모습에 신이 나면서도, 혹시나 한국에서 상처받지는
않을까 우려가 되었다. 부디 한국이 그의 꿈을 이뤄주는 곳이 되길.

지진에 무너진 세계유산,
박타푸르

2015년 4월, 네팔에 진도 7.9 규모의 강진이 일어났다. 1만 명이 넘는
사망자가 발생했고 네팔 국민의 26%에 달하는 8백만 명이 피해를
입었다. 81년 만에 찾아온 강진이었고 진원이 얕아 더욱 피해가 컸다고
한다. 우리는 네팔에서의 마지막 밤을 카트만두에서 30분 정도 떨어진
고대왕국 박타푸르Bhaktapur에서 묵기로 했다. 도시 전체가 유네스코
세계문화유산에 등재될 정도로 아름다워 수많은 사람에게 사랑받는
도시지만 지진을 피해 갈 수는 없었다. 유럽의 오래된 도시들처럼 좁은
골목과 오래된 건물이 많은 박타푸르에는 지진의 상처가 그대로 남아
있었다.

"토요일 점심 무렵이었어요. 정말 엄청난 지진이었죠. 그나마 다행이었던
건 주말이라 아이들이 학교에 모여 있지 않았고, 점심을 먹으러 사람들이
건물 밖으로 많이 나와 있었다는 거예요. 거동이 불편했던 노인분들이
많이 희생당하셨어요. 너무너무 마음이 아파요."

박타푸르에서 한국인과 일본인 대상으로 여행사를 운영하는 니마가
말했다. 그 역시 지진 이후 관광객이 너무 많이 줄어들어 운영이
어려워졌다고 한다. 두르바르 광장 역시 피해가 막심했다. 수백 년의
역사가 담긴 유적이 순식간에 무너져 내리는 허탈함은 이루 말할 수 없을

것이다. 나 역시 2008년 숭례문 방화사건을 지켜보며 말로는 표현할
수 없는 안타까움과 허무함에 펑펑 울었던 기억이 났다. 박타푸르의
사람들은 매일같이 신을 위해 기도를 드리던 사원과 탑을 순식간에
잃었다. 천재지변을 관장하는 신이 야속할 법도 한데 그들은 여전히
무너져 기단만 남은 광장에 찾아와 제를 올렸다.

"정말 사라졌네. 여기 이렇게 서 있었는데."

박타푸르가 두 번째인 아빠는 흔적도 없이 무너져버린 광장의 텅 빈
기단 앞에서 허탈한 얼굴로 말했다. 벽돌로 만든 오래된 건물은 이미
반이 허물어졌거나 무너지기 직전이라 쇠파이프로 만든 지지대로
건물 여기저기를 받쳐 놓았다. 우리가 묵었던 호텔은 그래도 멀쩡한
편이었지만 바로 옆 건물이 쓰러지기 직전이라 이 건물이 쓰러져 내가
묵고 있는 호텔도 같이 떠밀려 쓰러지는 상상을 몇 번이나 했다. 그리고
밤마다 내일 아침에 무사히 눈뜰 수 있기를 기도했다.

윤지민의 리얼관광 ——— 자연/액티비티

어쩌면 그들은 떠날 수 없기에
이곳에 남아 있는지 모른다

복원 작업의 진척은 아직 미미한 것 같았다. 무너진 건물 잔해를
정리하여 통행에는 문제가 없었지만 다시 건물을 짓거나 보수공사를
하는 모습은 찾아보기 어려웠다.

"복원이 쉽지 않아요. 특히 유적 같은 경우는 전통건축을 할 수 있는
인력이 있어야 하는데 찾기도 쉽지 않고 예산이 너무 부족해요. 어느
정도 시간이 걸릴 것 같아요."

박타푸르 광장의 안내소에서 복원 작업이 이루어지고 있는지 물었더니
한숨을 내쉬며 말했다. 툭 치면 바로 부서질 것 같은 건물에서
박타푸르의 사람들은 아직도 생활을 이어가고 있다. 어쩌면 그들은
떠날 수 없기에 이곳에 남아 있는지 모른다. 살기 위해, 두려움 속에서
하루하루를 버티고 있는지 모른다. 하지만 그럼에도 불구하고 남아서
이곳을 지켜내는 이들이 있기에 언젠가는 박타푸르의 상처가 아물
것이라 믿는다.

Festivals
Events

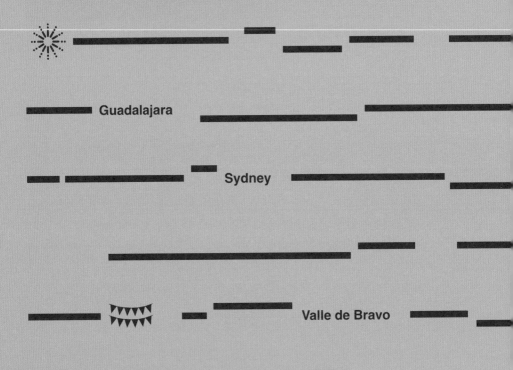

Guadalajara

Sydney

Valle de Bravo

München

날이면 날마다
오는 게 아닙니다

세계인을 사로잡은
맥주 축제

독일 ━━━━━━━━━━━━━━━━ 뮌헨

옥토버페스트가
10월에 열리는 게 아니야?

"옥토버페스트가 이번 주라고? 지금 9월이잖아!"
"원래 옥토버페스트는 매년 9월 셋째 주부터 10월 첫째 주까지 2주 동안
열리는 축제야."

사촌 동생의 말에 귀가 번쩍 뜨였다. 세계에서 가장 유명한 맥주 축제인
옥토버페스트^{Oktoberfest}라니, 이 기회를 놓칠 수 없지. 스위스 취리히에
있는 이모 댁에서 독일 뮌헨^{München}까지는 차로 4시간 거리. 이곳에 오래
살았지만 아직 한 번도 옥토버페스트에 가보지 못했다는 이모와 사촌
동생들과 함께 세계에서 가장 유명하다는 축제를 방문하기로 했다.
스위스, 오스트리아, 독일 3개국 국경을 지나 드디어 뮌헨에 도착했다.

"예약하지 않고 맥주 텐트에 가려면 아침 일찍 가서 줄을 서야 한다던데
괜찮을까?"

"1년 전부터 예약하는 사람들도 있대!"

전날 밤 축제에 몰릴 인파를 걱정하며 한참 수다를 떨었지만 우린 결국 늦잠을 잤다. 텐트에 자리가 없으면 길거리에서 캔맥주라도 마시자는 각오로 지하철을 타고 옥토버페스트가 열리는 테레지엔비제^{Theresienwiese} 광장으로 향했다. 시내 한가운데에서 열리는 축제의 규모는 어마어마했다. 오전 10시가 채 되지 않은 시간에도 축제 분위기에 들뜬 사람들의 행렬이 지하철에서부터 축제 장소까지 이어졌다.

축제 현장은 크게 두 부분으로 나누어졌다. 커다란 맥주 텐트들이 줄지어 서 있는 공간과 놀이기구와 인형 뽑기, 푸드 트럭 등 놀거리가 모여 있는 공간. 일단 텐트 안에 자리를 잡아야 한다는 생각에 10시부터 문을 여는 텐트들을 구경하기로 했다. 맥주를 들이켜기엔 너무 이른 시간이 아닌가 싶었지만 이미 흥에 겨운 관람객들에게 맥주를 마시는 시간은 따로 정해져 있지 않았다. 유명 브랜드 텐트의 선착순 좌석은 이미 사람들로 꽉꽉 들어차 앉을 자리가 없었다.

텐트별 내부 장식은 옥토버페스트의 큰 볼거리다. 매년 옥토버페스트에 참가하는 텐트들은 내부 데코레이션이 얼마나 멋지고 화려한지 경쟁하면서 공연, 음식 등 차별화된 방법으로 많은 사람에게 회자되는 기억을 남기러 노력한다. 텐트를 운영하는 주체는 뮌헨의 유명한 맥줏집에서부터 뮌헨 주변의 맥주 공장, 7대째 텐트를 운영하는 일반인 가족 등 다양하다. 우리는 각양각색의 텐트를 둘러보는 재미에 푹 빠졌다.

사람도 가득
웃음도 가득한 맥주 텐트

텐트를 돌고 돌다 겨우 테이블을 하나 찾았다. 텐트 운영자는 뮌헨 지역에서 케이터링과 외식업을 크게 하는 가족으로 맥주 텐트는 올해 처음 운영한다고 했다. 첫 참가라서 다른 텐트에 비해 한산한 느낌이었지만 서비스나 데코레이션은 만족스러웠다. 19세기 이 지역의

축제를 풍성하게 해 준
어마어마한 사이즈의 음식들

말 경주에서 비롯된 옥토버페스트의 기원에 착안하여 주제를 '말'로 잡고 꽃들이 만발한 테라스 좌석과 회전목마를 연상하는 무대로 텐트를 화려하게 꾸몄다. 텐트의 개성을 담은 맥주잔, 우산, 컵 받침 등 각종 기념품을 제작하여 판매하는 모습도 인상적이었다.

이처럼 옥토버페스트에 참가하는 텐트들은 저마다 기념품을 제작하여 판매한다. 관광객들에게 기념품은 보석과도 같은 추억을 간직하는 보석함이다. 내가 이곳에 왔었다는 사실을 기념품으로 간직함으로써 증명하고 기억할 수 있기 때문이다. 주최 측은 많은 사람의 기억에 남을 만한 축제를 구성하고 그 기억을 담아갈 기념품을 제작한다. 이러한 기념품을 판매함으로써 부가수익을 얻을 수도 있고, 기념품의 판매량은 행사의 성공 여부를 가늠하는 기준이 되기도 한다.

텐트에 앉으니 전통의상을 입은 종업원들이 메뉴를 가져다줬다. 우리 텐트는 파트너십 관계에 있는 로컬 브랜드들의 맥주를 판매하고 있었다. 맥주도 안주도 사이즈가 어마어마하다. 모든 맥주는 1ℓ 잔에 나오는 데다 가장 인기 있는 안주인 독일식 프레첼은 크기가 사람 얼굴만 하다. 예쁘게 전통의상을 차려입은 여성들이 테이블 주변을 돌아다니며 깃털 달린 전통모자, 생강과자 목걸이, 열쇠고리 등을 파는 모습도 볼 수 있었다. 테이블이 다닥다닥 붙어 있어 자연스럽게 옆 테이블과 합석하기도 하고, 고개를 돌리다 건너편 테이블 사람과 눈이 마주치면 맥주잔을 들어 눈인사를 하는 맥주 텐트 안 분위기는 훈훈하고 웃음이 가득했다.

온가족이 함께
즐기는 축제

옥토버페스트의 진면목은 맥주 텐트 바깥에서 만날 수 있었다. 텐트 바깥 공간에는 내부와는 다른 느낌의 풍부하고 다양한 즐길 거리가 있었는데, 가장 눈에 띄었던 것은 가족 단위의 관람객이었다. 어린아이부터 할아버지까지 삼대가 함께 즐기는 가족이 많았고, 모두 전통의상을 입고 있었다. 바바리안이라고 불리는 독일 남부 지역 사람들의 문화와

독일 사람들이

매년 손꼽아 기다리는

축제가 되었다 ————

윤지민의 리얼관광 ———— 축제/이벤트

전통이 담긴 옥토버페스트를 제대로 즐기려면 나도 그들처럼 바바리안 전통의상을 입어야만 할 것 같았다. 실제로도 뮌헨 시내에 있는 전통 옷가게의 매출이 옥토버페스트 기간에 배로 늘어난다고 하니 나 같은 사람이 한둘이 아닌가 보다.

축제는 관광객의 마음을 철저하게 공략하여 구성되었다. 축제가 진행되는 필드 전체를 테마파크처럼 꾸미며 전통의상이나 각종 전통 액세서리를 향한 구매 욕구에 불을 붙이고 축제 기간에만 설치한다는 것이 믿기지 않을 정도로 큰 롤러코스터부터 워터슬라이드까지 놀이기구를 구비했다. 이렇게 다양한 즐길 거리 덕분에 옥토버페스트는 맥주가 유명한 축제임에도 어린아이까지 함께하는 가족 단위 축제이자, 특히 바바리안 문화권에 사는 독일 사람들에게는 매년 손꼽아 기다리는 축제가 되었다.

"독일 사람들이 겉보기엔 무뚝뚝해 보여도 굉장히 가족 중심적이고 동네 사람들끼리 잘 뭉치는 경향이 있어. 바바리안 사람들에게 이 축제는 독일 내에서 비교적 독특하고 유일한 자신들의 문화를 소개하고 자부심을 가질 기회여서 적극적으로 즐기려는 것 같아."

대학 시절 독일 문화권으로 유학 간 후로 유럽에서 터를 잡은 이모가 말했다. 옥토버페스트를 보면서 한국의 수많은 지역축제가 떠올랐다. 해마다 지역축제철이 되면 '특색 없는 지방축제, 효과에 의문'이라는 제목의 기사가 쏟아진다. 인기 있는 지역축제는 손에 꼽을 정도로 적다. 한 지역의 축제가 옥토버페스트처럼 세계적인 축제가 되려면 어떻게 해야 할까?

옥토버페스트를 사랑하는 독일 사람들은 올해의 축제가 끝나자마자 본인이 좋아하는 맥주 텐트의 내년 테이블을 예약한다고 한다. 바바리안 사람들이 자신들의 문화를 직접 소개한다는 사명감과 자부심으로 축제를 멋지고 화려하게 꾸미는 것처럼 우리도 축제를 만드는 사람들이 스스로 축제를 즐기며 기쁜 마음으로 준비해야 많은 사람에게 즐거운 추억을 남겨 줄 축제가 만들어지지 않을까? 매년 삼대가 함께 나와 전통의상을 입고 즐기는 바바리안 가족들처럼 말이다.

관광 전문가들을
한자리에서 만나다

멕시코 ━━━━━━━━━━━━ 과달라하라

전 세계 관광인들의
축제에 초대받다

스페인 마드리드^{Madrid}에서 유엔세계관광기구^{United Nations World Tourism Organization,} ^{이하} UNWTO의 홍보담당자 마셀로와의 인터뷰를 마쳤을 때였다.

"멕시코에서 열리는 세계관광의 날 행사에 오지 않을래?"

마셀로는 멕시코 과달라하라^{Guadalajara}에서 열리는 행사에 온다면
모든 일정에 참여할 수 있게 도와주겠다고 제안했다. 매년 9월
27일은 UNWTO에서 지정한 '세계관광의 날'로 세계 각국에서 관광
전문가들이 모여 관광 분야에서 가장 큰 국제행사를 개최한다. 앞으로의
일정과 만만치 않은 항공료 때문에 고민이 됐지만 평생 다시 없을
좋은 기회였다. 그렇게 나는 스위스 취리히에서 프랑크푸르트^{Frankfurt},
칸쿤^{Cancún}을 들러 과달라하라까지 48시간 동안 다시 대서양을 건넜다.

관광과
커뮤니티 개발

멕시코 대통령과 각국 관광부 장관 등 VIP 연사들이 참여하는 개막식이
열렸다. 마셀로는 나에게 공식 대표단 자격의 출입증을 만들어 주었고,
모든 행사에 참여할 수 있게 도와주었다. '세계관광의 날' 행사는 매년
관광 분야에서 가장 중요한 이슈를 총회에서 정하고 대륙별로 돌아가며
주최 도시를 선정하는 방식으로 운영된다. 올해의 주제는 '관광과
커뮤니티 개발Tourism and Community Development'이었다. 관광이 커뮤니티를
변화시킬 수 있음을 서울시에서 일할 때도, 여행을 하면서도 실감했기에
전문가들이 이 주제에 대해서 어떤 이야기를 할지 기대되었다.

개막식은 할리스코 주 주지사의 발표를 시작으로 UNWTO의 국장,
멕시코 관광부 장관, 그리고 멕시코 대통령 순으로 이어졌다. 이번
행사는 역대 가장 많은 나라의 관광부 장관들이 참여한 행사이자 1970년

9월 27일에 멕시코시티에서 열린 회의에서 처음으로 세계관광기구를 위한 법령이 통과되었기 때문에 더욱 의미 있다고 한다.

"관광은 문화를 포함하고, 유산을 보존하고, 일자리를 만들며, 사회적으로 커뮤니티를 더 단단하게 합니다. 그래서 중요하죠. 특히 여성과 청소년들이 참여할 기회가 많다는 것이 관광의 장점입니다."

멕시코 관광부 장관 클라우디아 마씨유의 말에는 힘이 있었다. 이 행사에 참여하기 전까지 나는 멕시코를 그저 여행하기에 위험한 지역 정도로 생각했을 뿐 이 정도로 관광에 관심이 많은 나라인 줄 몰랐다. 하지만 멕시코는 풍부한 관광자원 덕분에 아메리카 대륙 전체에서 두 번째로 관광객이 많은 나라였고, 정부에서도 관광이 국가와 사회 발전에 중요한 역할을 하고 있음을 인식하고 적극적으로 지원하고 있었다.

개막식에서 연설 중인 멕시코 대통령

좌. 매직타운 행사장 우. 홍보관에서 도시별로 각자의 도시를
홍보하고 있다.

매직타운, 멕시코의 대표적인 관광정책

"멀리서 온 것 같은데 어디에서 왔나요?"

개막식 때 옆에 앉았던 신사분이 말을 걸었다. 멕시코 관광청 직원인
그의 이름은 가르시아. 그렇지 않아도 멕시코시티에 들러 멕시코
관광청을 인터뷰하고 싶었던지라 그의 인사가 반가웠다. 가르시아는
원래 컨설팅 쪽에서 오래 일을 했고 멕시코 관광청에서 일을 시작한 지는
얼마 되지 않았다고 한다. 개막식이 끝나고 행사장을 빠져나오자 올해의
주제와 맞는 멕시코의 대표적인 관광정책, 푸에블로스 메히꼬스Pueblos
Magicos(매직타운Magic Town이라고 부르기도 한다.) 홍보관이 보였다.

"푸에블로스 메히꼬스는 멕시코 관광부가 성공했다고 자부하는 관광정책
중 하나야. 2001년에 시작된 이 프로그램은 운영한 지 벌써 10년이
넘었는데 현재는 약 80개의 작은 도시들이 매직타운이라는 타이틀을
얻었지."

광장을 가득 메운 홍보관에서는 매직타운 타이틀을 얻은 도시들이
방문객들에게 자신의 매력을 소개하고 있었다. 멕시코의 대표 술

테킬라의 원산지인 테킬라^{Tequila}와 멕시코 배낭여행객들의 블랙홀로 알려진 산 크리스토발 데 라스 카사스^{San Cristobal de Las Casas}도 모두 매직타운이다.

"매직타운을 선정할 때 가장 중요하게 보는 것은 동네 사람들의 참여도야. 도시별로 저마다 특성이 있지만 매직타운이라는 이름을 얻었을 때 얼마나 많은 커뮤니티 사람에게 실질적인 이득이 돌아가는지를 판단해서 선정하지. 매년 그렇게 커뮤니티의 참여도를 평가해서 부족할 경우 다시 타이틀을 빼앗기도 해."

가르시아의 친절한 설명에 올해의 주제인 '관광과 커뮤니티 개발'에 있어서 왜 멕시코가 주최국으로 선정되었는지 알만했다. 멕시코는 13년간 매직타운 정책을 운영하면서 80개 이상의 도시에 브랜드를 제공하고, 그들이 고유한 토속문화를 유지하면서 더 많은 관광객을 유치할 수 있도록 지원했다.

홍보관마다 해당 지역 사람들이 전통 공예품과 음식 등을 소개하고 있었는데 그들의 얼굴에는 자부심이 가득했다. 도시들은 각자 독특함을 간직하고 있었다. 어떤 도시는 술을, 어떤 도시는 공예품을, 어떤 도시는 패러글라이딩 같은 액티비티를 주요 아이템으로 홍보하고 있었다. 멕시코 여행을 앞둔 나는 마치 쇼핑하듯 도시별 부스를 돌아다니며 여행 계획을 세웠다. 멕시코 전역의 매직타운을 방문할 생각을 하니 너무나도 신이 난다!

멕시코가
환영하는 방법

행사 첫날 저녁, 참여자들을 위한 환영 칵테일파티가 있었다. 과달라하라 시내에서 약 30분 정도 버스를 타고 파티가 열리는 뜰라께빠께^{Tlaquepaque}에 도착하니 행사를 안내하는 자원봉사자들이 서 있었다.

"오늘 여러분은 멕시코 사람들이 얼마나 파티를 멋지게 만드는지 경험하실 거예요!"

안내원의 자신만만한 모습에 큰 기대를 안고 행사장으로 이어진
골목에 들어섰다. 놀이동산에 온 듯 골목 입구에는 멕시코 관광청
로고가 포토존으로 만들어져 있었고, 형형색색의 조명이 예쁜 집들과
아기자기한 조각상들을 비추고 있었다. 안내원들은 솜사탕과 헬륨
풍선을 나눠주었고, 거리 곳곳에서 춤, 밴드 공연, 세레나데, 카나리아 새
점, 공예품 제작 시연 및 전시 등 쉴 틈 없이 방문객들에게 새로운 경험을
제공했다. 풍선과 솜사탕을 받아든 사람들은 모두 아이처럼 즐거워했다.

오래된 스페인풍 건축양식과 정원을 그대로 간직한 메인 행사장은
아름다웠다. 끊임없이 가져다주는 마가리타와 타코 역시 환상적이었다.
한쪽 스크린에서는 멕시코의 아름다운 관광지 사진과 홍보 영상이
끊임없이 틀어져 자리에 앉은 채로 멕시코 여행을 하는 기분이 들었다.
불편을 느낄 새 없이 섬세하게 챙겨주는 멕시코 사람들은 파티를 즐기고,
손님을 환영할 줄 아는 베테랑들이었다.

관광과 커뮤니티,
진짜 관광의 비밀!

둘째 날 행사는 과달라하라 시내에 있는 유네스코 세계유산 호스피시오 카바냐스에서 진행되었다. 메인 행사인 'High Level Dialogue'는 멕시코 관광부 장관과 UNWTO 사무총장 탈렙 리파이의 환영사를 시작으로 각국에서 온 관광부 장관들, 국제기구 담당자 11명이 관광과 커뮤니티에 관해 이야기를 나누었다. 연설에서 리파이 사무총장은 이렇게 말했다.

"관광의 중요성은 이미 통계에서 증명되었습니다. 관광이 세계 GDP의 9%를 차지하고, 7명 중 1명이 해외 여행을 하며, 일자리 11개 중 1개를 만들어내고 있습니다. 하지만 이러한 통계보다 더욱 중요한 것은 관광이 사람들의 삶을 변화시킨다는 것입니다. 사람들의 삶을 긍정적으로 변화시킬 수 없다면 그것은 진정한 관광 개발이 아닙니다. 여행을 떠나보면 나 한 사람이 가는 길마다 얼마나 많은 일자리가 생겨나고 얼마나 많은 경제효과가 커뮤니티로 돌아가는지 관광의 영향력을 경험할 수 있습니다. … 사람들의 삶에 변화를 주는 것은 자칫하면 큰 위험을 불러올 수 있습니다. 그렇기 때문에 우리는 항상 관광에 조심스럽게 접근해야 합니다. 사람은 결국 개인이에요. 실제 관광이 얼마나 개인의 삶에 영향을 미치는지 생각해야 합니다. 어디든 가는 곳마다 사람들의 이야기에 집중하십시오. 그리고 관광을 통해 그 사람의 삶을 어떻게 변화시킬지 고민하세요."

좌. 행사 자원봉사자들 **중**. 세계관광기구 사무총장 탈렙 리파이 **우**. 각국 관광부 장관들

힘 있게 울려 퍼지는 그의 말에 가슴이 벅차올랐다. 나는 여행을 하며
얼마나 많은 사람이 관광에 의해 살아가는지 알게 되었다. 그리고 관광을
통해 사람들의 일상에, 경험에 긍정적인 영향을 미치고 싶었다. 관광을
업으로 삼겠다는 나의 결심에 얼마나 큰 책임이 따르는지 새삼 깨닫는
순간이었다.

내 인생 최고의
선택

멕시코에서 얻은 게 참 많다. '관광'을 주제로 한 세계 여행에서 기준으로
삼았던 '사람'을 얻기에 이보다 더 좋은 환경이 없었다. 이 행사에
참여하기 위해 포기해야 했던 동유럽과 중동을 포함하여 애초 여행
계획에 없던 남미와 아프리카의 각국에서 찾아온 관광부 장관들의
이야기를 듣고 전문가들과 스스럼없이 대화를 나눌 수 있었다. 혼자
여행에서는 절대 만나지 못했을 사람들과 친구가 되었고, '관광'에
대해 함께 고민하고 토론하였다. '사람'을 통해 '관광'을 배우고 싶었던
내게 이보다 더 큰 기회가 있을까? 멕시코를 찾아온 건 내 인생 최고의
선택이었다.

Interview

United Nations World Tourism Organization

Marcelo Risi

Senior Media Officer Communications & Publications

UNWTO의 대외적인 홍보와 출판을 담당하는 수석 담당관을 맡고 있다.

Q1. 관광을 담당하는 국제기구로서 역할은 무엇입니까?

A1. 유엔세계관광기구에는 크게 두 가지 미션이 있습니다. 첫 번째는 관광을
정치적으로 중요한 위치에 포지셔닝하는 것입니다. 우리는 어떤 특정 여행지를
홍보하는 게 아니라 관광이 가져올 사회적이고 경제적인 효과를 홍보합니다. 점차
여행하는 사람들이 많아지기 때문이죠. 통계나 자료 등을 통해 관광이 사회에 어떤
영향을 미치는지 증명하고, 관광이 왜 사람들의 삶에 중요한지 이야기합니다.
두 번째는 관광이 현실적으로 역할을 할 수 있도록 돕는 것입니다. 관광은 지난 10년

"우리는 관광이 가져올 수 있는 사회적이고 경제적인 효과를 홍보합니다."

마셀로 리시 ■━━

2014. 08. 29

동안 일자리와 개발의 기회를 제공하고, 노동시장을 육성하고, 국가 이미지를 개선하고, 투자를 유치하며 경제적으로 가치 있고 의미 있는 산업으로 성장했습니다. 또한 재벌기업이 독점하는 구조가 아닌 중소기업, 소상공인 등 다양한 주체가 참여할 수 있는 산업이기 때문에 우리는 이들을 한데 모아 관광에서 이해당사자들의 역할이 중요함을 설파하고, 이들과 함께 관광의 나아갈 방향을 모색합니다.

Q2. 그렇다면 주요 타깃은 누구입니까?
A2. 국제기구가 상대하는 타깃은 방대합니다. 첫째는 한국을 포함한 세계관광기구의 회원국들이고, 둘째는 관광업계입니다. 세계관광기구가 진행하는 국제행사나 공식적인 캠페인 등을 관광 분야 관계자들에게 알려야 하기 때문이죠.

Q3. UNWTO의 메시지를 전달하는 데 소셜 미디어는 어떤 역할을 하나요?
A3. 소셜 미디어의 발달에서 관광은 항상 중심에 있었습니다. 여행은 정보교환이 용이한 소셜 미디어의 효과가 무척 큰 분야로, 트립어드바이저와 같은 여행을 활용한 소셜 미디어 사업이 성장할 수 있었죠. UNWTO에게 소셜 미디어는 우리의 메시지를 전달하는 하나의 도구로 여기에는 나름의 전략과 노력이 필요합니다. 그래서 UNWTO 행사 때마다 블로거, 기자, 1인 미디어 등을 초청하고, 2014년 세계관광의 날 행사에서는 블로거 대상으로 공모전을 실시하기도 했습니다. 앞으로 트위터, 페이스북 등 소셜 미디어를 더욱 중요하게 활용할 생각입니다.

Q4. '세계관광의 날'에 대해 설명해 주세요.
A4. 9월 27일은 '세계관광의 날'로 UN 달력에 공식 지정된 기념일입니다. 지정된 지 벌써 30년이 넘었는데요, 관광 분야의 모든 사람을 한자리에 모아 '왜 관광이 중요한가'라는 메시지를 매년 다른 테마로 전합니다.

Q5. 앞으로 세계관광의 트렌드는 무엇이라고 생각하시나요?
A5. 시대가 변화할수록 관광업계는 사회와 환경에 대한 책임감을 느끼고, 지속 가능한 발전 방법을 고민하고 있어요. 현재는 선진화된 이미지와 마케팅에 관심을 보이는 업체들도 점차 지속 가능한 관광에 대해 고민할 것입니다. 그리고 이러한 고민들이 관광 시장 전체를 성장시키는 동력이 될 거라 생각합니다.

*한여름에
만나는 겨울 축제*

호주 ━━━━━━━━━━━━━━━━━━ 시드니

서울등축제의 추억을
시드니에서 만나다

시드니 비비드 축제^{Vivid Sydney Festival}는 내게 익숙한 축제다. 서울시청에서
근무할 때 우리 팀은 서울등축제(현 서울빛초롱축제)를 담당했는데,
시드니의 빛 축제라 할 수 있는 비비드 축제는 항상 참고 사례로
등장했다. 우연인지 필연인지 내가 시드니에 도착한 날은 비비드 축제의
마지막 날이었다.

비비드 축제는 시드니의 랜드마크인 오페라하우스와 하버브릿지,
달링하버를 비롯한 곳곳에서 빛과 음악을 활용하여 도시의 환상적인
이미지를 만들어내 많은 사람에게 사랑받고 있다. 호주의 초겨울인
5월 말부터 6월까지 3주간 진행되는 이 축제는 날씨가 추워지는 관광
비수기임에도 사람들을 유혹한다.

비비드 축제는 단순히 빛 축제가 아니다. 빛$^{Vivid\ Light}$은 축제의 일부일 뿐, 곳곳에서 비비드 음악$^{Vivid\ Music}$ 공연이 열리고 크리에이티브의 전문가들이 모여 비비드 아이디어$^{Vivid\ Idea}$라는 포럼도 진행한다. 오페라하우스를 비롯한 주변 큰 건물들 외관에는 알록달록한 이미지가 시시각각 변하고, 하버브릿지를 바라보는 산책로 곳곳에는 각국에서 온 빛 아티스트들과 스폰서 회사들의 다양한 체험 프로그램이 벌어지고 있었다. 관람객이 춤을 출 때마다 빛이 변하거나 얼굴 사진을 찍으면 빛으로 그래피티를 만들어주는 등 인터랙티브한 작품도 많았다.

빛이 있는 곳이면 어디나 축제다. 하버를 오가는 유람선에도 빛으로 쏜 축제 광고가 실리고, 가는 곳마다 빛과 관련된 다양한 작품들과 음악이 가득했다. 항구를 접한 지역뿐만 아니라 CBD$^{Central\ Business\ District}$라 불리는 비즈니스 지역에도 비즈니스 건물들을 활용한 다양한 작품들과 음악 공연이 진행됐다. 비비드 축제는 단순히 일시적인 관람을 위한 축제가 아니라 사람들의 일상에 자연스럽게 녹아들어 '빛'을 더하는 축제였다.

윤지민의 리얼관광 ──────── 축제/이벤트

특별한 장소를 활용한
시드니 비엔날레

다음날, 코카투 섬^{Cockatoo Island}에서 열리는 시드니 비엔날레^{Sydney of Biennale}를
찾았다. 시드니 하버에서 페리를 타고 떠나는 시드니 비엔날레는 2년에 한
번씩 열리는 현대미술 행사로 아시아 태평양 지역에서 가장 역사가 오랜
비엔날레 중 하나다. 2014년에는 30여 개국에서 백 명 가까운 예술가들이
참여했는데 가장 많은 작품이 전시된 곳이 바로 코카투 섬이었다.

코카투 섬은 식민지 시대에 교도소와 조선소로 사용되던 곳이자 유네스코
세계유산으로 지정되어 있다. 당시의 건물들은 현재 갤러리로, 넓은
잔디밭은 시민들을 위한 야외 캠핑장으로 활용되고 있다. 이곳에서만 볼
수 있는 건물 구조는 전시물들을 더욱 빛나게 한다. 천장이 높은 건물 한
면에서 진짜 같은 폭포가 쏟아지는 디지털아트 작품에서부터 어른들을
위한 놀이터라는 체험 작품, 동그란 방 안에서 소리와 영상으로 관람객을
압도하는 작품, 터널을 지날 수 있는 꼬마 기차 등 인상적인 현대미술
작품들이 많았다.

무엇보다 유네스코 세계유산으로 지정된 공간에 전시를 기획하고
진행할 수 있다는 점이 인상적이었다. 간혹 기업에서 캠핑장이나 건물
등의 공간을 빌려서 워크숍을 진행한다고 하니 국제행사를 유치하는
유니크 베뉴[1]의 역할도 충분히 수행하고 있었다. 코카투 섬의 비엔날레를
둘러보면서 특별한 장소에서 일어나는 축제와 행사는 그만큼 더
특별해진다는 것을 느꼈다. 과거 교도소로 쓰인 건물에서 현대미술
작품들을 감상하는 것은 세상 어디에서도 할 수 없는 코카투 섬만의
경험이다. 이색적인 이 공간은 관광객뿐만 아니라 시드니에 거주하는
사람들에게도 충분히 새롭고 즐거운 장소로 사랑받고 있었다.

현재 이 섬은 시드니 항구 주변의 몇몇 섬과 더불어 시드니하버 연합
재단Sydeny Harbour Federation Trust이라는 호주 정부기관이 운영하고 있다.
비엔날레 외에도 다양한 축제들이 계속 이어지는데 특히 한 번에
2,000명까지 수용할 수 있는 대형 캠핑장에서 매년 새해맞이 불꽃놀이를
진행하고, 영화촬영 및 사적인 행사에도 공간을 빌려준다. 특별한
이야기가 담긴 세계유산을 사람들과 격리해 보존하기보다는 최대한 많은
사람과 함께 활용하고 가꾸어나가는 모습이 특별하게 느껴졌다.

1. Unique Venue : 독특한 이벤트 장소를 지칭하는 용어

좌. 겨울 축제를 위해 만들어진 아이스링크
우. 화려한 천장에서 가짜 눈이 내렸다.

가벼운 마음으로
산책하듯 축제를 찾는다

매일매일이
축제로 가득한 시드니

비비드 축제와 시드니 비엔날레가 끝나기 무섭게 달링하버는 새로운 축제를 준비하는 움직임으로 분주했다. 곳곳에 붙어 있는 포스터들은 겨울 느낌이 물씬 났다. 축제의 이름은 'Cool Yule'로 한 달간 달링하버 부근에서 진행되는 겨울 축제다. 6월에 겨울 축제라니, 남반구에서의 겨울을 처음 맞는 내게는 그저 생소할 뿐이었다.

달링하버 광장에는 아이스 스케이트장과 인공눈이 내리는 정원이 설치되었다. 달링하버 한가운데에 커다란 눈송이 장식과 빙하 모형이 떠올랐고, 빙하를 중심으로 레이저쇼가 진행되었다. 곳곳에 자리 잡은 푸드 트럭이 사람들을 유혹했다. 달링하버는 축제를 즐기는 커플들과 가족들로 가득했고 이들을 위한 거리공연이 끊임없이 이어졌다. 주말 저녁에는 꽤 큰 규모의 불꽃놀이가 진행되었다. 호주에서 가장 큰 축제인 비비드 축제가 끝나자마자 이렇게 대단한 축제가 이어지다니, 역시 시드니는 축제의 도시였다!

시드니에서 지내는 동안 도시 곳곳에서는 크고 작은 이벤트가 끊이지 않았다. 빛으로, 음악으로, 예술로, 한순간도 관광객이 심심하지 않게 끊임없이 볼거리를 제공했다. 무엇보다 축제의 장소를 폭넓게 활용한다는 점이 부러웠다. 축제가 열리는 장소가 넓을수록 일상에서 축제 분위기를 즐기는 사람들도 늘어날 수 있다. 도심에서의 축제는 그 공간을 매일 활용하는 현지인들에게도 매력적인가가 성공 여부를 결정한다고 생각하는데, 시드니의 다양한 축제들은 도심과 그 근방에 사는 사람들이 언제나 쉽게 즐길 수 있는 축제였다.

다양한 행사가 항상 도심 곳곳에서 진행되니 시드니 사람들은 '퇴근하고 한번 들러볼까' 하는 가벼운 마음으로 산책하듯이 축제를 찾는다. 내가 살아가는 공간이 매일 새로운 모습으로 다가온다면 내가 사는 곳을 더욱 아끼고 사랑할 수 있을 것 같다. 또한 관광객이라면 이 공간의 또 다른 모습이 궁금해서 다시 찾고 싶어지지 않을까?

동네 사람들 모두 모여
올나잇 파티타임

멕시코 ━━━━━━━━━━ 바예 데 브라보

외간 남자의
초대

'세계관광의 날' 행사에서 만나 친해진 세르히오는 멕시코 관광부의
공무원이다. 또래인 데다 성격이 밝아서 금방 친해졌는데 행사 마지막 날
연락처를 주면서 나를 초대했다.

"우리 동네는 바예 데 브라보^{Valle de Bravo}라는 작지만 참 예쁜 도시야.
멕시코시티^{Mexico City}에서 1시간 30분 정도 거리에 있는데 이번 주말에
음악 축제가 열려. 네가 오면 정말 재미있을 것 같아."

여자 혼자서 여행을 하다 보니 안전이 제일인지라 호의를 베푸는
사람들에게도 경계를 늦추지 않아야 했고, 은근히 겁도 많은 편이라
배낭여행자들이 종종 시도한다는 카우치서핑이나 히치하이킹도
시도하지 못하는 나였다. 그런데 만난 지 이틀밖에 안 된 외간 남자의
집에 놀러 가다니. 뜻밖에 찾아온 기회가 시련처럼 느껴졌다. 그래도
어느 정도 신원이 보장된 친구인 데다 진짜 현지 문화를 체험해
보고 싶다는 갈망에 마음을 굳게 먹고 방문을 약속했다. 그러면서도

혹시나 하는 불안함에 가족과 친구들에게 현지 연락처와 모든 일정을 알려주면서 나와 연락이 끊기면 바로 대사관에 연락하라고 신신당부했다.

잔뜩 긴장한 채 세르히오와 함께 버스와 택시를 갈아타며 도착한 바에데 브라보는 정말 예쁜 도시였다. 대부분의 멕시코 도시가 그렇듯 도심 중앙에는 광장과 성당이 있었고, 검붉은 기와를 올린 하얀 집들과 오랜 세월을 견딘 돌길이 이어져 아늑한 느낌이 들었다. 근처 댐 공사로 만들어진 커다란 호수가 도시를 둘러싸고 있어 패러글라이딩, 카약 등 다양한 액티비티가 가능해 내국인들도 많이 찾아오는 관광지라고 한다. 세르히오는 도심에서 가까운 이층집에서 엄마와 누나, 누나의 가족, 그리고 여동생과 함께 살고 있었다.

"우리 집에 온 것을 환영해! 세르히오가 한국인 친구를 데려오다니 정말 반갑구나!"

세르히오 가족들의 따뜻한 환대에 멕시코시티에서부터 이어진 긴장이 순식간에 풀렸다. 그리고 앞으로 이곳에서 보낼 시간이 기대되었다.

작지만 알찬
바예 데 브라보 음악 축제

도착 당일은 열흘간 진행된 축제의 마지막 날이자 하이라이트였다. 매년
이맘때 열리는 이 축제는 성 프란시스코의 축일인 10월 4일에 맞춰
바예 데 브라보에서 가장 큰 성당인 프란시스코 데 아시스^{San Francisco de Asis}
성당에서 열린다. 오후부터 이미 광장은 사람들로 포화 상태. 한쪽에서는
커다란 스크린과 공연을 위한 무대, 메인 이벤트인 불꽃놀이탑이
설치되고 있었다. 어른과 아이 할 것 없이 벌써 축제 분위기에 들떠
노래하고, 춤을 추거나, 공연을 관람하기 위해 자리를 잡았다.

"오늘 우리 동네에 멕시코에서 가장 유명한 마리아치^{Mariachi} 밴드가
올 거야. 마리아치는 할머니, 할아버지부터 어린아이까지 좋아하는
음악이라 다들 이번 공연에 기대가 커."

마리아치는 멕시코 전통의 소규모 밴드음악을 일컫는 말로 지역마다
특색 있는 이야기를 담은 노래를 연주하며 축제나 공연을 통해
전승되고 있다. 해가 지고 어둑어둑해질 무렵 대형 풍등을 날리며

행사가 시작되고 음악 축제의 명성에 어울리는 공연들이 이어졌다. 그리고 마리아치 밴드의 공연이 시작되자 광장에 가득 찬 사람들은 노래를 따라 부르며 온몸으로 공연을 즐겼다.

전 세대를 아울러 축제를 즐기는 모습을 보니 2010년 서울광장에서 가수 싸이의 콘서트를 준비하던 때가 생각났다. 공연이 시작되고 싸이가 등장하자 광장에 모여 있던 사람들은 한목소리로 '강남스타일'을 외쳤다. 10대 학생들부터 60대 이상 할머니, 할아버지들까지 함께 어우러져 노래를 하고 말춤을 췄다. 마리아치 공연이 멕시코의 전 세대를 아울렀듯이 당시 싸이 공연도 광장에 모인 전 세대를 아울렀다. 다른 점이라면 최신곡이 아닌 전통음악이 세대를 넘나드는 매개체가 되고 있다는 것이다.

공연이 끝나고 어둠이 내린 광장에 축제의 하이라이트인 불꽃놀이탑이 활활 타올랐다. 황소 모형에 불꽃을 잔뜩 매달아 달리는 멕시코의 전통 놀이인 토리토스^{Toritos}가 시작되자 사람들이 광장을 따라 뱅뱅 돌기 시작했다. 이 외에도 곳곳에서 장대에 오르고 악기를 연주하고 춤을 췄다. 광장 전체에 생동감이 흘러넘쳤다.

축제는 원래
그런 거
아니야? ————

"세르히오, 매년 이렇게 많은 사람이 광장에서 함께 축제를 즐겨?"
"당연하지! 축제는 원래 그런 거 아니야?"

바예 데 브라보의 축제가 즐거웠던 이유는 축제의 주체인 동네 사람들이
자발적으로 축제에 참여하고 진심으로 축제를 즐겼기 때문이다. 축제를
만든 사람이 즐길 수 있어야 축제에 온 사람도 즐길 수 있다. 그래야
모두가 즐기는 진정한 축제가 가능하다는 생각이 들었다.

관광에서
가장 중요한 것

"지민, 오늘은 말 타러 가자! 우리 동네의 숨은 매력을 알려줄게."

멕시코 사람들이 말타기를 좋아하는 건 알았지만 세르히오처럼 도시에서
사는 사람들도 말타기를 즐길 거라고는 생각하지 못했다. 세르히오의
친구 라미로와 여동생 데니스와 함께 말을 타고 마을 곳곳을 둘러보는
동안 그들은 끊임없이 마리아치 노래를 흥얼거렸다. 한국에서는

세대마다 좋아하는 음악이 다르지만 이곳에서는 나이에 상관없이 같은
음악을 즐긴다. 현대적인 삶에 익숙한 20대의 일상에 멕시코의 전통이
자연스럽게 녹아들어 있다. 전통이라는 말이 무색할 만큼 자연스럽게
현시대의 일상에서 전통을 소비하고 있었다.

"주말마다 동네에 와서 말을 타면 정말 행복해. 우리나라를 찾은 너에게
내가 살아온 동네에서 어릴 때부터 들어온 노래를 부르고, 전통음식을
먹으며 사람들과 함께하는 모습을 꼭 보여주고 싶었어."

서울에서는 관광객을 받아들이는 일만 하다가 관광객의 입장이 되어보니
내가 여행지에서 어떤 부분에 감동하는지 알게 되었다. 세르히오와
친구들이 자신들의 문화를 소비하고 즐기는 모습에 그들의 문화와
역사가 궁금해졌고, 나아가 그들이 사는 나라를 사랑하게 되었다.
사람들은 여행을 통해 새로운 환경을 경험하고 싶어 한다. 여행을 통해
현지인들이 무엇을 먹고, 보고, 입고, 어디를 가는지 지역의 일상적인
문화를 경험하고 싶어 한다. 그리고 그 과정에서 자신만의 잊지 못할
추억을 만든다. 내가 가장 감동했던 순간은 현지인들이 그들의 문화와
공간을 사랑하는 모습을 보았을 때다. 내가 즐길 수 있어야 남도 함께
즐길 수 있다. 이것은 타지에서 온 누군가를 맞이하는 관광에서 우리가
갖춰야 할 가장 중요한 자세일 것이다.

Entertainment Theme Park

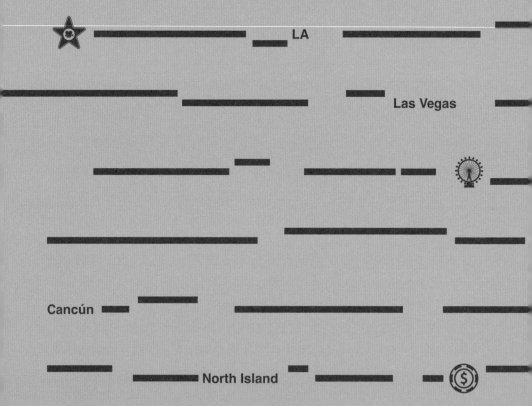

LA

Las Vegas

Cancún

North Island

04

엔터테인먼트
테마파크

Singapore

마음껏
놀 수 있는 놀이터를
만들다

콘텐츠의 상상력이
끌어들이는 관광객

미국 ━━━━━━━━━━━━━━━━━━━━ LA ─

테마파크 아닌
테마파크의 발견

대학원에서 정책학을 공부하며 2년간 유학했던 로스엔젤레스^{Los Angeles,} ^{이하}LA는 내가 세상에서 두 번째로 잘 아는 도시다. 착륙 전 LA 시내를 한 바퀴 도는 비행기 안에서 그 시절 나름 고군분투하며 지냈던 풍경을 바라보며 마음속으로 외쳤다.

'로스앤젤레스! 내가 돌아왔어! 내가 돌아왔다고!'

제일 먼저 LA 대표 관광지인 유니버설 스튜디오를 찾기로 했다. 유학 시절에는 학생 할인 티켓을 저렴하게 샀지만 지금은 그럴 수가 없기에 온라인을 검색했다. 지루한 검색 끝에 특가로 나온 티켓을 발견!

옳다구나 싶어 당장 결제를 하고 당당하게 창구에서 모바일 티켓을 내밀었다.

"손님, 이 티켓으로는 입장하실 수 없습니다."

이게 무슨 소리인가. 거금 70달러를 들여 산 티켓이건만! 자초지종을 파악하니 내가 티켓을 잘못 샀다. 어쩐지 너무 저렴하더라니. 내가 산 티켓은 유니버설 스튜디오 티켓이 아닌 유니버설 스튜디오를 포함한 LA의 다양한 관광명소에 갈 수 있는 GOLA 패스 티켓이었다. 큰 관광도시들은 주요 관광명소들을 엮어 하나의 티켓으로 둘러볼 수 있는 자유이용권, 즉 패스 시스템을 운영하고는 한다. GOLA 패스도 그중 하나로 다양한 가격대에 상품을 구성해두었는데 내가 산 가장 저렴한 구성에는 유니버설 스튜디오의 입장이 포함되지 않았던 것이다. 현장에서 판매하는 입장권은 가격이 너무 비싸 유니버설 스튜디오를 포기할 수밖에 없었다. 다행히 사용하지 않은 패스는 환급받을 수 있다는 듣던 중 반가운 소리를 듣고 무거운 발길을 돌렸다.

축 처진 어깨로 터덜터덜 돌아오는 길에 새로운 풍경이 눈에 들어오기 시작했다. 유니버설 시티워크Universal City Walk는 주차장에서 유니버설 스튜디오까지 걸어가는 길로 유니버설 스튜디오와 관련된 온갖 기념품숍과 음식점, 카페들이 길을 따라 모여 있는 일종의 쇼핑몰이다. 실내 스카이다이빙과 아이맥스 영화관 등 즐길 거리도 있어 100달러가 넘는 유니버설 스튜디오 티켓에 비해 상대적으로 저렴한 8달러의 주차비로 충분히 테마파크에 온 느낌을 낼 수 있다. 유니버설 스튜디오와 흡사한 시티워크의 색감이나 디자인은 차를 주차하고 테마파크 입구까지 걸어가는 동안 관람객의 흥을 돋우고, 관람을 마치고 집으로 돌아가는 길에는 테마파크의 여운을 남겨 마지막 남은 소비욕구를 자극하고는 한다.

시티워크처럼 테마파크에 입장하지 않아도 테마파크를 즐길 수 있는 공간은 다른 곳에도 있다. 바로 유니버설 스튜디오와 함께 LA 테마파크의 양대산맥으로 불리는 디즈니랜드의 다운타운 디즈니Downtown Disney다. 이곳에서도 역시 100달러 이상을 호가하는 입장권 없이 충분히

디즈니랜드의 매력을 느낄 수 있다. 주차장에서 테마파크 입구까지 조성된 다운타운 디즈니에는 다양한 숍과 레스토랑, 카페들이 즐비하다. 미키마우스 모양으로 만들어진 캐러멜애플을 들고 예쁘게 장식된 디즈니 캐릭터숍을 둘러보면 테마파크에 들어온 기분을 낼 수 있고, 시간만 잘 맞추면 멀리서나마 매일 밤 내부에서 진행하는 불꽃놀이를 볼 수 있다. 더 이상 테마파크는 입장권 있는 사람들만의 전유물이 아니었다. 시티워크는 저렴한 가격으로 테마파크에 온 기분을 즐기려는 사람들을 통해 카페, 레스토랑 등으로 부가적인 수익을 창출하고 있었다. 8달러의 주차비가 전혀 아깝지 않아!

스타를 만날 수 있다는
기대감을 팔다

LA를 떠올렸을 때 사람들이 가장 먼저 생각하는 이미지는 헐리우드가 아닐까? 실제로 이곳에서는 살아 있는 영화 속 캐릭터들을 만날 수 있다. 스파이더맨, 캡틴아메리카 등 영화에 나오는 캐릭터 및 유명 배우들로 분장한 사람들(대부분은 배우 지망생들이다)이 1달러씩 팁을 받고 관광객들과 사진을 찍어준다. 수많은 가수와 배우의 이름과 손자국이 남아 있는 헐리우드의 워크 오브 페임Walk of Fame은 과거 강남 지역 스타의 거리를 조성하는 데 참고한 사례였다. 워크 오브 페임에는 좋아하는 배우와 가수의 이름이 새겨진 별 앞에서 사진을 찍으려는 관광객들로 연일 북적인다.

그중에서도 세계 각국에서 찾아온 마이클 잭슨의 팬들이 그를 추모하며 놓고 간 꽃과 초, 사진이 인상적이었다. 헐리우드 스타의 이름을 찾아보는 재미가 쏠쏠한 별 모양 타일은 현재 약 2,500개가 세 블록에 걸쳐 있다. 이 중에는 미키마우스, 고질라 같은 영화 캐릭터의 이름도 있어서 실소를 자아낸다. 특별한 기념사진을 원하는 관광객들은 직접 본인의 이름을 합성한 별에서 포즈를 취하고 사진을 찍을 수도 있다.

'스타'를 만날 수 있는 곳은 워크 오브 페임뿐이 아니다. 유명 헐리우드 영화의 시사회 및 시상식이 개최되는 차이니즈 극장 앞에는 스타들의

위. 이곳에서 본인의 이름을 넣어 합성할 수 있다.
아래. 마이클 잭슨의 별에는 팬들이 두고 간 꽃과 선물이 가득하다.

위. 이 차에 타면 스타의 집을
투어할 수 있다.
아래. 차이니즈 극장 앞에는
배우들의 발자국과 손자국이
남겨져 있다.

스타를 볼 수 있다는 기대감,
그 하나만으로도
사람들은 만족해했다

손바닥, 발바닥 자국 및 사인 200여 개가 있다. 이름만 적혀 있는 워크 오브 페임과 달리 시멘트에 실제 스타들의 흔적이 남아 있어서 또 다른 재미를 선사한다. 극장 바로 옆에는 매년 아카데미 시상식이 열리는 돌비 극장이 있고 그 안에는 최우수 작품상을 받은 영화의 제목들이 연도별로 기둥에 적혀 있다. 이곳에 작품명이 새겨진다는 것은 세계 영화계에 엄청난 영광이라고 한다.

'스타들의 집 투어' 또한 빼놓을 수 없다. 이 투어는 헐리우드와 베벌리힐스 지역을 돌아다니면서 마이클 잭슨, 톰 크루즈 등 유명 스타들이 살았던 혹은 사는 집을 둘러보는 인기 투어 프로그램이다. 투어를 판매하는 직원에게 진짜 스타들을 볼 수 있는지 물어보았다.

"스타들이 프라이버시를 중요하게 생각하기 때문에 실제로 보기는 힘들어요. 집도 대문밖에 안 보이는 경우가 많죠. 하지만 가끔 운이 좋은 사람들은 스타들의 일상 모습을 보기도 해요. 우리는 스타를 보여주는 투어가 아니라, 스타를 볼 수 있다는 기대감을 팔고 있답니다!"

한류관광을 담당하며 가장 어려웠던 건 스타들의 초상권 사용을 해결하는 부분이었다. 한류관광 가이드북에 드라마의 한 장면을 넣으려면 드라마를 방송한 방송사, 제작한 제작사, 그리고 출연 배우의 소속사, 최소 세 군데에서 협약서를 받아야 했다. 허락받고 확인받아야 할 곳이 너무도 많았다. 진짜 스타를 보여주려 했기 때문이다.

하지만 헐리우드에서 굳이 '스타'가 존재하지 않아도 스타 관광이 가능하다는 사실을 배웠다. 스타의 이름이나 흔적만 봐도 설레고, 눈을 감아도 스타의 얼굴이 생생하게 그려지는 팬들에게 스타의 얼굴은 필수가 아니었다. 말 그대로 스타를 볼 수 있다는 기대감, 그 하나만으로도 사람들은 만족해했다. 스타가 아닌 '기대감'을 파는 것. 이것이 바로 헐리우드의 성공비결이 아닐까?

Interview ————

with
—— Los Angeles Tourism & Convention Board

Kathy Smits

Vice President International Tourism

외국인 관광객을 대상으로 한 국제 관광 업무를 총괄하고 있다.

Q1. 사람들이 LA를 찾는 가장 큰 이유가 무엇이라고 생각하세요?

A1. 가장 큰 이유는 비즈니스에요. 특히 엔터테인먼트 업계 사람들의 이동이
많은데 LAX라는 큰 공항이 허브 역할을 하면서 다양한 컨벤션이나 국제회의가
가능하죠. 레저와 관광목적으로 온 방문객들은 헐리우드와 스타들에게
관심이 많아요. 내국인의 경우 사시사철 좋은 날씨, 디즈니랜드 같은 테마파크,

"LA를 찾는 누구에게나 그를 위한 무언가가 있다는 메시지를 주고 싶어요."

캐시 스미츠 ■■■■

2014. 06. 19

스포츠경기나 콘서트 등을 즐기러 오고, 외국인의 경우는 쇼핑도 큰 부분을 차지합니다. 이처럼 이유가 다양하다 보니 우리는 LA를 무한한 엔터테인먼트의 도시로 홍보해요. LA에 오는 누구에게나 그를 위한 무언가가 있다는 메시지를 주고 싶거든요.

Q2. LA 관광청의 운영과 조직에 관해 설명해 주세요.

A2. LA 관광청은 시 정부와 별개로 운영되는 기관으로, 기본적으로는 협회 형태입니다. LA 지역의 1,400개 호텔 및 관광 분야 회사들이 멤버십 형태로 함께하고 있어요. 예산은 기본적으로 두 가지로 편성되는데요, 관광객이 시내에 있는 호텔에 묵을 때 내는 세금의 1%를 시에서 주는 방식과 관광마케팅특구Tourism Marketing District를 통한 방식이 있습니다. 2011년부터 시작된 LA 관광마케팅특구는 LA 시내에 있는 방 50개 이상의 호텔 140개가 1일 숙박 가격에 1.5%의 추가금액을 산정하여 우리 기관에 마케팅 비용으로 투자하는 시스템으로 요즘 미국 전역에서 다양하게 시행되는 Business Improvement District(BID)의 일종입니다. 이 외에도 LA 지역 공항 및 각종 기업이나 기관과 협업하는 스폰서십, 각 멤버가 매년 지급하는 멤버십 가입비 등으로 기관을 운영합니다.

Q3. 관광청에서 헐리우드 스타와 함께 진행하는 마케팅이 있나요?

A3. 스타들과 함께하는 마케팅은 항상 조심스럽습니다. 스타들을 홍보 광고에 등장시킬 때 예산이 대부분 초상권이나 활용 권한에 들어가는데 예산이 넉넉하지 않기 때문에 쉽지 않죠. 그래서 광고에서도 스타를 앞세우기보다는 LA에 오면 유명한 사람들과 같은 레스토랑에 가고, 같은 공간에서 돌아다닐 수 있다는 아이디어를 전달하는 데 집중했어요.

Q4. LA를 상징하는 이미지를 체험할 수 있는 공간이나 프로그램이 있나요?

A4. 가장 큰 역할을 하는 곳은 유니버설 스튜디오입니다. 이곳은 관광청과 긴밀한 관계를 유지하며 운영 중인 실제 스튜디오라는 장점을 내세워 관광객들을 받아들이고 있습니다. 이 외에도 워너브라더스, 파라마운트 같은 스튜디오들도 투어를 운영하고 있어요. 스타들의 집 투어는 관광객들에게 인기가 있지만, 거주민들의 불만이 많아 조심스러운 부분이 있습니다.

환락의 도시를 넘어 살고 싶은 도시를

미국 ━━━━━━━━━━━ 라스베이거스

마법처럼 지갑이 열리는
라스베이거스 스트립

라스베이거스Las Vegas는 도시 전체가 테마파크적 요소를 갖추고 있다.
대부분의 관광객이 시간을 보내는 스트립은 테마파크 요소가 극대화된
공간이다. 거리는 말할 것도 없고, 호텔 하나하나가 작은 테마파크라
할 수 있다. 내가 라스베이거스에서 가장 좋아하는 일은 바로 호텔
쇼핑[1]이다. 각각 특색을 자랑하는 호텔들을 둘러보다 보면 시간 가는 줄
모른다.

또한 라스베이거스에서는 24시간 뷔페 식사권을 살 수 있는데 이것만
있으면 여러 호텔의 뷔페를 즐길 수 있다. 팔찌 모양의 식사권을 차면
음식 테마파크에 온 것 같은 기분이 든다. 식사권을 사용할 수 있는
수많은 호텔의 뷔페를 찾아 제일 맛있는 것들만 골라 먹고 나오는
투어라니. 상상만 해도 속이 든든하다.

관광객의 지갑을 열려면 어떻게 해야 할까? 내가 라스베이거스에서 찾은
방법은 테마파크였다. 현실이 아닌 다른 세계에 있는 듯한 느낌이 들 때
사람들은 그 공간에서의 일들을 그곳에서만 할 수 있는 독특한 경험으로
받아들인다. 그리고 그때의 기분을 기억하려고 기념할 만한 상품을
산다. 라스베이거스에서는 팻 튜스데이[2]에서 파는 엄청난 크기의 잔을
들고 다니며 길거리에서 칵테일을 마시는 게 전혀 이상하지 않기 때문에
칵테일을 사게 된다.

도심 곳곳의 관광지가 더 많은 사람의 소비를 촉진하려면 이러한
테마파크적인 요소를 갖춰야 한다. 꼭 화려할 필요는 없다. 북촌
한옥마을이나 서촌, 파주 프로방스 마을, 인천 송월동 동화마을 등
우리나라에도 찾아보면 테마파크와 같은 매력을 더할 수 있는 공간이
많다. 공간의 매력을 극대화하여 현실 세계가 아닌 듯한 느낌을 준다면
더 많은 소비가 발생할 것이다. 가난한 배낭여행자인 내가 라스베이거스
스트립을 돌아다니며 과소비를 했듯이 말이다.

---

1. 스트립 제일 끝에서 끝까지 즐비한 다양한 호텔의 내외부를 하나하나 둘러보는 과정을 나는 호텔 쇼핑이라고 부른다.
2. Fat Tuesday: 라스베이거스에서 유명한 칵테일 슬러시 체인점

라스베이거스는 내게
거대한 놀이동산이었다 ————

새로운 경험을
제공하기 위한 고민은
아직도 현재진행형이다

호텔과 쇼가 만든
라스베이거스의 매력

쇼는 많은 사람이 라스베이거스를 찾는 이유 중 하나다.
라스베이거스에서 가장 유명한 쇼는 벨라지오 호텔의 오쇼O Show나
MGM 호텔의 카쇼KA Show와 같이 태양의 서커스Cirque de Soleil가 참여하는
쇼다. 오쇼는 물을 활용한 수상 쇼로 명성을 얻었고, 카쇼는 움직이는
무대 위에서 벌어지는 역동적인 퍼포먼스로 유명하다. 여러 번
라스베이거스를 찾으면서도 비싼 티켓 가격에 한 번도 본 적이 없었지만
이번에는 경험을 위해 좋은 자리의 표를 구했다. 어떤 공연을 고를까
고민하다가 다른 공연에 비해 비교적 최근에 만들어져 인기를 얻고
있다는 윈 호텔의 르 레브 쇼Le Reve Show를 보기로 했다.

르 레브 쇼는 물을 기반으로 한 쇼로 객석이 중앙에 있는 원형 무대를
둘러싸고 있었다. 객석과 무대까지의 거리가 12m를 넘지 않게 설계되어
어느 좌석에서나 생동감 넘치는 공연을 볼 수 있다. 수많은 라스베이거스
쇼 가운데 르 레브 쇼가 인기를 끌 수 있었던 요인은 파격적인 마케팅에
있었다. 대부분의 쇼는 신비감을 간직하기 위해 공연 도중 관객의 사진
촬영을 엄격하게 금지한다. 하지만 르 레브 쇼는 공연 중에 사진을 찍을
수 있게 허락했고 더 많은 사진을 SNS를 통해 전파하도록 독려했다.
한 장 한 장 공연의 아름다운 장면이 퍼지면서 르 레브 쇼는 단기간에
라스베이거스의 볼만한 쇼 리스트에 이름을 올리게 되었다.

르 레브 쇼를 보면서 그동안 말로만 들었던 라스베이거스 쇼의 위상을 확인할 수 있었다. 수중과 수상을 넘나드는 화려한 묘기와 시시각각 변하는 의상, 무대, 조명에 잠시도 눈을 뗄 수가 없었다. 물로 만들어진 원형 무대를 위아래, 대각선 할 것 없이 활용하는데 객석이 무대를 둘러싸는 구조는 그 효과를 더욱 극대화했다. 쇼의 내용은 전 세계에서 찾아오는 관람객들을 생각한 것인지 몸짓, 표정, 음악, 조명 등 비언어적 요소가 대부분이었다. 르 레브 Le Reve는 프랑스어로 '꿈'이라는 뜻이다. 이처럼 철학적인 메시지를 바닥부터 천장까지 가득한 특수효과와 눈으로 보고도 믿기지 않는 곡예로 초현실적이고 환상적인 장면으로 표현해냈다.

라스베이거스에는 호텔이 너무나도 많다. 그렇기 때문에 경쟁에서 살아남으려면 각자의 테마에 맞는 데코레이션은 물론이고, 끊임없이 볼거리와 즐길 거리를 만들어야 한다. 잘 만들어진 쇼는 호텔의 명성을 드높이고 지속적인 수익을 창출하는 데 큰 역할을 한다. 레스토랑이나 클럽보다 비싼 티켓 가격을 지불하는 방문객들을 불러들이기에 유용하기 때문이다. 그래서 많은 호텔이 쇼와 함께 뷔페를 묶거나 숙박을 묶는 패키지 상품을 만든다. 호텔을 찾는 방문객들에게 더욱 새로운 경험을 제공하기 위한 고민으로부터 현재 라스베이거스를 대표하는 쇼들이 생겨났다. 그리고 이 고민은 지금도 현재 진행형이다.

토니 셰이의
다운타운 프로젝트

이번에 라스베이거스를 다시 찾은 이유는 신문 기사 때문이었다.
자포스Zappos라는 기업의 창업자인 토니 셰이가 3억 5천만 달러를 투자해
라스베이거스의 다운타운에서 창업가와 예술가를 위한 프로젝트를 진행
중이라는 내용이었다. 거대 자본으로 개발된 스트립Strip 지역에 비해
다운타운 지역은 구도심이라 할 수 있다. 경관보다는 사람과 문화가
먼저라는 토니 셰이의 가치관에 크게 공감했고, 도시 창업이라는 새로운
트렌드를 만들어가는 다운타운 프로젝트를 직접 경험해 보고 싶었다.

새로 지은 호텔이나 오래된 호텔이나 라스베이거스 지역의 호텔 가격은
다른 도시들보다 저렴한 편이다. 대부분 호텔이 카지노에서 수입을 얻기
때문에 1박에 30달러 정도면 괜찮은 호텔방을 구할 수 있다. 검색 끝에
다운타운 컨테이너 파크Downtown Container Park가 바로 보이는 저가형 카지노
호텔로 숙소를 잡았다.

스트립의 24시간 화려하고 번화한 이미지에 익숙해서였을까.
다운타운의 첫인상은 무서웠다. 약간은 촌스럽게 반짝이는 네온사인이나

낮은 건물들이 1980년대 서부영화를 보는 기분이었다. 호텔 1층에 있는
퀴퀴한 느낌의 카지노나 몇 블록만 벗어나도 네바다의 사막이 드러나는
이곳은 내가 알고 있던 화려한 라스베이거스와는 너무 달랐다.
가장 번화한 프리몬트 가는 그래도 조금 나았다. 프리몬트 스트릿
익스피리언스Fremont Street Experience는 커다란 스크린이 아케이드로 덮여
낮에는 뜨거운 햇살을 막아주고 밤에는 화려한 영상이 빛을 발했다.
길가에서 바로 입장이 가능한 카지노와 독특한 모양의 컵에 담아
마시는 칵테일 슬러시, 캐릭터 의상을 입고 사진을 찍으며 팁을 받는
거리공연자, 머리 위로 지나가는 놀이기구, 밤새도록 반짝이는 네온사인
등 라스베이거스의 스트립이 몇 개의 블록 안에 작게나마 상징적으로
표현되었다.

다운타운 컨테이너 파크는 서울 건국대 부근에 오픈한
커먼그라운드Common Ground의 모티브가 된 장소다. 파크 앞 상징물인
강철 사마귀가 밤늦게까지 불을 내뿜어대는 소리에 잠을 설칠 정도로
많은 사람이 찾는다. 파크 내부에는 하나하나가 다 부티크숍이라 해도
과언이 아닐 만큼 독특한 카페, 갤러리, 레스토랑들이 가득했다. 공원
한가운데에는 어른이나 아이 할 것 없이 즐길 수 있는 트리하우스
놀이터가 있고, 곳곳에 있는 컨테이너 박스 공연장에서는 라이브
공연이나 주민들을 위한 영화 상영회, 아이들을 위한 교육 프로그램도
열린다. 컨테이너라는 통일된 디자인 안에서 동네 사람들이 다양한
행사를 개최하며 살아가는 아기자기하고 개성 넘치는 공간이었다.

며칠간 동네 주민인 양 다운타운의 작은 숍들을 돌아다녔다.
처음에는 무섭기만 한 미지의 세계였지만 조금씩 활동 범위를 늘리다
보니 서서히 알아보는 얼굴도 생기고, 단골집도 생겼다. 정말 경관보다는
그 안에 담긴 사람과 문화에 신경 썼구나 싶을 정도로 간판이 없는
곳도 많았다. 화려함이 떠오르는 라스베이거스에서 간판도 없는
작고 개성 넘치는 상점들이 영업을 하고 있다니. 이곳에서 얼마간
살아보고 싶어졌다. 환락의 도시, 라스베이거스에서 며칠의 유흥이
아닌 일상생활을 하면서 살고 싶다는 마음이 들었다는 것만으로도 토니
셰이의 다운타운 프로젝트가 올바른 방향으로 나아가고 있다는 생각이
들었다.

씬 시티에서
사람 냄새 나는 도시로

"아직도 라스베이거스를 씬 시티^{Sin City}라고 부르며 범죄, 도박 등 나쁜 이미지를 떠올리는 사람들이 많아요. 그러한 이미지를 긍정적으로 바꾸는 게 쉽지는 않지만, 그게 이 일의 가장 큰 매력이에요."

라스베이거스 관광청과의 인터뷰에서 가장 기억에 남는 말이다. 혼자 스트립을 벗어나 어두운 밤길을 걸으며 '도박중독자 재활센터' 간판을 마주했을 때 환락의 도시가 아닌 씬 시티로 불리는 라스베이거스의 이면을 마주한 것 같아 가슴이 쿵 내려앉았다. 고작 한 블록 사이에 라스베이거스는 전혀 다른 모습을 보여주었다.

내게 라스베이거스는 놀이동산 같은 도시였다. 일상이 지루할 때 찾아가면 비현실적인 공간에서 다이내믹한 시간을 보낼 수 있는 도시. 대부분의 관광객이 그런 모습을 상상하며 이곳을 찾는다. 물론 이러한 화려한 이미지만으로도 라스베이거스는 충분히 관광객을 끌어들이며 도시 경제를 이끌고 있다. 하지만 도시 입장에서는 더 많은 사람이 이곳에 거주하기를 바랄 것이다. 잠시 들렀다 가는 곳이 아니라 살고 싶은 도시가 되어야 안정적으로 발전할 수 있기 때문이다. 어쩌면 다운타운 프로젝트는 라스베이거스의 그러한 고민의 결과물일 수도 있겠다.

Interview

with
Las Vegas Convention and Visitors Authority

Ruth Kim

International Market Manager

한국, 일본, 동남아 등 아시아 주요 시장 관련 업무를 담당하고 있다.

Q1. 라스베이거스 관광청의 조직과 예산에 대해 이야기해 주세요.

A1. 우리는 관광마케팅 기능이 있는 라스베이거스 시 소속 공공기관이라고 할
수 있는데요, 이사진 14명 중 7명은 공공기관 소속이고, 7명은 라스베이거스 내
호텔의 임원진으로 구성되어 있습니다. 예산은 대부분 라스베이거스 지역 내
호텔 룸택스로 충당하는데, 실당 12%의 룸택스를 내기 때문에 금액이 굉장히
많아요. 그중 우리는 약 32% 정도만 사용하고 나머지는 네바다 주 관광청 등에서
활용합니다. 컨벤션 시설도 직접 운영하면서 수익을 창출하는데요, 현재 관광청
소속 직원은 약 500명 정도로 미국 내 도시 관광청 중에서는 가장 큰 규모입니다.

"'도박의 도시'라는 선입견을 바꾸는 것이 가장 어렵지만 재밌어요."

루스 킴 ▬▬

2014. 07. 01

Q2. 라스베이거스를 홍보하는 데 좋은 점과 어려운 점이 있다면요?

A2. 라스베이거스라는 도시는 브랜드와 마찬가지예요. 워낙 유명하고 화려한 도시여서 홍보하면서 할 수 있는 것이 무궁무진하죠. 게다가 자유롭다는 이미지 덕분에 공공기관임에도 새로운 시도를 하는 데 거리낌이 없습니다. 관광산업으로 시작된 도시여서 관광의 중요성을 누구나 인식하고 있고 관광청이 하는 일의 가치를 존중하죠. 하지만 아직 한국을 비롯한 아시아권의 많은 나라가 라스베이거스를 '도박의 도시'로만 생각해요. 우리는 그러한 선입견을 바꾸기 위해 노력하고 있어요. 어려운 작업이지만 재미도 있죠. 사람들의 인식을 바꾸려는 시도 그 자체가 매력적이고, 실제로 바뀌는 과정을 보면 무척 보람되거든요. 라스베이거스는 이미 관광지로 유명하기 때문에 도시를 알리는 일보다는 도시의 긍정적인 이미지를 정착시키는 데 중점을 두고 있습니다.

Q3. 라스베이거스가 수많은 컨벤션을 유치할 수 있는 매력이 무엇이라고 생각하시나요?

A3. 라스베이거스에서는 수많은 대형 컨벤션이 열립니다. 라스베이거스 관광청이 운영하는 컨벤션홀의 시설은 다른 도시에 비해 낡았지만 연중 거의 100% 가동되고 있죠. 그런 걸 보면 시설보다 주변 환경이 더 중요하다는 생각이 듭니다. 컨벤션 통계를 보니 라스베이거스에서 행사를 진행할 때 참석율이 약 12% 정도 높아진다고 합니다. 그래서 행사 주최 측에서 라스베이거스를 선호하게 되는 것이죠. 컨벤션 시설과 함께 필수적인 요소가 참석자들을 수용할 숙소인데요, 일단 라스베이거스에는 15만 실의 객실이 있기 때문에 문제가 없습니다. 또한 컨벤션센터 외에 각각 호텔에서 보유한 행사장이나 세미나실에서도 크고 작은 행사들이 가능합니다.

Q4. 관광객들을 위한 관광안내센터를 어떻게 운영하나요?

A4. 라스베이거스가 현재 공식적으로 직접 운영하는 건 컨벤션센터에 있는 안내센터뿐입니다. 인터넷이나 모바일로 정보 수집이 가능해지다 보니 오프라인 센터의 역할이 축소되었죠. 또한 라스베이거스는 호텔이나 쇼핑몰들이 워낙 잘되어 있고, 그 안에서 자체적으로 컨시어지나 안내 서비스를 운영하기 때문에 관광청에서 직접 센터를 운영할 필요가 없습니다.

테마파크로
도시국가의 한계를 극복하다

싱가포르 ━━━━━━━━━━

꿈을 심어 준
싱가포르

2008년 교환학생으로 있었던 싱가포르는 내가 관광에 처음 관심을
갖게 해 준 특별하고 소중한 곳이다. 내 기억 속 싱가포르는 참 작았다.
친구들과 나가서 놀려고 해도 갈만한 곳이 항상 정해져 있었고, 한국에서
가족들이나 친구들이 놀러 오면 가는 곳들도 매번 똑같았다. 그래서
궁금했다. 서울만 해도 싱가포르보다 갈 곳이 더 많은데 왜 한국보다
싱가포르에 더 많은 방문객이 찾아오는 걸까? 그때부터 싱가포르의
매력을 유심히 살펴봤다. 그렇게 관광이라는 분야에 대해 조금씩 관심이
생기면서, 지금보다 더 많은 사람이 한국으로 찾아오게 하고 싶다는 꿈을
키웠다.

유니버설 스튜디오의 댄서,
나이저

"나는 지금 유니버설 스튜디오에서 공연자로 일하고 있어. 네가 오면
입장권을 직원 가격으로 해 줄게!"

나이저는 교환학생 시절 힙합댄스 동아리에서 만난 친구다. 유니버설
스튜디오는 소속 직원들에게 아주 저렴한 금액으로 살 수 있는 입장권을
1년에 12장 제공하는데 이 티켓은 주변 사람들에게 양도할 수 있다. 매일
출근하는지라 실질적으로 티켓을 사용할 때가 별로 없다며 나이저는
나와 함께 파크를 즐기기 위해 본인도 티켓을 받았다. 2010년 센토사
섬에 만들어진 유니버설 스튜디오는 싱가포르를 찾는 관광객들이
사랑하는 장소다. LA에서 티켓을 잘못 사는 바람에 들어가 보지 못한
한을 싱가포르에서 풀겠다는 마음으로 입장했다.

"나이저! 우리 지금 중국에 온 거 아니지?"
"하하, 곧 있으면 음력 설날이잖아. 방문객 중에 중국계가 많다 보니 음력
설 한 달 전부터는 중국풍으로 파크를 꾸며놔."

게이트에 들어서자마자 보이는 건 온통 붉은색뿐, 중국을 떠올리는
홍등이 천장을 가득 메우고 있었다. 서구적인 분위기만 상상했던
유니버설 스튜디오에서 동양적 향취가 가득한 데코레이션을 보니
생소했다. 테마파크 자체는 그렇게 크지 않았다. 가운데 인공호수를 두고
빙 둘러 원 모양으로 만들어진 파크는 〈트랜스포머〉, 〈슈렉〉, 〈쥬라기공원〉
등 영화별로 섹션이 나뉘어 있었다.

어느 정도 테마파크를 구경하다 보니 나이저의 공연 시간이 다가왔다.
대부분 한 사람이 여러 개의 역할을 맡는데 매번 스케줄이 달라지기
때문에 공연자의 스케줄을 관리하는 담당자가 따로 있다고 한다. 오늘
나이저가 맡은 역할은 쿠키몬스터. 키가 큰 나이저가 자주 맡는 역할이자
어린이들에게 인기가 많아 좋아하는 캐릭터라고 했다.

"나이저, 이 일을 하는 이유가 뭐야? 금융이나 사무직을 선택할 수도
있었잖아."
"그랬지. 하지만 나는 내가 좋아하는 춤을 추고 사람들에게 기쁨을 주는
이 일이 좋아. 비록 인형 탈을 쓰고 있지만 아이들이 좋아하거나 함께
사진 찍으려 할 때 보람차기도 하고. 이 일을 평생 하기는 힘들겠지만,
할 수 있을 때까지는 하고 싶어. 그리고 이 일이 돈을 잘 못 번다는 건
편견이야. 나 일반 기업에 다니는 친구들 못지않게 월급을 받는걸?"

우리나라에서는 관광서비스업의 일부라 할 수 있는 공연자들이 비정규직이나 일용직으로 근무하는 경우가 많다. 한국민속촌 소속 공연자 중 인기 있는 캐릭터인 거지알바, 사또알바를 연기하는 공연자가 정규직으로 전환되어 화제가 되었으니 말이다. 당연히 '알바'로 여겨지던 테마파크의 공연자가 정규직이 되었다는 사실이 이목을 끈 경우로 테마파크에서 일하는 사람들 대부분의 고용상황을 알 수 있는 사례였다.

나이저는 정규직으로 일반 기업에 다니는 친구들이 부럽지 않은 월급을 받고 있으며 원할 경우 내부 면접을 거쳐 기획이나 마케팅 등 사무직으로 전환할 수도 있다. 관광업이 주요 산업인 싱가포르에서는 관광객을 대하는 업무를 존중하며 적절한 대우를 하고 있다는 생각이 들었다.

화려하고 로맨틱한
마리나베이 샌즈

엄청난 규모의 쇼핑몰과 카지노, 클럽, 호텔 등이 세 건물로 이루어진 마리나베이 샌즈는 이제 싱가포르의 상징이 되었다. 내가 마리나베이에서 가장 궁금했던 곳은 현지인들 사이에서 데이트코스로 사랑받는 가든스 바이 더 베이$^{Gardens \ by \ the \ Bay}$다. 가든스 바이 더 베이에는 식물원 같은 돔이 두 개 있는데 테마별로 인공폭포와 전 세계 꽃과 나무들이 전시되어 있다.

가든스 바이 더 베이의 메인은 무료로 개방된 슈퍼트리 그로브^{Supertree} ^{Grove}로 25m에서 50m에 달하는 나무 모양의 수직정원이 낮에는 열대기후에 시원함을 제공하고, 밤에는 환상적인 라이트 쇼로 모던한 싱가포르의 야경에 화려함을 더한다. 추가입장료 5달러를 내면 중앙에 있는 대형 트리 두 개를 연결한 22m 높이의 OCBC 스카이웨이를 걸을 수 있다. 싱가포르 은행인 OCBC가 스카이웨이와 매일 밤 2회에 걸쳐 진행하는 라이트 쇼를 후원하면서 붙여진 이름이다. 이를 계기로 OCBC는 싱가포르 내 가장 유명하고 환경친화적인 관광명소의 메인 스폰서 타이틀과 함께 전 세계에서 찾아온 불특정 다수에게 회사 이름을 각인시키는 효과를 누렸을 것이다.

모던한 싱가포르 야경에 ———
화려함을 더하는
슈퍼트리 그로브의 라이트 쇼

한국에서도 기업이 관광 비즈니스를 후원한 사례가 있었지만 도심을
달리는 마라톤이나 유명 밴드들을 초청하는 내한공연, 일렉트로닉 뮤직
축제 등 일회성 행사가 대부분이었다. 그 외에는 CJ가 N서울타워를,
한화가 63빌딩을 운영하듯이 대기업이 아예 유명 관광명소의 일부분을
운영하고 수익을 내는 형태다. 국가의 대표 관광콘텐츠에 관광과는 딱히
상관없어 보이는 기업들이 투자하고 홍보의 장으로 활용하는 모습을
보니 싱가포르에서는 관광의 영향력이 크게 인정받고 있음이 느껴졌다.
더불어 이와 같은 유연한 홍보방식이 있었기에 매력적인 관광콘텐츠의
기획과 창작이 가능했을 거라는 생각이 들었다.

작은 테마파크가 모여
큰 테마파크로

싱가포르에는 크고 작은 테마파크가 많다. 유니버설 스튜디오,
주롱새공원, 싱가포르 동물원 등 싱가포르의 대표적인 관광지는 대부분
입장권을 지불하고 즐기는 테마파크다. 그리고 이제는 '동네'까지도
테마파크화[서]되고 있다.

알록달록한 건물로 테마파크가
연상되는 클락키

테마파크화에서 가장 중요한 것은 네이밍^{Naming}과 외관의 일관성이다.
다양한 문화가 공존하는 싱가포르에는 차이나타운, 리틀인디아,
아랍스트리트, 홀란드빌리지 등 문화권별로 자연스럽게 동네가
형성되어 있다. 실제로도 동네별로 독특하면서도 일관성 있는 분위기를
갖추고 있으니 이름만 들어도 그 동네의 이미지가 떠오른다. 마치
싱가포르라는 커다란 테마파크 안에 작은 테마파크들이 존재하는
느낌이다.

싱가포르는 '포장'에 능하다. 싱가포르를 아시아 비즈니스의 중심
도시로 포장한 관광청의 스마트한 마케팅도 뛰어났지만, 싱가포르가
누구에게나 매력적으로 보일 수 있었던 이유는 도시 내 장소별 포장이
훌륭했기 때문이다. 관광지의 테마파크화는 관광에서 무척 중요하다.
아랍스트리트에 있는 터키 음식점에서 진짜 이슬람 모스크를 배경
삼아 케밥을 먹으며 시샤(물담배)를 피우는 경험, 홍등이 가득한
차이나타운에서 중국식 양꼬치를 먹는 경험 등 그 공간만의 독특함을
느낄 수 있는 '테마파크스러움'이 전 세계 사람들을 불러모으는
싱가포르의 매력이 아닐까?

E-mail Interview

—— Singapore Tourism Board

Teyi Guo

Assistant Director, Strategic Partnerships
다양한 기관들과 전략적인 파트너십을 담당하는 업무를 하고 있다.

"자국민을 설득하고 독려하는 것을 중요하게 생각해요."

테이 구오 ■■■■

Q1. 싱가포르 관광청의 조직과 목표가 궁금합니다.

A1. 싱가포르 관광청은 법적으로 무역산업부^{Ministry of Trade and Industry} 산하의 공공기관으로 싱가포르 경제에서 중요한 관광의 개발, 마케팅, 프로모션 등을 담당해요. 우리는 관광이 항상 중요하고 역동적인 국가 경제의 한 축이 될 수 있게 장기적인 전략을 수립합니다. 또한 국립예술위원회^{National Arts Council}와 협업하여 싱가포르의 창의적인 아티스트들을 소개하는 등 타 정부기관과 긴밀하게 협업하며 새로운 관광 프로젝트들을 구상하기도 합니다.

Q2. 싱가포르 관광청이 가장 중요하게 생각하는 것은 무엇인가요?

A2. 우리는 공공기관이지만 마케팅 전략이나 계획을 수립할 때는 소비자 중심의 접근 방식을 선택하고, 기업적인 목적을 달성하는 데 집중합니다. 그러다 보면 정확한 타겟에 필요한 마케팅 자원을 활용할 수 있고 소비자가 원하는 서비스를 전달할 수 있습니다. 이러한 소비자 중심의 시각은 개별 시장에 따라 맞춤형 마케팅 캠페인을 진행하려는 싱가포르 관광청에 필수적입니다.

Q3. 싱가포르 관광청 사명에는 싱가포르 거주민들이 싱가포르의 관광을 홍보하고 정체성을 만들어야 하는 내용이 포함되어 있는데요, 싱가포르 국민과는 어떻게 협업하시나요?

2015. 02. 03

A3. 싱가포르 거주민들의 강력한 지지와 활발한 참여는 반드시 필요합니다. 싱가포르 거주민들이 싱가포르의 정체성과 매력을 만드는 가장 중요한 역할을 하기 때문이죠. 국민 개개인은 잠재적인 관광 홍보대사나 마찬가지예요. 또한 그들이 공동으로 생산하는 아이디어와 에너지는 관광 영역의 발전에 기여하고 있죠. 그래서 싱가포르 관광청은 자국민을 설득하고 독려하는 것을 중요하게 생각해요. 싱가포르에서 진행되는 수많은 관광 관련 이벤트는 대부분 싱가포르 관광청이 단독으로 진행하는 것이 아니라 관광 관련 업계와 함께 진행하는데, 이 과정에서도 자국민의 참여를 항상 고려해요. 싱가포르의 경우 차이나타운, 리틀인디아, 오차드로드 등 시내에 있는 구역별로 다양한 행사들이 진행되고 있고, 관광이 워낙 국가 경제에 큰 부분을 차지하고 있기 때문에 국민도 관광의 중요성을 인지하고 적극적으로 참여하는 편입니다.

무제한 티켓으로
천국을 만들다

멕시코 ━━━━━━━━━━━━━━━━━ 칸쿤

천국에서 온
행운의 편지

세계관광의 날 행사에서 만난 파올라는 멕시코 여행에 큰 도움을 준
친구다. 멕시코 관광부에서 미디어 담당으로 일하던 그녀는 멕시코 각
지역관광청에 나를 소개하는 메일을 보냈는데, 실제로 여러 관광청에서
연락이 왔다. 그중에는 칸쿤관광청도 있었다.

지민 씨에게,
칸쿤은 요즘 한국 사람들에게 많은 관심을 받고 있어요.
한국의 관광 시장에 대해 잘 아는 당신이 칸쿤을 구석구석 둘러보고
많은 조언을 해 주면 좋겠어요. 내가 칸쿤의 호텔과 액티비티들을
체험할 수 있게 연결해 줄게요. 마침 당신이 도착하는 날, 칸쿤 지역
관광업계 사람들이 한자리에 모이는 칸쿤 트래블마트[Travel Mart]가
열려요. 지민 씨도 꼭 참석하면 좋겠어요.
칸쿤 관광청의 에리카.

올-인클루시브,
칸쿤만의
자유이용권

오랜 기간 칸쿤의 호텔과 관광청에서 마케팅을 담당한 에리카는 멋지고
호탕한 여자다. 칸쿤 트래블마트는 칸쿤관광협회가 주도하고 칸쿤
지역의 여행사와 호텔 등이 참여하는 박람회로 이 지역 관광업계의 가장
큰 연중행사다. 이 행사를 위해 칸쿤 관광청은 주요 타깃인 북미 지역의
여행기자들을 데리고 팸투어를 진행하는데 내가 참여한 일정도 그중
일부였다. 에리카는 칸쿤에서 한국 관광객을 가장 많이 상대한다는 한인
여행사 대표, 마이클을 소개해 주었다. 멕시코에서 꽤 오랫동안 여행사를
운영해왔다는 그는 요즘 특히 한국에서 오는 허니문 여행객들이
늘었다고 말했다. 칸쿤과 주변 지역의 대표적인 고급 리조트와 호텔들은
숙박비에 음식과 주류가 무제한으로 포함된 올-인클루시브[All-inclusive]
형태로 운영된다.

"올-인클루시브는 스페인의 한 리조트 그룹이 처음 도입한 방식이에요. 원래 스페인에서 먼저 시작했는데, 당시 리조트의 인기는 많았지만 손님들이 리조트 밖으로 나오질 않으니 주변 상점에서 불평을 하기 시작했어요. 그러자 스페인 정부가 리조트는 숙박업만 하도록 법을 개정했고, 올-인클루시브 리조트의 가능성을 본 회사는 스페인 바깥에서 대규모 개발을 계획하게 되었죠. 그때 멕시코 정부의 칸쿤 개발 계획과 모든 것이 맞아떨어져 칸쿤의 호텔존이 생겨났습니다."

마치 자유이용권처럼 호텔을 제한 없이 누릴 수 있는 올-인클루시브는 칸쿤의 대표적인 특징이다. 칸쿤의 최고급 리조트들은 자체 레스토랑을 5~7개 정도 운영하고 룸서비스까지 무제한으로 제공하여 투숙객들이 리조트 내에서 모든 것을 즐길 수 있는 시스템을 만들어 놓았다. 체크인할 때 외에는 어떤 추가비용도 발생하지 않는 휴양이라니,

무릉도원이 따로 없다. 먹는 걱정, 노는 걱정, 자는 걱정 없이 무제한으로 즐길 수 있는 이곳이 바로 천국이다.

셀하,
아주 멕시코스러운 테마파크

칸쿤 주변에 있는 작은 테마파크와 나이트클럽도 대부분 올-인클루시브, 입장료만 내면 먹을 것과 마실 것의 제한이 없다. 나는 그중 가장 인기 있는 테마파크인 셀하Xel-ha를 찾았다. 칸쿤에서 약 1시간 반 거리에 있는 셀하는 각 호텔로 전용 차량을 보내 관광객을 픽업한다. 가는 동안 마야의 후손이라는 가이드가 셀하를 설명해 줬다. 고대 마야어로 강과 바다가 만나는 곳이라는 의미의 셀하는 유카탄 반도의 모든 자연환경을

먹는 걱정, 노는 걱정,
자는 걱정 없는
이곳이 바로 천국이다

그대로 재현한 듯한 에코 테마파크다. 기본 입장료를 내면 파크 내부에서 올-인클루시브를 즐길 수 있는 팔찌를 채워주고 스노클링 장비를 제공한다.

셀하에는 정글탐험에서부터 절벽다이빙, 짚라인^{Zip-line}, 동굴탐험, 산악자전거, 바닥이 투명한 보트 등 즐길 거리가 많은데 그중에서도 맹그로브 숲을 지나는 튜빙이 인상적이었다. 티 없이 맑은 에메랄드빛 강물에서 튜브를 타거나 스노클링을 하면서 바다와 만나는 지점까지 가다 보면 몽글몽글 강물과 바닷물이 섞이는 독특한 물속 풍경을 볼 수 있고 여유 있게 헤엄치는 물고기도 만날 수 있다. 또한 유카탄 반도의 대표적 지형인 석회동굴을 구경할 수 있고, 추가 요금을 내면 돌고래 쇼, 가오리 체험, 특수 헬멧을 쓰고 바닷속을 걷는 시워킹^{Sea-walking} 등 다양한 액티비티를 즐길 수 있다.

특히 테마파크 곳곳의 포토존에서 입장할 때 받은 팔찌의 바코드를 찍으면 나갈 때 저절로 모든 사진을 모아서 확인하고 인쇄할 수 있는 시스템을 만들어 사진을 찍기 어려운 아쿠아 테마파크의 단점을 보완했다. 이밖에도 관람객들에게 일반 선크림과 모기약 사용을 금지하여 '에코파크'의 이미지를 각인시키고, 자연을 있는 그대로 보존하면서 즐길 수 있게 노력하고 있었다.

"우리의 자원은 아름다운 자연이기 때문에 그 자원이 훼손되는 순간 관광객들이 찾아올 이유가 사라져요. 그래서 최대한 있는 그대로 보존하기 위해 노력하죠."

입장하는 사람들의 선크림과 모기약의 친환경 여부를 확인하는 직원이 말했다. 셀하를 비롯하여 이 지역에서 여러 개의 테마파크를 운영하는 Experience 그룹의 테마파크는 디자인에서부터 네이밍, 브랜딩은 물론이고 공간 기획, 시설과 서비스 등 모든 면에서 뛰어났다. 게다가 올-인클루시브라는 칸쿤의 트레이드마크나 다름없는 시스템을 차용하여 자신들만의 서비스 방식을 만들어냈다. 그들의 애정과 세심한 노력이 세계인에게 사랑받는 휴양지, 칸쿤을 만들어가고 있었다.

자연이 훼손되면 관광객들이
찾아올 이유가 사라져요

최대한 있는 그대로를
보존하면서

즐길 수 있도록 노력하죠 ———

갑작스러운
칸쿤에서의 첫 여행 강연

예상치 못한 강연 기회가 생겼다. 아직 여행이 끝나지도 않았는데
여행 강연이라니. 세계관광의 날 행사에서 만나 인사를 나눴던
카리브대학교의 페드로 교수를 우연히 칸쿤 트래블마트에서 만났는데,
그는 자신의 학생들에게 내 여행 이야기를 들려줬으면 좋겠다고
부탁했다. 멕시코의 젊은 친구들, 그중에서도 관광을 전공한 학생들과
소통할 기회를 마다할 이유가 없다. 흔쾌히 초대에 응했다.

약 3,500명의 학생이 공부하는 카리브대학교에는 학부 전공이 8개
있는데 그중 하나가 관광호텔경영이다. 급작스러운 일정이라 별다른
자료도 없이 맨몸으로 왔는데 학교에 와보니 내 이름을 걸고 홍보까지 한
상태였다. 한류에 관심이 많은 조교 메델린이 내 이름과 태극기가 그려진
플래카드를 만들어 기다리고 있었다.

따로 준비한 자료가 없는지라 내 영어 블로그를 화면에 띄워놓고
이야기를 시작했다. 한국에서 했던 일부터 이 여행을 계획하게 된 계기,
지금까지 만났던 관광청과 사람들의 이야기 등 두서없이 쏟아내는
이야기를 멕시코 친구들은 똘망똘망한 눈으로 열심히 들어주었다.
이야기를 마치고 예산은 어떻게 마련했는지, 다른 관광청을 인터뷰할
때는 어떤 질문을 했는지, 멕시코의 관광에 대해서는 어떻게 생각하는지
등 질문에 답변하고 함께 토론하면서 그들과 함께 성장한 기분이었다.

대학생에게 느껴지는 생동감과 열정은 특별하다. 특히 칸쿤이라는
세계적인 관광지에 있는 대학교에서 관광을 전공하는 학생들의 자부심은
굉장했다. 대부분 유카탄 반도 지역에서 나고 자란 학생들은 칸쿤의
호텔이나 여행사 등에서 취업을 하는데 가족 중에서도 관광산업에서
일하는 사람들이 많다. 세계인에게 관광지로 사랑받는 칸쿤은 이 지역의
관광산업 곳곳에 스며든 현지인들이 일군 값진 결과라는 생각이 들었다.
그리고 내 앞에서 눈을 반짝이는 이 젊은 친구들이 미래의 칸쿤을
책임진다면 더 많은 이들에게 사랑받는 관광지가 될 것이라는 확신이
들었다.

칸쿤은 그 모습
그대로 천국이었다,

칸쿤은 그 모습 그대로 천국이었다. 카리브 해는 시시각각 색깔을
바꾸고, 세상 어디에도 없을 것 같은 새하얀 모래사장이 드넓게
펼쳐져 있다. 하지만 칸쿤을 천국으로 만든 것은 천혜의 자연환경만이
아니다. 사람들은 저마다의 환상을 품고 칸쿤을 찾는다. 수많은 커플은
로맨틱한 관광지를 떠올리며 칸쿤을 찾고, 젊은 남녀들은 올-인클루시브
서비스로 무제한 제공되는 술과 음식, 그리고 밤새 벌어지는 파티를
떠올리며 칸쿤을 찾는다. 그리고 상상했던 이미지의 칸쿤을 만끽하며
추억을 만든다. 이러한 이미지를 만드는 데는 멕시코 정부의 전략적인
지원이 있었고, 서비스의 품질을 높이고 더 많은 즐길 거리를 만들려는
관광업계의 노력이 있었다. 정부와 관광업계, 현지인이 힘을 합쳐 함께
만들어 낸 칸쿤의 내일이 더욱 기대된다.

영화 속으로
여행을 떠나다

뉴질랜드 ━━━━━━━━━━━━━━━ 북섬

뉴질랜드 여행의 시작은
비행기에서부터

뉴질랜드로 들어가는 비행기는 대부분이 에어뉴질랜드라 세계 여행을
시작한 후 처음으로 저가 항공이 아닌 국적기를 탔다. 호주를 제외한
모든 나라와 멀리 떨어져 있는 뉴질랜드는 항공편이 매우 중요하다.
뉴질랜드 관광청은 뉴질랜드 관광 홍보에서 가장 극복하기 어려운
점으로 접근성을 꼽았는데, 그래서인지 국적항공사인 에어뉴질랜드는
시설과 서비스가 뛰어나기로 유명하다.

비행기에 올라탄 순간부터 나의 뉴질랜드 여행은 시작되었다. 기내를
가득 채운 연보랏빛 조명 속으로 걸어 들어가 자리에 앉으면 모니터에
엘프가 나타나 안전 안내를 한다. 뉴질랜드 이미지를 만드는 데 크게
기여한 〈반지의 제왕〉과 〈호빗〉의 피터 잭슨 감독과 배우들이 출연하는

기내 안전 영상은 유머가 더해져 이목을 끈다. 비행 중 〈반지의 제왕〉과 〈호빗〉의 모든 시리즈를 볼 수 있는 건 물론이다. 〈반지의 제왕〉이라는 뉴질랜드의 대표 콘텐츠를 국적기에 활용한 영리함이 돋보였다. 영화에 푹 빠져 있다 보니 어느새 착륙 시간, 창문 밖으로 영화 속 장면이 그대로 펼쳐졌다.

익스플로어 패스, 뉴질랜드를 찾는 기자들을 위한 선물

뉴질랜드 관광청에 방문 인터뷰를 요청한 1월은 남반구의 한여름으로 뉴질랜드에서는 극성수기 휴가철이었다. 휴가철이라 사무실에 아무도 없으니 전화로 인터뷰를 하자는 답변이 왔다. 그렇게 나는 도쿄Tokyo에 있는 아시아 담당 지사장과 전화 인터뷰를 했다. 그리고 얼마 후 메일이 왔다.

> "키아 오라[1]! 윤지민 님께 디스카운트 패스, 익스플로어 패스Explore Pass를 제공하고 싶습니다."

익스플로어 패스는 뉴질랜드 관광청이 곳곳에 있는 액티비티, 숙소, 레스토랑 등 관광서비스 제공자들과 협약을 맺어 홍보를 목적으로 뉴질랜드에 오는 글로벌 미디어 종사자들이 무료 혹은 할인된 금액으로 서비스를 이용할 수 있게 하는 티켓이다. 패스 등록자의 아이디로 로그인하면 인터넷을 통해 가격, 할인율, 위치, 연락처, 예약까지 가능해서 뉴질랜드를 취재하려는 기자들에게는 더없이 유용한 선물이다.

뜻밖의 선물 덕분에 뉴질랜드의 다양한 액티비티를 경험할 수 있었다. 투투카카Tutukaka 해변에서는 스쿠버다이빙을, 파이히아Paihia에서는 돌고래와 함께 수영을, 타우포 호수Lake Taupo에서는 번지점프를, 로토루아Rotorua에서는 화산 온천을, 와이토모Waitomo에서는 글로우웜 동굴탐험을 했다.

---

1. 뉴질랜드 마오리 족 인사말로 '안녕하세요'나 '고맙습니다'라는 뜻이다.

가장 기억에 남는 액티비티는 글로우웜 동굴탐험으로 와이토모 동굴은 세상에서 가장 비현실적인 여행지에 포함될 정도로 독특한 공간이다. 반딧불이 종류의 글로우웜이 동굴 천장에 붙어 신비로운 빛을 내뿜는 광경은 마치 별이 가득한 밤하늘 같다. 동굴 내부는 그룹 투어로만 가능한데 30분 간격으로 약 30명 정도가 한 팀이 되어 움직인다. 이 동굴은 영국인과 함께 이 지역의 마오리 부족 추장이 발견한 후로 현재까지 마오리 부족이 동굴을 소유하고 있다. 내부에서는 보존을 위해 어떠한 사진이나 영상도 찍을 수 없고 그룹 투어 역시 부족의 자손들이 가이드가 되어 직접 진행한다.

"이 동굴은 우리 부족에게 정말 소중한 공간이에요. 동굴 초입에 있는 커다란 방에서는 크리스마스 때마다 촛불로 장식하고 파티를 여는 데 정말 아름다워요. 부족원들은 이 동굴에서 결혼식도 올릴 수 있죠. 이렇게 동굴을 활용하지만 동굴에 서식하는 글로우웜들에게는 피해가 가지 않게 항상 조심하고 있어요. 글로우웜은 이 동굴의 주인입니다. 그들이 절대 방해받지 않도록 배에 타고 있는 동안 침묵해 주세요. 그리고 고요 속에서 자연의 신비함을 느껴보세요."

가이드는 관광객들이 오로지 자연의 신비에 빠져들 수 있게 누구 하나 침묵을 깰 수 없는 진지한 분위기를 만들었다. 동굴을 아끼고 사랑하는 주인이자 안내자의 역할을 충실히 했던 것이다.

프로도의
고향에 가다

뉴질랜드에서 가장 기대했던 관광지는 〈반지의 제왕〉 촬영지인 호비튼Hobbiton이다. 영화 〈반지의 제왕〉은 뉴질랜드 곳곳에 촬영지를 남기며 세계의 영화팬들을 불러들여 뉴질랜드 관광 수입의 큰 축이 되었다. 그중에서도 호비튼은 가장 많이 알려진 장소다. 평소 영화나 드라마 등 콘텐츠를 관광으로 구현하는 데 관심이 많았기에 두근거리는 마음으로 투어를 신청했다. 호비튼은 개별 투어가 불가능하고 30분 간격으로 그룹 투어가 운영된다. 약 30명이 한 그룹으로 주차장과 티켓

판매소가 있는 The Shires에서 버스를 타고 약 10분 정도 이동하면
세트장이 나타난다. 촬영 당시 출연진들이 탔다는 버스를 타고
이동하면서 호비튼에 대한 설명을 들었다.

"피터 잭슨 감독은 호빗 마을을 만드는 데 끝없는 언덕에 커다란 나무가
하나 우뚝 서 있는 풍경이 필요했다고 합니다. 그 풍경을 찾으려고
헬리콥터를 타고 지나가다 발견한 목장이 바로 이곳, 호비튼이
되었습니다."

〈반지의 제왕〉을 촬영할 때만 해도 집이 몇 채 없었고, 대부분의 집은
후속편인 〈호빗〉을 촬영하면서 지었다고 한다. 세트장에 도착한 순간
감탄이 절로 나왔다. 영화 속에 그대로 들어온 기분이었다. 언덕
사이사이에 만들어진 집은 물론이고 생화를 비롯해 빨랫줄, 장작 등
작은 소품까지 그대로 재현되었다.

호비튼을 구경하고 돌다리를 건너 도착한 그린 드래곤 인^{Green Dragon Inn} 역시
영화에 나왔던 모습을 그대로 재현하고 있었다. 원래 영화는 뉴질랜드
수도 웰링턴^{Wellington}에 있는 스튜디오에서 촬영했는데 관광객들을 위해
이곳에 실물로 만들었다고 한다. 호빗 테마로 만든 수제맥주와 알코올이

호비튼의 기념품 가게에서 파는 기념품들

들어 있지 않은 생강맥주 중 한 잔은 투어 비용에 포함되어 있어서 맛볼
수 있었는데 이 외에 수프나 파이 등 호빗 테마의 음식도 판매하고
있었다. 마지막에 들른 기념품숍에는 절대 반지에서부터 호빗을 테마로
한 보드게임, 호빗이 들고 다니는 곰방대, 주인공의 집 앞에 붙어 있는
출입금지 사인 등 다양한 영화 속 아이템들과 그린 드래곤 인에서
마셨던 맥주가 선물용으로 예쁘게 포장되어 판매되고 있었다. 영화
속 주인공들이 먹고 마시던 공간에서 먹고 마시고, 그 추억을 그대로
기념품으로 간직해 돌아갈 수 있다니. 점점 영화 속 세계에 빠져들었다.

호비튼을 둘러보며 신기했던 점은 영화에 출연한 배우들의 얼굴을
거의 볼 수 없었다는 것이다. 우리나라에서는 드라마나 영화 촬영지
입구에서부터 출연배우의 사진을 볼 수 있는 것이 일반적이다. 하지만
호비튼에서는 프로도를 찾을 수 없었다. 그들의 사진이나 장면이
없으니 방문객들은 상상력을 발휘하여 스스로 주인공이 될 수 있었다.
비어 있는 세트장에서 내가 직접 주인공이 되어보는 상상으로 잊지
못할 추억을 만든 것이다. 콘텐츠의 중심은 스타가 아니라 내용이다.
스타가 직접 등장하지 않아도 콘텐츠가 현실화되면 사람들은 열광한다.
체험형 방식으로 무형의 콘텐츠를 풀어내는 데 성공한 호비튼에서 한류
콘텐츠를 기반으로 미래의 관광을 이끌어갈 한국의 모습을 상상해 본다.

내가 직접 주인공이
되어봄으로써

잊지 못할 추억을 만들었다

체계적인 관광안내 서비스로
재방문을 유도하라

뉴질랜드는 관광안내 서비스가 굉장히 잘되어 있다. 뉴질랜드 관광청이
운영하는 관광안내소 i-SITE는 전국적으로 80개가 넘게 갖춰져 있어
관광정보와 지도 제공은 물론, 숙소나 여행상품 예약까지 담당한다.
직원을 뽑을 때도 현지에 오랫동안 거주하고 있는 사람들을 우선으로
선발하여 그 지역을 잘 아는 사람들에게 안내를 맡긴다. 명소 추천부터
예약까지 한 번에 진행하는 친절한 응대는 물론이고, 그 지역의 정보도
제대로 얻을 수 있다. 그러다 보니 나중에는 i-SITE 로고만 봐도 마음이
편해지고 환영받는 느낌이 들었다.

더불어 뉴질랜드 여행을 스마트하게 만들어준 건 스마트폰
애플리케이션이었다. 다른 나라에도 스마트폰 애플리케이션을 제공하는
관광청이나 여행지는 많지만, 실질적으로 도움이 되는 경우는 별로
없었다. 하지만 뉴질랜드 관광청의 사이트와 애플리케이션은 달랐다.
지역과 기간별로 추천 코스를 구글 지도와 연동하여 보여주고, 추천
숙소나 액티비티 등을 관광 인증마크를 받은 업체 순으로 보여주면서,
단숨에 예약까지 가능하게 만들어져 있었다. 웹사이트와 모바일에서

가는 곳마다 항상 일관된 아이콘으로 맞이해 주는 관광안내소

모든 콘텐츠가 동일한 형태로 보이니 헷갈릴 일도 없었다. 여행자의 입장을 잘 고려해서 만든 이 애플리케이션은 와이파이가 없을 때도 필요한 정보들을 볼 수 있고, 누구나 쉽게 이용할 수 있도록 간결하게 만들어졌다.

캠핑 관련 애플리케이션도 아주 유용했다. 내가 주로 사용했던 'Camping NZ'는 뉴질랜드 전 지역의 캠핑장을 찾을 수 있는 애플리케이션으로 당일 찾아갈 곳의 지도를 바탕으로 캠핑장을 찾아보고 가격과 시설, 리뷰 등을 한 번에 볼 수 있다. 또한 바로 전화를 연결하거나 메시지를 보내서 예약도 가능하다.

안내서비스는 관광객을 끌어들이는 요소가 아니다. 직접 와보지 않고서는 안내서비스가 좋은지 안 좋은지 알 수가 없기 때문이다. 하지만 뉴질랜드에서 규격화되고 친절한 안내센터를 방문하고, 편리한 애플리케이션을 통해 여행하다 보니 안내서비스가 재방문을 유도하고 남들에게 여행지를 추천하는 데 큰 역할을 한다는 것을 깨달았다. IT기술의 발달과 함께 여행의 문턱이 낮아지고 여행자들이 점점 똑똑해지는 오늘날, 뉴질랜드의 체계적인 안내센터 관리와 관광객들을 위한 세심한 안내서비스를 배워야겠다고 생각했다.

Telephone Interview ————

with
—— **Tourism New Zealand**

Nick
Mudge

Regional Manager Japan and Korea
한국과 일본 지역 관련 업무를 담당하고 있다,

"지리적으로 멀리 떨어져 있다는 건 단점이지만 장점이기도 합니다."

닉 멋지 ━━

2014. 06. 19

Q1. 관광지로서 뉴질랜드의 매력은 무엇입니까?

A1. 뉴질랜드는 '100% PURE NEW ZEALAND'를 슬로건으로 자연의 순수함을 강조하는 마케팅을 진행해왔습니다. 뉴질랜드를 방문했던 관광객들이 이야기한 뉴질랜드의 매력을 살펴보면 세 가지 정도로 구분되는데요, 첫째는 아름다운 자연환경입니다. 뉴질랜드는 해변, 빙하, 숲, 화산, 포도밭 등 다양한 자연환경을 갖추고 있습니다. 둘째는 따뜻한 환대입니다. 원주민을 비롯한 상점 주인이나 길거리에서 만나는 주민들 모두 문화를 교류하는 데 적극적이죠. 셋째는 뉴질랜드에서 즐길 수 있는 다양한 액티비티로 뉴질랜드에는 트레킹, 서핑, 다이빙, 번지점프, 래프팅 등 액티비티가 무궁무진합니다.

Q2. 홍보하는 데 어려운 점은 어떤 게 있을까요?

A2. 우리에게 가장 큰 자산인 자연환경이 어려운 점이기도 합니다. 뉴질랜드는 지리적으로 다른 대륙과 멀리 떨어져 있어 독특하고 순수한 자연환경과 원주민 문화를 유지할 수 있었지만, 접근성이 어렵다는 단점이 있죠. 관광객은 대부분 인접 국가에서 찾아오는데 뉴질랜드는 거의 모든 국가와 지리적으로 멀어서 항공권 가격이 높습니다. 그런 비용을 감수하고도 찾아오게 해야 하는 부담이 있습니다.

Q3. 뉴질랜드 관광청의 조직에 대해 설명해 주세요.

A3. 뉴질랜드 관광청은 세계에서 가장 역사가 오래된 관광청 중 하나입니다. 무려 1901년에 세계 최초로 정부기관에서 관광 담당 부서를 신설하고 업무를 시작했죠. 1800년대 후반 뉴질랜드 곳곳에 원주민들이 관리하는 온천이 있었는데, 이를 이용하려는 사람들이 멀리에서도 찾아오자 온천과 국립공원들을 관리하는 관광담당 정부기관을 설립했습니다. 국가에서 예산을 들여서 지은 호텔의 운영을 담당하기도 했죠. 현재 뉴질랜드 관광청은 1991년 New Zealand Tourism Board Act를 통해서 설립되었는데요, 이전에는 정부기관이 호텔 운영에서부터 관광코스 개발, 광고 집행까지 전부 했다면, 관광청이 설립된 후에는 관광청은 마케팅에만 집중하고, 정책이나 연구는 관광부가 담당하는 등으로 업무를 분담하고 있습니다.

뉴질랜드는 국무총리가 관광부 장관을 겸직합니다. 아마 세계에서 유일한
시스템일 텐데요, 그만큼 관광은 뉴질랜드에서 중요한 산업으로 국가 경제
포트폴리오에서 첫째로 언급되기도 합니다. 관광청은 관광부의 산하기관으로
관광부 장관은 이사회에 포함됩니다. 그래서 관광청의 모든 업무가 바로
국무총리에게 보고될 수 있죠. 모든 예산은 정부에서 지원합니다.

Q4. 100% PURE 뉴질랜드 캠페인은 무엇인가요?

A4. 1999년 시작한 100% PURE NEW ZEALAND 캠페인은 아직도 활발하게
진행되고 있습니다. 많은 정부관광청이 로고나 슬로건을 2~3년 만에 바꾸지만
우리는 전혀 그럴 계획이 없어요. 이것은 비단 관광청 내부만이 아니라 실제
뉴질랜드를 여행하고 돌아간 '고객'들의 의견이기도 하죠. 이 캠페인만큼
뉴질랜드를 잘 표현하는 것이 없다고 생각하기 때문입니다. 국가의 문화나
자연환경의 정체성을 짧은 문장으로 전달하는 건 정말 어렵죠. 그런 면에서
뉴질랜드는 모든 정체성을 표현하는 슬로건을 찾았다고 생각해요. 또한 오랜
기간 슬로건의 효과를 경험했기에 앞으로도 유지하려 합니다. '100% PURE'라는
슬로건에 럭셔리, 액티비티 등 다양한 단어를 접목하여 각 타깃에 맞게 유연하게
활용할 수 있다는 것 또한 장점이에요.

Q5. 지역관광청과는 어떻게 협업하시나요?

A5. 각 지역관광청Regional Tourism Organization, RTO과 일대일로 일하는 동시에
관광산업협회Tourism Industry Association, TIA를 통해서 협업을 해요. 다양한 영역의
업체들이 관광산업협회 소속이라 전반적인 관광업계의 목소리를 들을 수 있죠.
이들과 긴밀히 소통하여 관광청의 전략을 수립하고 각자 역할을 부여하는 등 관광
발전을 위해 일하고 있습니다.

Q6. 마케팅 리서치에 어떤 노력을 들이고 있나요?

A6. 마케팅을 제대로 하려면 연구를 제대로 해야 해요. 그래서 마케팅 리서치에
투자를 많이 하고 있습니다. 저희가 가장 중점적으로 리서치하는 타깃은
적극적으로 뉴질랜드 방문을 고려하는 사람들입니다. 실제로 휴가 기간에

뉴질랜드를 방문하려는 사람들을 주요 마케팅 대상으로 삼고 있어서 이들을
대상으로 뉴질랜드에서 관심 있는 부분, 예산 등을 매월 리서치해서 결과에 따라
신속하게 대응하고 그들이 원하는 옵션을 제공하기 위해 노력합니다.

Q7. 영화 <반지의 제왕>을 뉴질랜드 관광 홍보에 어떻게 활용했나요?

A7. 영화 세트장을 관광명소로 홍보하거나 영화의 인지도를 뉴질랜드 관광으로
연결하려고 노력했어요. 피터 잭슨 감독이나 영화 제작사였던 워너브라더스와도
긴밀하게 협력하여 뉴질랜드의 각종 명소와 스토리가 영화 홍보에 녹아들게
했죠. <반지의 제왕>을 촬영하려고 온 배우들에게 뉴질랜드를 즐길 다양한
기회를 제공하여, 그들의 입을 통해 뉴질랜드에 대한 좋은 이야기가 퍼질
수 있게 했습니다. 그뿐만 아니라 뉴질랜드를 찾아온 미래의 영화 제작자나
스태프들에게도 영화 촬영에 협조적인 뉴질랜드 관광청의 모습을 보여주어 미래
영화나 방송 촬영지로서의 가능성을 강조했습니다.

Design
Architecture

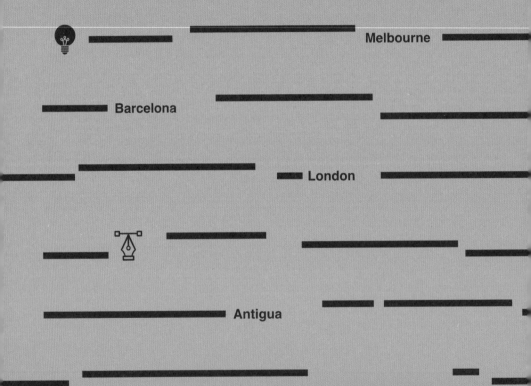

Melbourne

Barcelona

London

Antigua

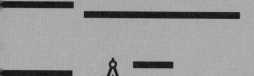

Kuala Lumpur, Putrajaya

Kyoto

도시를
포장하다

도시의 디자인으로
관광객을 불러들이다

호주 ———————————— **멜버른**

스트릿아트,
거리의 벽에서 예술을 만나다

호주 멜버른^{Melbourne}의 호시어 레인^{Hosier Lane}은 2004년 인기리에 방영한 드라마 〈미안하다 사랑한다〉 이후로 일명 '미사 거리'로 불리며 한국 사람들이 즐겨 찾는 관광지가 되었다. 드라마에서 비친 알록달록한 스트릿아트^{Street Art}가 한국 사람들의 머릿속에 멜버른의 이미지로 자리 잡은 것이다.

멜버른에서 스트릿아트가 시작된 건 1990년대 후반이다. 시내 중심부에서 트램 라인에 이름을 새기는 태깅^{Tagging}으로 시작되어 점점 그 표현 기법이 다양해졌다. 2007년 스트릿아트를 금하는 빅토리아 주 정부의 안티그래피티^{Anti-graffiti}법이 시행되자 사회반항적인 메시지를 표현하는 스트릿아트와 반달리즘이 더욱 성행했다. 이러한 부작용을 인식한 멜버른 시 정부는 'Do Art Not Tags'라는 캠페인을 벌이면서 그래피티와 스트릿아트가 합법적인 범위에서 하나의 예술 행위로

인정받을 수 있도록 장려했다. 스트릿아트를 반달리즘이나 공공기물 파손으로 여겨 법으로 제약한 대부분의 도시와 달리 스트릿아트를 예술 행위의 하나로 지원한 것이다. 합법적인 가이드라인을 만들자 많은 예술가가 스트릿아트에 참여하기 시작했고 작품의 퀄리티는 점점 높아졌다. 동시에 멜버른 시 정부는 건물주들의 마음을 움직였다. 시 정부는 건물주가 자신의 건물에 스트릿아트를 소유하려면 면허를 신청하게 했는데, 허가가 나면 건물 외벽에 그린 스트릿아트는 건물 일부이자 개인의 사유재산으로 인정하여 정부는 그 건물의 스트릿아트를 청소하지 않았다. 이와 같은 면허 시스템을 통해 건물 소유주들은 원하는 예술가들을 직접 고용하여 건물을 꾸밀 수 있었고, 원하지 않는 스트릿아트가 자신의 건물에 생겨나면 정부에 지워달라고 요청할 수 있었다.[*]

그렇게 생겨난 멜버른의 대표 관광지가 바로 호시어 레인이다. 알록달록한 벽화가 건물 벽 전체를 뒤덮은 호시어 레인에서는 스텐실 아트, 스티커, 태깅, 콜라주 등 다양한 스트릿아트 기법을 찾아보는 재미가 쏠쏠했다.

도시 로고 디자인
활용의 정석

도시 로고를 보면 멜버른이 참 디자인을 잘한다는 것을 알 수 있다. 2009년 만들어져 발표된 멜버른 시의 공식 로고는 기본적으로 청록색을 활용하지만 아티스트들에 의해 알록달록하게 재생산되기도 한다. 내가 이 로고에 익숙해져서일까? 도시 곳곳에서 로고와 비슷한 패턴과 색깔을 쉽게 찾을 수 있었다. 시청 소유 차량, 공사장 가림막 등에 로고가 인쇄되어 있고, 건물 외벽에도 로고를 응용한 이미지를 볼 수 있었다. 온라인이나 홍보자료에서나 보던 로고를 거리 곳곳에서 만나니 멜버른에 와 있다는 것이 실감 났다.

---

[*] Chayka, K., Melbourne Street Art From the Artists' Point of View (Hyperallergic Forum, 2011).
City of Melbourne, Graffiti Management Plan (2011).
Young, A. et al. Street Studio: The Place of Street Art in Melbourne. (Thames & Hudson, 2010).

'하이서울'이 처음 만들어졌을 때 역시 서울 곳곳에서 로고를 볼
수 있었다. 하지만 이후 엄청난 예산을 투자하여 만든 'Infinitely
Yours'라는 슬로건은 해외용이라는 명목으로 국내에서는 찾아보기
힘들었다. 오히려 외국 사람들에게 익숙한 서울의 마케팅 슬로건을
정작 서울 시민들은 모르고 있었다. 해외에 도시 이미지를 알리는
것만큼이나 실제 도시를 방문했을 때 그 이미지가 이어지게 하는 것도
중요하다. 또한 도시에 사는 사람들이 우리 도시가 해외에 어떤 모습으로
알려지는지를 제대로 아는 것 역시 중요하다. 현지인과 외국인의 구분
없이 모두가 도시의 슬로건을 친숙하게 느꼈을 때 비로소 도시를
제대로 표현하는 슬로건이 될 수 있다는 생각이 들었다. 요즘에는
시민들의 공모로 제작되었다는 'I.SEOUL.YOU'가 곳곳에서 보인다.
내가 멜버른에서 그랬던 것처럼 한국을 찾은 외국인들이 광고에서
보았던 디자인을 보물찾기하듯 거리에서 발견한다면 조금 더 우리나라를
친근하게 느낄 수 있지 않을까?

멜버른 시의 공식 로고 디자인
출처 http://www.melbourne.vic.gov.au

멜버른은

명실상부
예술의 도시다 ————

멜버른은 도시 전체가
갤러리다

문화예술의 도시가 되려는
멜버른의 노력

호주에서 가장 오래된 도시 중 하나인 멜버른에는 잘 보존된 고풍스러운
건물이 많다. 이처럼 예스러운 도시의 분위기는 문화예술 도시의
이미지를 구축하는 데 큰 장점으로 작용한다. 오래된 성당 하나, 도서관
하나만으로도 여행객들에게 아름답고 예술적인 감성을 전달할 수 있기
때문이다.

또한 멜버른은 호주의 대표 도시 타이틀을 두고 시드니와 겨루고 있다.
멜버른 사람들은 시드니에는 있지만 멜버른에 없는 건 오페라하우스밖에
없다며 시드니보다 경제적으로, 교육적으로, 문화적으로 우위에 있음을
수차례 강조한다. 특히 문화예술에 있어 호주 제1의 도시로 인정받기
위해 1년 내내 축제와 전시, 공연 등을 진행하고, 골드러시를 통해 가장
먼저 발달한 유서 깊은 도시로서의 명성을 유지하려 노력하고 있다.

그래서인지 멜버른에서는 예술작품을 쉽게 볼 수 있다. 건물 안 혹은 길가에 있는 수많은 조각과 설치미술은 도시 전체를 갤러리로 만든다. 거리는 때로 공연장이 된다. 관광객들도, 시민들도 자유롭게 즐길 수 있는 거리공연들은 시내 곳곳에서 행인들의 발걸음을 붙잡는다.

옛 모습을 간직한 채 시내를 도는 35번 무료 트램처럼 멜버른은 고풍스러운 멋을 그대로 간직하기도 하고, 모던한 디자인의 도시 브랜드가 시내 곳곳에서 빛을 발하기도 한다. 게다가 길거리에서 끊임없이 일어나는 예술 활동은 도시에 활력을 더한다. 도시의 매력, 도시의 멋을 더하는 데는 다양한 방법이 있다. 누구에게나 매력적이고 싶은 도시 멜버른은 지금도 자신만의 매력을 더하기 위해 끊임없이 노력하고 있다.

천재를 활용하여
도시 이미지를 만들다

스페인 ━━━━━━━━━━━━━━━━ 바르셀로나

바르셀로나에서 가장 유명한
가우디 투어

바르셀로나Barcelona에서 꼭 봐야 하는 가우디의 작품을 보기 위해 투어를
신청했다. 내가 신청한 투어를 진행하는 유로자전거나라는 유럽 전문
여행사로 유럽 전역에서 지식가이드 투어를 진행한다. 도시별로 테마
투어를 만들어 당일 상품을 운용하기도 하는데 그중에서도 바르셀로나의
가우디 투어는 인기가 많다고 한다. 개별적으로 구매하면 대기 시간이
무척 길다는 사그라다 파밀리아 성당 티켓을 미리 구매해 준다는 것도
이 투어의 장점이다. 여행사 직원이 가이드와 긴밀하게 연락하며 도착
시간에 맞춰 대신 줄을 서서 표를 산다니, 개별여행객에겐 불가능한
일이다.

바르셀로나를 찾는 한국인이라면 대부분 신청한다는 이 투어는 도보
투어와 버스 투어 중 선택할 수 있었는데 나는 도보 투어를 선택했다.

버스 투어보다 가격이 저렴하기도 했지만 걸어 다니면서 거리를 보고
싶었고, 대체 이 많은 사람이 어떻게 이동하는지도 궁금했다.

오전 10시 카탈루냐 광장에는 한국인 수백 명이 무리지어 모였다. 이렇게
많은 사람이 전부 같은 곳을 다니는 게 가능할까에 대해 의문이 들었다.
투어는 약 30명씩 그룹을 나눠 10분 정도 차이를 두고 이동했다. 꽤
큰 규모로 이동하다 보니 한 명씩 수신기를 받아 이어폰으로 가이드의
설명을 들어야 했다. 투어는 오전에는 구엘공원과 함께 카사 밀라,
카사 바트요 등 바르셀로나 시내 곳곳의 건물을 구경하고 각자 점심을
먹은 후 사그라다 파밀리아 성당과 구엘 저택을 둘러보는 구성이었다.
우리 팀의 가이드를 맡은 혜림 씨는 직접 준비해온 사진 파일첩을 들고
꼼꼼하게 설명해 주었다. 기이할 정도로 창의적인 가우디의 건축에
혜림 씨가 들려주는 숨겨진 이야기가 더해지니 여행이 더욱 풍성해지는
느낌이었다.

도시의 랜드마크를
만드는 방법

가우디 투어에서 가장 인상적인 장소는 구엘공원이었다. 가우디의
천재성이 압축된 이곳은 마치 동화 속 같았다. 구엘공원은 무료 공간과
유료 공간으로 나뉘어 있고 시간대별로 입장객 수를 제한한다. 공원
내부의 인원를 관리하기 위한 방침으로 시민들이 언제든 산책을 즐길 수
있는 공간은 무료로, 테라스와 건물이 밀집하여 가우디의 걸작을 감상할
수 있는 중심 공간은 유료로 운영한다. 유료 공간에 입장하는 티켓은
입장 시간을 정해 인터넷을 통해 예약하는 방법이 일반적이다. 사그라다
파밀리아 성당 역시 비슷한 시스템으로 운영되는데 입장료의 대부분은
공사 중인 성당을 완성하는 데 들어간다고 한다.

이러한 유료화, 입장 제한 시스템은 장소 면적보다 관람객이 너무 많거나
자연환경을 보존하기 위해 입장객 수를 제한해야 하는 곳에서 활용하는
방식이다. 더 오랫동안 더 많은 사람이 관광명소를 즐길 수 있는 방법에
일조하는 것 같아 기쁜 마음으로 입장료를 지급했다.

사그라다 파밀리아 성당 내부

가우디의
천재성을 만나다

바르셀로나는

이 천재 건축가를
도시 이미지를 구축하는 데
적극적으로 활용했다

가우디가 바르셀로나에 남긴 유산은 엄청났다. 한국인만 하루에 수백 명씩 가우디 투어를 하는데 전 세계에서 몰려드는 관광객을 생각하면 그 경제 효과는 가늠할 수가 없다. 바르셀로나는 이 천재 건축가를 도시 이미지를 구축하는 데 적극적으로 활용했다. 1800년대부터 아직도 짓고 있는 가우디의 사그라다 파밀리아 성당은 단연 바르셀로나의 랜드마크다. 바르셀로나는 충분한 과정을 거쳐 사람들에게 그것을 랜드마크로 인식시켰고 2026년 완공을 발표하면서 더욱 이목을 끌었다. 그뿐만 아니라 바르셀로나 홍보 영상이나 사진에는 항상 가우디의 건축물이 등장한다. 이를 수십 년째 본 사람들에게는 '바르셀로나=가우디'라는 공식이 주입된다.

꽤 많은 사람이 한국 관광의 문제점으로 '랜드마크의 부재'를 꼽으며 새로운 랜드마크의 필요성을 주장한다. 과연 우리나라에는 랜드마크가 될만한 건축물이 없는 걸까? 서울 시내라면 어디서나 볼 수 있는 남산타워도, 웅장한 모습의 남대문도 충분히 서울을 대표하는 랜드마크가 될 수 있다. 도시의 랜드마크는 새롭게 지어서 만드는 것이 아니라 알려서 만드는 것이기 때문이다. 아직 사그라다 파밀리아 성당은 완공되지도 않았으니 말이다.

스페인 마을,
스페인 안의 스페인

바르셀로나 전경을 보기 위해 찾은 몬주익 언덕에서 우연히 스페인 마을이라는 테마파크를 찾았다. 언덕 중턱에 있는 이곳은 스페인 전역에 있는 대표적인 건축물들을 축소하여 재현한 공간으로, 커다란 성벽 같은 입구를 지나 나타난 광장에는 우리나라의 헤이리 예술 마을이나 파주 프로방스 마을 느낌의 작은 아트숍, 카페, 레스토랑이 가득했다. 관람객의 동선에 따라 스페인 각 주의 대표적인 건축이나 장식을 재현하고 민속, 음식 등을 설명하며 직접 지역 특산품이나 음식도 즐길 수 있게 구성되어 있었다. 스페인 남부의 안달루시아 지역을 그대로 옮긴 하얀 벽과 붉은 기와를 감상하다 보면 그 지역의 춤인 플라멩코 공연장과 관련 기념품숍이 나타나는 식이다. 마치 스페인 박람회에 온 느낌이랄까?

안달루시아 지역을 그대로 옮긴 듯한 하얀 벽

183

스페인 마을은

바르셀로나 시민들에게도
사랑받는 공간이었다

스페인 마을은 '스페인 안의 스페인'이라는 테마로 관광객들에게
스페인의 명소를 소개하고 잘 알려지지 않은 지역을 홍보하는 홍보대사
역할을 톡톡히 하고 있었다.

"영화 촬영 중입니다. 조금만 뒤로 물러서 주세요."

스페인 마을을 한 바퀴 둘러보고 다시 광장으로 돌아올 때쯤 한편에서
영화 촬영을 하고 있었다. 광장을 나갈 때는 어느 건물 앞에서 한 무리의
사람들이 단체 사진을 찍고 있었다. 가족이 함께하는 회사 워크숍
같았다. 알고 보니 테마파크 내에 이벤트 공간과 무대가 있어 결혼식을
비롯한 각종 행사가 연일 진행된다고 한다. 스페인 마을은 촬영지,
워크숍, 웨딩촬영, 이벤트 등 다양한 공간 활용으로 관광객뿐만 아니라
바르셀로나 시민들에게도 사랑받고 있었다. 우리나라 파주의 프로방스
마을에서도 드라마 <별에서 온 그대> 등 다수의 드라마를 촬영하고,
겨울에는 프로방스 빛 축제와 같은 이벤트로 관광객을 유치한다.
언젠가는 남이섬이나 쁘띠 프랑스 등 이와 비슷한 공간들이 결혼식이나
대형 행사도 진행할 수 있는 유니크 베뉴가 되어 재미있는 일들이 많이
벌어지길 기대해 본다.

도시의
아비큔을 팔다

영국 ━━━━━━━━━━━━━━━ 런던

해리포터가
되는 곳

런던London에서 가장 보고 싶었던 건 〈해리포터〉의 주요 장소인 킹스크로스
역 9와 4분의 3 승강장이다. 한류관광을 담당하면서 드라마와 영화
촬영지를 관광 명소로 만드는 일을 했기에 여기에서는 어떻게
구현했을지 궁금했다. 고풍스러운 이미지를 상상했던 킹스크로스 역은
생각과 달리 모던한 분위기였다. 9와 4분의 3 승강장은 실제 기차의
9번과 10번 승강장의 사이는 아니었다. 기차역 한쪽 벽에 9와 4분의
3이라는 팻말과 반쯤 벽에 박힌 카트가 만들어져 있었다. 그리고 그
앞에는 사진을 찍으려는 사람들의 줄이 있었다.

"안녕? 자, 하나 골라봐! 그리핀도르? 슬리데린?"

한참을 기다려 내 차례가 되자 열차 승무원 차림의 직원이 〈해리포터〉에

나오는 기숙사 네 곳의 색깔별 목도리를 내밀었다. 그리핀도르의
목도리를 선택하자 목에 둘러주면서 카트로 안내했다. 카트에는 촬영
소품인 마법 지팡이와 해리포터의 안경이 있었다. 카트를 밀면서
벽에 빨려 들어가는 듯한 포즈를 하면 뒤에서 직원이 바람에 날리는
것처럼 목도리를 잡아준다. 사진 담당 직원이 따로 있어 전문 카메라로
포즈를 잡아 사진을 찍어주는 대신 관광객들이 따로 가져온 카메라나
핸드폰으로는 본인들이 직접 찍어야만 했다. 판매용 사진을 찍는
직원들이 관광객의 카메라로는 대신 촬영해 주지 않는다는 규칙을
정하고 그것을 친절하게 설명하며 양해를 구하는 모습이 인상적이었다.

촬영한 사진은 바로 옆 해리포터숍에서 확인할 수 있다. 이곳에 들어서면
전 세계 〈해리포터〉 팬들의 지갑이 열린다. 해리포터가 들었을 법한 마법
지팡이와 이상한 맛이 나는 젤리, 호그와트 기숙사별 넥타이와 교복 등
이야기 속 아이템들이 넘쳐났다. 조금 전에 직원이 찍어준 사진은 예쁜
종이 액자에 넣어서 9파운드에 판매되고 있었다.

〈반지의 제왕〉 촬영지인 호비튼에서 그랬듯 여기에서도 내가 직접
주인공이 되어보는 체험과 이야기 속 작은 소품들이 관광객을 사로잡고
있었다. 기념품숍에서의 인기 상품은 배우들의 얼굴이 들어간 물건이
아닌 주인공이 입었던 옷이나 소품이었다. 호비튼에서 호빗이 되었듯이
사람들은 이곳에서 해리포터가 되었다. 이야기 속 주인공이 되고 싶은
사람들의 욕구가 반영된 사례라 할 수 있다.

This is
GREAT Britain

런던은 참 떠오르는 이미지가 많은 도시다. 빅벤이나 런던아이 같은
랜드마크는 물론이고, 패셔너블한 아이템에 자주 활용되는 영국 국기,
빨간색 이층버스, 블랙캡, 그리고 공중전화부스까지. 정통성을 자랑하는
영국 왕실과 깃털 달린 모자를 쓴 엘리자베스 여왕의 모습은 영국을
대표하는 아이콘이다. 영국 관광청은 'This is GREAT Britain'라는
자부심 넘치는 슬로건과 국기를 활용한 비주얼로 국가브랜드 구축과
홍보를 진행했다. 'Music is GREAT', 'Heritage is GREAT' 등 광고와
마케팅에는 항상 GREAT가 쓰였다. 하지만 내게는 이러한 홍보
방식이 위압적으로 느껴졌다. 영국의 내셔널리즘^{Nationalism}을 강요받는
느낌이랄까?

그래서 이번 여행에서는 영국이 진짜 모든 것을 'GREAT'라고 이야기할
만한지 확인해 보자는 꽁한 마음으로 길을 나섰다. 런던 시내는 역사가
오래된 만큼 고풍스러운 분위기로 가득했다. 무엇보다 사진으로만
보았던 런던의 아이콘들을 길거리에서 보는 게 신선했다. 우아하고
고급스러운 느낌의 버킹엄궁전과 근위병의 위엄에 괜히 기가 죽을
뻔하기도 했다.

그러던 중 우연히 발견한 캠든 마켓은 내게 런던의 새로운 매력을
보여주었다. 허름하면서도 펑키한 캠든 마켓은 우아한 척 체면 차리는
영국 귀족들에 대항하는 히피들의 뒷골목 같은 느낌이었다. 이곳에서는
그동안 거북하게 느껴졌던 '위대한' 영국과는 달리 편안하고 호탕한

분위기를 느낄 수 있었다. 그리고 'This is GREAT Britain'이라는 슬로건에 괜한 심술을 부렸던 마음이 누그러졌다. 도도한 얼굴로 말하는 '영국은 위대하다'는 불편했지만 털털한 얼굴로 말하는 '영국은 위대하다'는 '그래, 너 잘났다!'하고 웃어버릴 수 있었다. 슬로건을 만드는 건 결코 쉬운 일이 아니다. 좋은 슬로건이란 더욱 그렇다. 한 국가에는 너무나 다양한 모습이 있기 때문이다. 그 다양함을 하나의 메시지에 담아 전달하려니 어려울 수밖에.

런던은 참 떠오르는
이미지가 많은 도시다

도시의 아이콘을
팔아먹다

각양각색으로 다양한 모습을 보여준 런던의 장소에는 공통점이 있었다.
바로 관광기념품 판매점이다. 런던을 상징하는 아이콘들은 모두
상품으로 만들어져 팔린다. 그중에서도 영국 국기는 오랜 기간 티셔츠나
가방 등 주변에서 흔히 볼 수 있는 아이콘으로 활용되었다. 기념품숍에는
티셔츠, 머그잔, 손수건, 연필, 지우개, 자석 등 국기 디자인을 넣은
기념품이 많았는데, 관광지의 분위기에 따라 기념품의 느낌이 달라졌다.
버킹엄궁전 혹은 빅벤 근처 시내에서 판매되는 기념품이 깔끔한
느낌이었다면 캠든 마켓이나 브릭레인 마켓에는 빈티지한 느낌의
제품이 많았다. 영국 왕실의 아이콘인 엘리자베스 여왕과 근위병 역시
곳곳에 활용되었다. 기념품숍 앞을 지키고 있는 근위병 마네킹에서부터
엘리자베스 여왕 인형, 왕실 식구들이 그려진 그릇세트, 왕실에서 키우는
반려견 인형까지. 정말 놀라울 정도로 다양한 기념품들이 있었다.

'Keep Calm and Carry on(침착하게 하던 일을 계속하라)'이라는 슬로건
역시 다양한 상품으로 만들어져서 관광객들을 유혹했다. 1930년대
제2차 세계대전을 앞두고 대규모 공중폭격이 예고되었을 때 영국
정부가 만든 이 슬로건은 수많은 시리즈물을 만들어냈다. 그뿐만 아니라

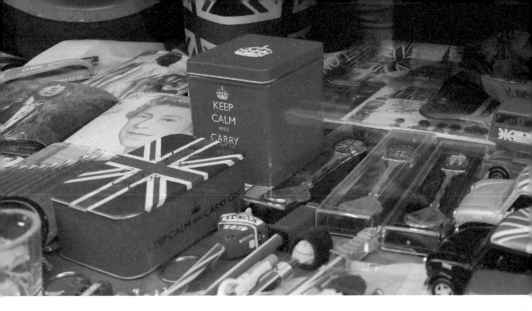

런던의 상징과도 같은 빨간색 이층버스, 블랙캡과 공중전화부스 역시
수많은 상품에 디자인으로 활용되고, 피규어가 만들어져 판매되었다.
그중에서도 엘리자베스 여왕 인형은 한 나라의 여왕을 이렇게 표현해도
될까 싶을 정도로 우스꽝스러운 모양이다. 이 인형을 보면 관광기념품에
유머코드가 얼마나 중요한지 알 수 있다. "런던에서 여왕님을
모셔왔어."라는 말과 함께 친구들에게 이 인형을 꺼내면 한바탕 큰
웃음으로 런던을 추억할 수 있지 않을까?

사람들은 여행의 기억을 더 오랫동안 간직하고 그 감동을 전하기
위해 기념품을 산다. 그렇기에 관광기념품은 여행의 기억을 아름답게
만들고 장소에 대한 애정을 담을 수 있는 물건이어야 한다. 나는 우연히
이층버스의 이층 맨 앞자리를 탔던 기억을 간직하고 싶어서 빨간색
이층버스 피규어를 사고 싶었고, 황홀했던 런던아이의 야경이 그대로
담긴 스노우볼을 가지고 싶었다. 내가 체험한 것들, 감명 깊었던 것들이
구매 욕구를 불러일으켰다. 우리나라 역시 외국인 관광객들이 한국의
곳곳에서 감명 깊었던 장면을 간직해갈 만한 관광기념품이 많아지면
좋겠다. 서울의 색깔별 타요 버스 피규어, 10대 서울색 중 하나인
황토꽃담색 택시, 광화문을 지키는 수문장 인형 등도 관광객의 추억을
담아줄 관광기념품이 될 수 있지 않을까?

런던 시내는
역사가 오래된 만큼

고풍스러운 분위기로
가득했다 ──────────

Interview ———————

—— London & Partners

Jonathan
Hale

Public Affairs Manager

공공부문과 연계된 업무를 담당하고 있다.

"오랜 역사의 전통과 더불어 새롭게 변화하는 이미지를 전달하는 것이 런던의 목표입니다."

조나단 헤일 ■

Q1. 많은 사람에게 알려진 도시를 마케팅하는 데 장점과 단점은 무엇인가요?

A1. 블랙캡, 빨간 이층버스, 타워브릿지 등 런던의 상징물은 정말 많습니다. 가장 좋은 점은 곳곳에서 보이는 익숙한 아이콘 덕분에 처음 오는 사람도 런던을 친숙하게 느낀다는 것이죠. 반면에 이미 알려진 아이콘이 많아서 새로운 아이콘을 개발하고 익숙하게 만드는 게 어렵기도 합니다. 저희는 새로운 아이콘들을 통해 항상 변화하는 런던을 보여줌으로써 사람들의 지속적인 방문을 유도하려 해요. 오랜 역사와 전통과 더불어 새롭게 변화하고 현대화하는 도시의 이미지를 전하는 게 저희의 목표죠. 어떤 사람은 런던의 전통적인 모습에서 매력을 느낄 것이고, 어떤 사람은 현대적이고 역동적인 이미지에 매력을 느낄 것입니다. 이를 도시마케팅 차원에서 정확한 타깃에게 그들이 원하는 이미지를 전달하는 것이 우리의 일입니다.

Q2. 조직 내 교육 분야 Higher Education 가 있다는 점이 독특합니다.

A2. 관광청 초기에는 관광을 담당하는 VisitLondon, 무역과 투자를 담당하는 ThinkLondon, 런던의 대학교를 국제적으로 홍보하여 외국인 입학생을 유치하는 StudyLondon, 이렇게 3개의 기관이 있었습니다. 2008년에 새로운 시장이 부임하면서 이들 기관을 하나로 묶었습니다. 해외에서 관광객을 끌어오고, 투자를 유치하고, 유학생을 유치하는 이들 기관의 목적이 맞닿는다고 판단했기 때문이죠. 유학생으로 런던에 왔다가 거주하면서, 창업을 하고, 가족이나 친구들이 관광객으로 찾아오는 경우도 있으니까요. 그러한 변화를 거치다 보니 현재 우리 기관에는 런던으로의 유학을 장려하는 교육 분야가 있습니다.

Q3. 가장 가깝게 일하는 공공기관은 어디입니까?

A3. 지방자치보다는 중앙정부 중심인 영국의 정치체계 특성상, 런던의 지방정부 조직은 독특합니다. 원래 런던카운티 의회에 지금의 런던 시가 포함되어 지방자치가 이루어졌는데, 제도가 변화하며 런던 시가 분리되어 2000년에 시장(Mayor)이 생겼고, 이제는 'Mayor of London'이 런던 시 정부를 뜻하게 되었죠. 정확한 명칭은 런던광역시 Greater London Authority, GLA로 기관의 장인 시장과 함께 공무원 600~800명이 일하고 있습니다. 관광 역시 시장의 주요 역할이기 때문에 우리는 이 기관에서 예산 일부를 지원받고 있습니다.

2014. 08. 05

195

이 외에 City of London이라는 특별한 기관이 있는데요, 이 기관은 런던 시를 구성하는 33개의 작은 단위 중 가장 작은 행정구역으로, 치안을 독자적으로 관리하고 Lord Mayor라는 이름으로 구역의 장을 별도로 선출합니다. 금융과 경제의 중심부이다 보니 Lord Mayor는 국제 경제와 금융 이슈에 관심이 많고 런던을 세계 경제의 중심으로 홍보하기 위한 해외 활동을 많이 합니다. 또한 이 기관은 관광안내센터와 타워브릿지의 관광전망대를 직접 운영하고, 무역이나 투자 영역을 담당하는 부서와 주로 협업합니다.

Q4. 조직의 예산은 어떻게 조달하나요?
A4. 매년 시 정부로부터 공공지원금 1천2백만 파운드를 지원받습니다. 자체 조달하는 예산은 두 가지로, 첫째는 파트너비입니다. 공식 관광사이트인 Visit London에 노출되길 원하거나 마케팅에 참여하고 싶은 관광명소가 관광청 파트너가 되면서 내는 금액이죠. 둘째는 무역이나 투자에서 오는 수익으로, 런던에서 비즈니스를 시작하려는 글로벌 기업들에게 행정이나 법적인 절차 등 컨설팅을 진행하면서 얻는 비용입니다. 이 외에도 추가로 마케팅 캠페인을 진행할 때는 VisitBritain(영국 정부관광청)이나 다른 기관에서 예산을 받기도 합니다. 현재는 공공지원금이 전체 예산의 대부분을 차지하지만 공공예산에 대한 의존도를 낮추고 자체 조달하는 예산과 지원금을 50:50으로 만드는 것이 목표입니다.

Q5. 관광안내 방식이 궁금합니다.
A5. 처음에는 관광안내와 마케팅 업무를 맡은 기관이 분리되어 있었습니다. London Development Agency라는 기관이 관광상품, 안내 시스템, 환대서비스 등을 담당했고 우리는 마케팅만 담당했죠. 하지만 인터넷기술이 발달하면서 많은 사람이 관광안내와 정보를 온라인에 의존하다 보니 안내센터를 운영하는 비용이 점점 무의미해졌어요. 많은 트래픽이 온라인 웹사이트에서 일어나기 때문에 새로운 정보나 지도는 온라인으로 공개하고, 안내소 개수를 줄이고, 자원봉사자들을 곳곳에 배치하는 방식으로 바꾸고 있습니다.

Q6. 해외와 국내 홍보의 차이점이라면 어떤 게 있을까요?
A6. 영국의 경우 VisitBritain이라는 기관은 국제적으로 외국인 관광객을 대상으로 전국을 홍보하고, VisitEngland는 내국인을 대상으로 홍보합니다. VisitLondon은 해외 홍보가 주 업무이지만, 국내 홍보도 해야 하는가는 논의 대상이에요.
사실 대부분 영어로 서비스되기 때문에 내국인들 역시 우리 웹사이트나 마케팅에 자연스럽게 노출됩니다. 그래서 현재까지는 별도로 국내 홍보나 마케팅을 진행하지 않는데요, 내국인 관광객 통계나 자료는 항상 수집하고,
매년 국제 관광객을 대상으로 진행하는 설문에도 내국인 관광객을 함께 진행하는 등 내외국인 모두에 관심을 기울이고 있습니다.

세종시의
모델 도시

말레이시아 ━━━━━━━ 쿠알라룸푸르
푸트라자야

배낭여행자들의 공간,
레게 맨션

쿠알라룸푸르^{Kuala Lumpur}에서의 가장 큰 난관은 숙소를 찾는 일이었다. 말레이시아의 수도였지만 배낭여행자를 위한 숙박 시설의 개수가 많지도 않고 어느 지역에 묵어야 할지 감도 안 왔다. 그중에서 레게 맨션은 규모나 시설, 가격에 있어 유일하게 마음에 들었던 곳으로 배낭여행자의 입맛에 딱 맞는 호스텔이었다. 24인실 혼성 도미토리에 깜짝 놀랐지만 개별 락커, 조명, 커튼까지 갖추어진 캡슐형 침대가 개인 공간을 확실하게 구분하여 불편함은 없었다. 루프탑 바는 레게 맨션에서 가장 즐거웠던 공간으로 쿠알라룸푸르의 랜드마크인 트윈타워를 배경으로 매일같이 파티가 열렸다. 특별한 장비 없이 유튜브에서 팝송이나 자국의 노래를 화면에 틀어놓고 부르는 가라오케 이벤트를 했는데 다들 어찌나 신나게 참여하는지 온 동네가 들썩일 정도였다.

SURIA·KLCC

페트로나스 트윈타워

좌. 24인실 도미토리 우. 친구들이 장난쳤던 붓다 인형 아래. 푸트라자야 관리청

하루는 시내 구경을 마치고 돌아오니 방에서 맥주 파티가 벌어졌다. 친구들에게 반갑게 인사를 하고 2층 제일 구석에 있는 내 침대로 향했다. 낑낑거리며 자리에 올라가니 물컹, 뭔가가 있다. 조심스레 이불을 걷으니 거대한 붓다 인형이 나를 보고 웃고 있다. 예상치 못한 형상에 놀라 고래고래 소리를 지르니 방 안에 있던 친구들이 웃음을 터뜨렸다. 어제 파티에서 만난 친구의 장난이었다. 친구들은 자신들도 이미 당했다며 나를 위로했다. 놀란 가슴을 연신 쓸어내리면서도 묘하게 기분이 좋았다. 세계 각국의 친구들과 이 작은 공간에서 만나 서로에게 장난을 칠 정도로 가까워졌다는 사실이 행복했다.

쿠알라룸푸르의 세종시, 푸트라자야

쿠알라룸푸르에서의 목표는 말레이시아 관광청과의 인터뷰였다. 웹사이트 공식 메일로 인터뷰를 요청했더니 만날 수 있다는 답변이 왔다. 관광청 본사는 쿠알라룸푸르에서 약 40분 정도 떨어진 푸트라자야Putrajaya에 있었다. 푸트라자야는 수도인 쿠알라룸푸르의 크기가 너무 커지자 연방정부가 토지를 매입해 공공기관을 이전시켜 만든 행정도시로 한국 정부가 세종시를 구상할 때 롤 모델로 삼았던 도시다.

말레이시아 관광청은 이슬람식 신식건물에 있었는데 생화 화병들이 곳곳에 놓여 있고, 근무 공간은 개인 방 형태로 만들어져 있었다. 무슬림 직원이 많아 여직원들은 대부분 히잡을 착용했고, 기도 시간을 위한 기도실도 있었다.

인터뷰를 마치고 나서야 푸트라자야를 한 바퀴 둘러볼 여유가 생겼다. 푸트라자야는 행정신도시 그 자체였다. 총리 관저부터 사법부, 컨벤션센터, 제1 모스크까지 모두 이곳에 모여 있었다. 정교한 계획으로 모든 정부기관이 구역에 따라 배치되었고 건물별로 특색이 있었다. 이슬람식 디자인이 더해진 건축 양식과 도시를 둘러싼 인공호수를 건너는 교량들도 독특했다. 건물과 건물이 넓게 떨어져 있어 처음에는 모노레일 건설이 추진되었으나 아직은 수요가 많지 않아 공사가 중단된 상태로 현재는 직원들을 위한 셔틀버스만 운영되고 있다고 한다. 약 9조 원이 투입되어 2010년에 완성된 푸트라자야는 성공한 행정도시이자 관광도시 사례로 언급되지만 아직 실감은 나지 않는 분위기였다.

내가 탄 택시의 기사 아저씨는 이 동네를 자기만큼 잘 아는 사람이 없다며 푸트라자야 곳곳을 소개해 주었다. 날씨가 더워서 그런지 길가에 돌아다니는 사람이 별로 없었다.

"이곳에 사는 사람들도 있나요?"
"아직 주거 시설이나 편의 시설이 제대로 지어진 게 별로 없어요.
 여기서 일하는 공무원들이나 이제 막 이주해 오기 시작하죠.
 대부분은 쿠알라룸푸르에서 출퇴근하고 있어요. 2010년에 모든 기관이
 이전해왔지만 아직도 이 도시에 사는 사람들은 충분하지 않아서
 진통을 겪고 있어요. 점점 나아지겠죠."
"그럼 관광객은요?"
"국가의 제1 모스크를 방문하려고 오는 사람들은 계속 있어요. 해마다
 열기구 축제나 꽃 축제 같은 이벤트를 열어서 더 많은 사람이 올 수 있게
 노력하고 있죠. 그래도 아직 관광객이라 부를 만한 사람들이 많지는
 않아요. 먹고 지낼 만한 곳도 별로 없는데 누가 오겠어요."

푸트라자야에서 세종시의 미래 모습을 볼 수 있었다. 푸트라자야는 행정적으로 모든 기관을 한 도시에 모으는 데 성공했지만, 관광지로 성장하기에는 고민할 문제가 많아 보였다. 세종시 역시 아직은 반쪽짜리 도시라는 평가를 받을 정도로 남은 숙제가 많다. 대한민국의 행정수도이자 계획된 신도시로 성장하려면 공공기관 이전뿐만 아니라 자리를 잡고 살아가는 사람들을 유치하고 나아가 관광객이 찾아올 만한 매력적인 도시가 될 수 있도록 고민해야 할 것이다. 푸트라자야 역시 그러한 고민의 일환으로 인공호수와 인공습지를 만들어 도시의 30% 이상을 녹지화하고, 산책로 및 유람선 등 즐길 거리를 만들었다. 우리의 세종시는 앞으로 어떤 모습으로 관광객을 맞이할까?

분수대 너머로 핑크 모스크로 불리는
마스지드 푸트라가 보인다

이슬람의 전통양식과
현대적인 미가 어우러진

푸트라자야

Interview

Malaysia Tourism
Promotion Board

Chong
Yoke Har

Deputy Director General Planning

말레이시아 관광청의 기획국 부국장을 맡고 있다.

Q1. 관광객들이 말하는 말레이시아의 매력은 무엇입니까?

A1. 한국을 비롯한 일본, 중국 등 동북아에서 오는 관광객들은 휴양과 골프를
좋아합니다. 말레이시아까지 비행시간도 길지 않고 가격도 저렴한 데다 아름다운
지형이 많아서 휴양을 즐기러 오는 분들이 많고, 기업연수여행 등의 목적지로도

"Malaysia, Truly Asia는 아시아의 문화다양성이 살아 있는 말레이시아를 표현합니다."

청 요크 하 ■━━━

2015. 01. 30

인기가 있습니다. 또한 방학 동안 진행되는 어학연수나 홈스테이 프로그램을 경험하려고 찾아오는 학생들도 점점 늘고 있습니다.

Q2. 관광 홍보에 어려운 점은 무엇입니까?
A2. 휴양형 여행이 트렌드가 되면서 동남아 휴양지 사이에 경쟁이 심해지고 있습니다. 그 속에서 차별화된 매력 포인트를 홍보하기란 쉽지 않죠. 또한 경쟁우위를 선점하려면 접근성이 좋아야 해서 직항 항공편을 많이 유치하려고 노력하고 있습니다.

Q3. 말레이시아 관광청은 어떻게 조직되었나요?
A3. 1970년대 말까지 말레이시아의 주력 산업은 고무, 나무 등 원자재 수출이었기 때문에 관광의 중요성을 인식하지 못했어요. 하지만 원자재 가격이 하락하면서 새로운 산업을 육성해야 했고 그때부터 관광산업에 주목했죠. 1972년에는 관광을 국가의 주요 산업으로 성장시키기 위해 무역산업부^{Ministry of Trade and Industry} 산하에 Tourism Development Corporation(TDC)이라는 관광을 전담하는 조직이 설립되었습니다. 이 조직은 관광산업 발전과 더불어 1987년 문화예술관광부^{Ministry of Culture, Arts and Tourism}로 편입되었고, 1990년대 후반에 관광부로 명칭이 바뀌어 관광 인프라 및 정책을 전담하게 되었어요. 2013년 새 정부가 들어서면서 다시 문화 영역이 관광으로 편입되어 현재는 관광문화부^{Ministry of Tourism and Culture}로 운영되고 있죠. 말레이시아 관광청은 관광문화부 산하의 9개 기관 중 하나로 관광홍보와 관련된 부분을 전담하고 있어요. 본사와 해외 지사를 포함하며 950명 정도의 직원이 있고 지역마다 현지 직원을 채용하기도 합니다.

Q4. 'Malaysia, Truly Asia^{말레이시아, 진정한 아시아}'에는 어떤 의미가 담겨 있나요?
A4. 이 슬로건은 1999년부터 사용했습니다. 말레이시아는 다양한 인종들이 모여 있고 아시아에서 가장 인구가 많은 세 인종이 말레이시아 인구의 대부분을 차지합니다. 그래서 말레이시아가 작은 아시아 같다는 생각이 들어 이 슬로건을 만들었죠. 슬로건을 만들 당시 주제곡을 만들고 16개 언어로 제작하여 글로벌 마케팅에 사용했습니다. 그때부터 국가 브랜드로 활용했는데 전 세계적으로 좋은 반응을 얻어서 지금까지 사용하고 있습니다.

보존과 개발의
절묘한 앙상블

과테말라 ━━━━━━━━━━━━━━ 안티구아

안티구아, 중미의
중심이었던 계획도시

멕시코 와하까에서 알게 된 강신창 대표님을 과테말라 안티구아^{Antigua}에서
다시 만났다. 멕시코 여행에서 만난 강 대표님은 중미에서 치안이 좋지
않기로 손꼽히는 과테말라 여행에 큰 힘이 되었다. 과테말라시티<sup>Guatemala
City</sup>에서 20년 가까이 의류사업을 하며, 중미의 역사와 문화에 박식한 강
대표님은 끊임없이 안티구아의 매력을 이야기해 주셨다.

"스페인이 중미를 점령했을 시절, 직할령으로 운영하던 총독청을 세운
도시가 바로 안티구아야. 과테말라 총독청은 오늘날의 멕시코 남부부터
코스타리카에 이르는 중미 대부분을 관할했지. 그러다 보니 안티구아는
스페인의 식민 문화가 제일 처음, 그리고 오랫동안 자리 잡은 도시이자
중미 지역에서는 모든 분야의 중심이었던 곳이야."

스페인 여행에서 보았던 도시들이 연상되는 알록달록한 건물과 광장,
성당을 중심으로 한 도시의 모습에서 스페인 점령 시절의 흔적이

느껴졌다. 가장 신기했던 건 도시 중심부 바닥을 가득 채운 돌길이었다. 안티구아에는 총독청이 있었기 때문에 부자들이 모여 살았는데 그들이 탄 마차가 다녀야 했기에 돌길을 만들었다고 한다.

또한 안티구아에는 스페인 본토에서 이주한 사람들이 많아 스페인 본토 발음과 가까운 스페인어를 배울 수 있어 스페인어를 배우려는 사람들에게 인기가 높다. 몇 달 이상 장기체류하는 유학생들을 위한 스페인어 학원이나 홈스테이도 많고 물가도 저렴해 이곳에서 한 달가량 스페인어를 배우고 남쪽으로 여행을 시작하는 배낭여행객들도 많다.

"안티구아 시내가 한눈에 보이는 십자가 언덕에 가보면 안티구아가 얼마나 계획적으로 만들어진 도시인지 알 수 있어. 중미의 첫 번째 계획도시인 안티구아는 스페인 식민도시 중에서 보존이 잘되어 있는 편이야. 200년 동안 중미 전체의 수도 역할을 하다가 화산이 터져서 도시를 덮어버렸기 때문이지. 화산재가 덮이면서 과테말라시티라는 새로운 수도를 만들 수밖에 없었지만, 옛 모습이 화산재에 덮여 그대로 보존된 덕분에 아직도 그때 만들었던 도로가 그대로 남아 있어."

강 대표님의 추천에 따라 라 크루즈라고 불리는 십자가 언덕에 올라가
보니 십자 모양으로 길게 뻗어 있는 길과 구획을 맞춰 지어진 집들이
보였다. 역사가 오랜 만큼 중미 전체 도시 중에서도 수도원이나 성당이
가장 많은 편이라니 안티구아가 더욱 매력적으로 느껴졌다.

세계에서 가장 아름다운
맥도날드

안티구아에는 세상에서 가장 아름다운 맥도날드 매장이 있다.
안티구아가 추구하는 모습을 그대로 보여주는 이곳은 맥도날드 본사에서
선정한 세계에서 가장 아름다운 맥도날드 매장 중 하나로 안티구아를
다녀온 사람들이 하나같이 추천하는 장소다. 겉모습만 봐서는 멕시코
남부와 과테말라에서 흔히 볼 수 있는 스페인풍 단층 건물로 식민 시절
지은 저택을 리모델링해 맥도날드로 만들었다고 한다.

작은 문을 지나 안으로 들어가니 맥도날드의 대표 색깔인 노란색과
빨간색으로 꾸며진 공간이 나타났다. 아기자기한 정원과 테라스,

오랜 세월을 느낄 수 있게
있는 그대로

그리고 물이 흐르는 분수가 인상적이다. 이 매장을 특별하게 만드는
건 정원으로, 나무와 꽃으로 가득한 정원에는 맥도날드 대표 캐릭터인
로날드가 앉아 있다. 그리고 테라스와 연결된 정원에는 안개 속 우뚝
솟은 볼칸 데 아구아^{Volcan de Agua} 화산이 보인다. 옛 모습, 날 것 그대로의
모습을 간직하면서 새로운 삶의 형태를 찾아가는 안티구아에서는
흔하디흔한 햄버거조차 특별했다.

안티구아의 대표명소,
산토도밍고 호텔

"여기가 진짜 운영중인 호텔이에요?"

산토도밍고^{Santo Domingo} 호텔은 안티구아에 있는 5성급 호텔로 스페인
식민 시절 지어진 수도원을 리모델링해 운영하는 호텔이자 박물관이다.
호텔에 들어갔을 때 너무 많은 부분이 무너져 있어서 내 눈을 의심했다.
곳곳에 회벽이 떨어져 벽돌벽이 그대로 드러나고, 기둥은 반쯤 남고
허물어진 채로 남아 있었다. 당시의 건물을 상상할 수 있도록 새로
덧대어 제작한 철골 구조로나마 그 규모를 짐작할 수 있었다. 호텔은
당시 모습을 그림으로 남겨 방문객들에게 안티구아의 오랜 이야기를
전하고 있었다.

원래 유적지이자 공유지였던 이곳은 보존과 관리를 담당하는 조건으로
호텔에 넘겨져 지금은 결혼식과 축제 등 특별한 이벤트 장소로도
활용되고 있다. 옛 수도원임을 기억하기 위해 외형을 그대로 유지하고
성당에서는 매주 예배를 진행한다. 성당이었던 공간은 무너져 내린 실제
지붕 대신 간이 지붕을 갖춘 야외 공연장으로도 사용하는데,
매년 과테말라에 있는 대사관들이 모여 행사를 진행하는 등 정부의 중요
행사를 진행하거나 귀빈들을 모시는 공간으로도 활용한다. 투숙객들이
실제 머무는 방도 옛 수도사들이 쓰던 방에 침대와 기본적인 가구만 갖춰
사용하고, 정원 역시 그때 모습을 간직한 상태로 수영장과 분수 등을
만들었다. 해가 어스름해지자 곳곳에 놓인 촛불들이 은은하게 고풍스러운
분위기를 더했다. 호텔에서 운영하는 레스토랑 역시 과테말라에서

손꼽히는 고급레스토랑이라고 한다. 절반 이상 무너진 건물이 있다면
전부 부숴버리고 새로운 건물을 짓거나 옛 모습 그대로 다시 복원하는
것이 일반적인 상식이라고 생각했다. 하지만 과테말라 사람들은 그
자체도 역사의 일부로 여기며 세월의 흔적이 담긴 그 모습 그대로 부서진
건물을 활용하고 있었다. 우리는 과연 이런 상상을 할 수 있었을까?

있는 그대로,
하지만 조금 더 매력적으로

세계 여행을 계획할 때 미국이나 유럽 등 이른바 관광 선진국을 중심으로
여행해야 더 많이 배울 것으로 생각했다. 관광객이 많은 곳을 찾아야
배울 게 더 많을 것 같았고, 그곳에서 관광 선진 노하우를 배우고
아직 관광개발이 더딘 도시에 적용할 방법을 찾고 싶었다. 하지만
안티구아에서 세계 어느 관광 선진국에서도 볼 수 없던 신선한 공간

운영을 보면서 나 역시 관광을 겉으로 보이는 수치로만 판단했었다는 걸 깨달았다. 날 것의 모습을 그대로 간직하면서 더 새롭게, 더 독특하게, 더 아름답게 공유하는 그 바탕에는 자국 문화에 대한 자부심과 애정, 그리고 그 선택을 믿고 그대로 밀어붙일 수 있는 용기가 있었다.

그동안 우리는 보기에 좋은 것들을 만들기 위해 노력했다. 지저분한 간판들을 획일화하고, 안전상의 이유로 오랜 이야기가 남아 있는 동네를 밀어버리고, 개성 있는 작은 상점들을 한 건물 안에 몰아넣고, 오래된 건물을 부숴버리고 새로 더 높은 건물을 지었다. 왜 우리는 우리의 맨 얼굴을 그대로 사랑할 수 없었을까? 날 것 그 자체의 아름다움을 발견하지 못했을까? 반 이상 부서진 건물을 국가의 중요 행사를 진행하고 세계 각국의 귀빈들을 모시는 특급 호텔로 탈바꿈시킨 안티구아를 보면서 관광에서 정말 중요한 것은 번지르르한 겉모습이 아니라는 생각이 들었다. 나만이 가진 독특함을 잘 살려 상대방에게 인상적인 경험을 제공한다면 부서진 건물도 얼마든지 특급호텔이 될 것이다.

공간의
기억을 활용하다
일본 ━━━━━━━━━━━━ 교토

독특한 일본의 정취로
관광객의 지갑을 열다

관광을 주제로 세계 여행을 해야겠다고 다짐한 건 일본의
교토Kyoto에서였다. 이때 기요미즈데라 앞 골목길에서 살아 있는 교토를
만난 경험은 내 긴 여행의 시발점이 되었다. 일본의 옛 정취를 그대로
간직한 좁은 골목을 걸으며 나는 미야자키 하야오의 애니메이션에
등장하는 주인공이 되었다. 당장에라도 골목을 돌면 치히로와 유바바가
튀어나올 것만 같은 느낌.

기요미즈데라에서 기온 거리까지 걷다 보면 도시의 대표 관광명소
주변의 거리 분위기가 얼마나 중요한지 알게 된다. 대부분이 도보로
이루어진 곳에서는 관광명소의 여운이 관광기념품이나 먹거리 판매까지
이어지게 하는 전략이 필요하다. 거리 분위기 조성을 위해 일본이 선택한

방법은 무엇일까? 바로 건축의 일관성이었다. 일본식 전통 가옥들이 좁은 골목을 따라 쭉 늘어선 모습을 보면 마치 테마파크에 들어온 듯한 기분이 든다. 관광명소 주변 지역의 건축물은 모두 비슷한 분위기로 만들어졌고, 부득이한 경우 건물의 정면만이라도 관광명소와 유사하게 만들었다. 이러한 노력이 관광객들의 지갑을 연다. 그곳에만 있는 일본스러운 무언가를 사야 할 것 같은 느낌을 주기 때문이다.

아기자기한 일본식 사탕이나 손수건에서부터 비를 맞으면 꽃무늬가 나타나는 최첨단 우산 아이템까지 모던한 관광기념품들도 쉽게 찾아볼 수 있었다. 먹을거리를 판매하는 공간도 마찬가지였다. 겉모습은 전통 가옥이지만 품목은 전통 디저트를 비롯해 하겐다즈 아이스크림 같은 프랜차이즈까지 다양했다. 과거와 현재가 공존하는 공간. 일본만의 정취를 느끼면서도 동시에 현대적인 서비스를 즐길 수 있는 것이 이곳의 매력이다.

관광명소의
테마파크화

관광명소의 테마파크화는 관광 수익 창출에서 무척 중요하다.
기요미즈데라는 주변을 교토의 과거와 만날 수 있는 공간으로
꾸며 자연스럽게 관광객들의 소비를 유도하고, 이곳에서만 느낄 수
있는 독특한 경험을 제공하여 긍정적인 인상을 남겼다. 관광객들은
기요미즈데라에서 느꼈던 감동을 간직하기 위해 관광기념품을 사고,
사진을 찍고, SNS에 기록한다.

만약 서울에서 이런 공간을 만든다면 어디가 좋을까? 북촌과 삼청동
일대가 가장 먼저 떠오른다. 경복궁이라는 서울 최고 관광명소에
인접한 북촌과 삼청동에는 경복궁과 유사한 느낌의 한옥이 많다. 또한
관광객들에게 연속적인 느낌을 주려면 건축적인 환경이 비슷하게
이어져야 하는데, 삼청동에서 북촌으로 이어지는 관광코스는 한옥이
이미 갖춰져 있다.

과거와 현재가 공존하는 공간

그러나 이 지역은 대부분 주거 지역으로 관광객에 의한 소음 민원이 많아
북촌을 지나는 투어를 Quiet Tour[1]로 진행하는 등 어려움이 있다.
게다가 높은 담 때문에 실제 한옥 내부를 구경하기도 어렵고, 한옥
보존을 이유로 상업 활동을 하기도 어려운 상황이다. 관광객들이
기념품을 사고, 사진을 찍고, 문화를 체험하기에는 부족한 환경인
것이다.

전통 한옥이 많은 북촌에 비해 조금 더 상업화된 삼청동은 프랜차이즈
화장품 가게와 카페들이 들어서며 전통적인 한옥의 정취가 많이
사라지고 있다. 요즘은 경복궁 서쪽의 서촌에 남아 있는 한옥들이 인기가
있는데 이 지역 역시 급격하게 변화될까 두려운 상황이다. 경복궁이라는
우리나라 최고의 관광명소를 둘러보고 나왔을 때 그 여운을 충분히
느낄 수 있는 공간이 존재하고, 그곳에서만 누릴 수 있는 독특한 경험을
소비할 수 있다면 관광객들에게 서울이 조금 더 특별하게 기억되지
않을까?

---

1. 투어로 인한 소음을 최소화하기 위해 관광객들이 박물관 등에서 사용하는 개인 이어폰과 같은 기계를 사용해
   가이드의 안내를 받는 방식

Community Heritage

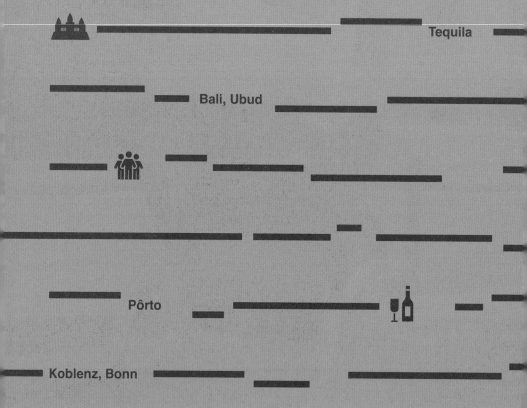

Tequila

Bali, Ubud

Pôrto

Koblenz, Bonn

06

커뮤니티
문화유산

Siem Reap

모두를 위한
보존

테킬라와 함께
살아가는 사람들

멕시코 ▬▬▬▬▬▬▬▬▬▬▬▬▬ 테킬라

매직타운 테킬라의
호세꾸에르보 양조장 투어

멕시코 과달라하라에서 열린 세계관광의 날 행사 마지막 날, 마셀로의
배려로 각국 기자들과 멕시코에 주재한 대사들과 함께 할리스코 주의
매직타운인 테킬라를 구경하는 VIP투어에 참석하게 되었다. 테킬라는
멕시코 특산품이자 용설란이라고도 불리는 아가베 선인장을 증류시켜
만든 술로 통상적으로 메즈깔Mezcal이라고 불리지만, 프랑스 샴페인
지방에서 나는 와인을 샴페인이라 부르듯 테킬라 지방에서 나오는 술을
테킬라로 부른다. 그래서 이 지역에서 생산되는 연간 2.2억ℓ에 달하는
아가베 증류주에만 테킬라라는 이름을 붙일 수 있다고 한다.

우리가 타고 갈 기차 호세 꾸에르보 익스프레스Jose Cuervo Express는 입장권
대신 팔찌를 채워줬다. 테킬라에서 가장 큰 농장과 양조장을 보유한 호세
꾸에르보는 세계적으로 유명한 테킬라 브랜드로 테킬라 전통을 경험할
수 있는 투어 프로그램을 상시로 운용한다. 잘 꾸며진 호세 꾸에르보
익스프레스 열차를 타고 칵테일을 마시며 끝없이 펼쳐진 아가베

선인장밭을 약 2시간 반 정도 달려 테킬라에 도착했다. 멕시코 전통
공연단과 아가베 그림이 그려진 버스가 우리를 기다리고 있었다.
버스를 타고 처음으로 도착한 곳은 아가베 선인장 농장. 가이드를
맡은 펠리페가 햇살을 피할 멕시코 스타일 모자와 환영 칵테일인
마가리타^Margarita를 나누어 주면서 테킬라를 만드는 첫 번째 과정을
알려줬다.

"테킬라를 만들 때는 아가베 선인장의 몸통 부분만 사용합니다. 몸통이
더 커질 수 있게 주기적으로 잎을 잘라줘야 해서 손이 많이 가죠. 몸통을
완전한 크기로 키우는 데 약 7년에서 10년 정도가 걸려요. 다 자란
선인장은 전용 낫으로 잎을 잘라 둥근 모양으로 만들어 양조장으로
운반합니다."

가이드의 설명과 함께 농장 직원이 선인장을 먹기 좋은 크기로 잘라
나눠주었다. 설명이 끝나고 포토타임이 이어졌다. 관광객들의 소중한
경험을 기록할 수 있는 포토타임은 투어에서 꼭 필요한 과정이다. 우리는
선인장을 자르는 포즈를 취하며 소중한 추억을 남겼다.

아가베 선인장밭을 나와 시내에 있는 양조장으로 이동했다. 문도 꾸에르보^{Mundo Cuervo}라는 이름의 양조장은 테킬라 판매상점과 투어가 진행되는 실제 증류소로 구성되었다. 스페인어로 문도^{Mundo}는 영어로 World를 뜻한다. 직역하면 '꾸에르보 월드'나 마찬가지이니 가히 테킬라 테마파크라 할 수 있다.

꾸에르보 양조장에 들어서니 옹기로 만든 컵에 얼음과 함께 담긴 깐따리또^{Cantarito} 칵테일을 나눠주었다. 깐따리또는 시트러스 과일주스를 섞은 테킬라다. 아침부터 벌써 칵테일을 여러 잔 마셨더니 은근하게 기분이 좋아졌다. 새콤달콤한 칵테일과 함께 호세 꾸에르보의 역사가 담긴 비디오를 보며 양조장 투어가 시작되었다.

웰컴, ──── 꾸에르보 월드!

선순환 구조의
테킬라 제조 공정

비디오 관람 후 우리는 위생모를 착용하고 양조장 내부로 들어갔다.

"테킬라를 만드는 첫 번째 순서는 동그랗게 다듬은 아가베 선인장을
커다란 가마에 넣고 찌는 것입니다. 이 과정을 거치면 아무 맛이 나지
않던 선인장이 초콜릿색으로 변하면서 달달해지고 부드러워집니다."

펠리페는 투어 참가자들에게 쪄낸 선인장을 조금씩 나누어줬는데,
신기하게도 단맛이 났다. 이렇게 쪄낸 선인장은 즙을 내어 발효하는데,
발효된 즙이 증류되면 우리가 마시는 테킬라가 된다. 이 모든 과정이
컨베이어 벨트와 기계를 거쳐 전자동으로 진행되고 있었다. 멕시코 전통
술 테킬라도 산업혁명을 거치며 많은 변화를 겪었음을 알 수 있었다.

"보통 시중에서 접하는 테킬라와는 색깔이 다르죠? 처음 증류되어 나온
테킬라는 원래 이렇게 무색투명입니다. 이 테킬라는 블랑코[Blanco]라고
불리고, 60도 정도로 가장 높은 알코올 도수를 자랑합니다."

찜통에서 나온 아가베 선인장처럼 노란색일 거로 생각했는데
무색이라니. 이렇게 증류된 블랑코는 오크통에서 숙성되면서 점차
색깔이 변한다. 오래 숙성시킬수록 색이 더 진해진다고 한다.

"증류하고 남은 선인장 찌꺼기들은 어떻게 될까요? 우리 공장은 버리는
것이 없습니다. 전부 다 활용하죠. 남은 아가베를 다져서 추출한
당분으로 모스또[Mosto]라는 설탕 대체품을 만들고, 다지고 남은 섬유질은
말려서 비료나 가축 사료, 나아가 종이나 각종 공예품을 만드는 데까지
활용하여 근방 커뮤니티로 돌려보내고 있습니다."

숙성 창고로 향하는 길에는 선인장의 섬유질로 만든 종이와 식탁 매트
같은 공예품들이 전시되어 있었다. 한편에서는 처리 과정을 마친 마른
섬유질들이 컨베이어 벨트를 통해 나와 트럭에 실리는 것까지 한눈에 볼
수 있었다. 오븐에 들어갈 아가베 선인장을 싣고 온 트럭은 모든 과정을

우리 공장은
버리는 것이 없습니다,
전부 다 활용하죠

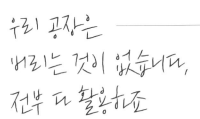

위에서부터 시계방향으로.
구워져서 나온 선인장, 선인장을
굽는 오븐, 선인장 찌꺼기 공예품

마치고 나온 섬유질을 싣고 다시 농장으로 돌아간다. 그리고 그 섬유질은 농장에서 다양한 용도로 활용된다. 아무것도 버려지는 것 없이 순환되는 테킬라 제조 공정이 신기할 따름이었다.

최고급 테킬라가 있는
비밀의 방

이번에는 숙성 창고로 향했다. 증류된 블랑코 테킬라는 커다란 오크통에서 작은 오크통으로 옮겨져 숙성되고, 1달 정도 지나면 대부분 레포사도Reposado로 만들어져 출고된다.

"테킬라는 순도에 따라 100% 아가베와 51% 아가베로 나누어집니다. 호세 꾸에르보에서는 다양한 가격대로 제품을 출시하기 위해 두 종류를 모두 만들죠. 51% 아가베와 49% 설탕으로 만든 레포사도 테킬라가 가장 많이 알려진 제품인데요, 아무래도 100% 아가베로 만들어진 테킬라가 더 부드럽고 숙취가 없어 순수하게 샷으로 마시기에 좋고, 51% 아가베는 마가리타 등 칵테일로 만들어 마시기에 좋습니다."

듣고 보니 그동안 내가 마신 호세 꾸에르보는 모두 51% 아가베였던 것 같다. 과연 100% 아가베로 만든 테킬라는 어떤 맛일까? 우리는 세상에서 가장 특별한 테킬라가 있다는 지하실로 내려갔다. 어두컴컴한 지하실 내부에는 오랜 시간이 빚은 아녜호Añejo가 담긴 오크통이 켜켜이 쌓여 있었다.

"이 지하실에 숙성되고 있는 테킬라들은 우리 양조장에서 특별히 관리하는 프리미엄급 테킬라입니다. 여러분께 1년 가까이 숙성된 아녜호를 오크통에서 바로 서비스해 드릴게요. 진정한 테킬라를 느껴보세요."

테킬라 샷 잔이 달린 길쭉한 나무 막대로 오크통에서 직접 떠낸 테킬라는 냄새도 특별했다. 테킬라 특유의 달달한 향에 오크 나무 향기가 깊게 밴 아녜호는 높은 도수에도 목 넘김이 부드러웠다.

"호세 꾸에르보 양조장에 여러분만의 오크통을 남길 수 있게 빈 오크통을 준비했습니다. 여러분의 흔적을 남겨주세요. 이 오크통은 이곳에서 대를 거쳐 보관할 테니 언제든 다시 찾아오세요!"

마지막으로 준비된 오크통에 각자의 사인을 남기는 시간이 이어졌다. 관광지에 다녀간 흔적을 남기고 싶어 하는 관광객들의 심리를 반영한 순서였다. 이러한 관광객들의 심리 때문에 세계 곳곳의 유명 관광지가 낙서로 몸살을 앓고 있는 것을 생각하면 공식적으로 흔적을 남길 기회를 제공하는 것은 아주 좋은 생각이다. 관광객들은 오크통에 남긴 사인으로 이 공간에 발자국을 찍고 행복한 기분에 젖는다. 그리고 언젠가는 흔적을 확인하러 오겠다고 다짐한다. 호세 꾸에르보 양조장은 관광객의 심리를 활용한 똑똑한 방법으로 재방문을 유도함과 동시에 '그곳에는 내가 남긴 흔적이 있어!'라고 이야기하며 자연스럽게 이곳을 소개할 수 있게 방문자를 홍보창구로 활용하고 있었다.

테킬라로 살아가는 사람들

공장 투어를 마치고 우리는 야외 정원으로 안내되어 멕시코 전통 밴드 음악인 마리아치, 카우보이 공연, 전통춤 등 다양한 문화공연을 즐겼다. 스페인풍 중정中庭과 분수가 있는 건물에서 멕시코식 뷔페와 호세 꾸에르보 테킬라로 만든 칵테일을 즐길 수 있다는 건 이곳만의 특별한 경험이다. 그야말로 멕시코 종합선물세트라 할 수 있겠다. 식사 후 각종 테킬라를 다양한 방법으로 마실 수 있는 테킬라 테이스팅이 이어졌다.

"안녕하세요. 테킬라 마에스트로 과달루페입니다. 와인을 공부하는 사람을 소믈리에라고 부르듯이 테킬라는 마에스트로라고 부르죠. 오늘 여러분께 테킬라의 무궁무진한 매력을 소개해드릴게요."

과달루페는 멕시코에서 유명한 마에스트로였다. 마에스트로는 테킬라를 만드는 과정뿐만 아니라 어울리는 음식과 함께 마시는 법, 최적으로 블렌딩하는 방법 등 테킬라와 관련한 다양한 지식을 공부해야 한다.

Jose Cuervo
TURISMO Y DESARROLLO COMUNITARIO
Día Mundial del Turismo
27 Septiembre 2014
28 de Septiembre del 2014

Damajuanas de Tequila
elaboradas en
1890-1900

그녀는 이 양조장에서 테킬라 마에스트로를 양성하는 과정을 가르치고 있었다. 자리에 앉은 우리 앞에는 무색의 블랑코, 옅은 노란색의 레포사도, 진한 갈색의 아녜호가 샴페인 잔에 담겨 있었다.

"테킬라를 샷 잔에 담아 한입에 털어 넣는 분들이 많은데, 본래 테킬라는 위스키처럼 그 향과 맛을 음미하면서 마셔야 제대로 즐길 수 있습니다. 샴페인 글라스에 담긴 테킬라는 잔의 끝에서 느껴지는 향과 잔의 한가운데에서 느껴지는 향이 달라요. 또한 어떤 것을 곁들이느냐에 따라 풍미가 달라집니다."

테킬라 잔과 함께 놓인 접시에는 라임과 소금은 물론, 설탕, 커피콩, 초콜릿, 코코넛가루, 쪄낸 아가베 선인장 등이 있었다. 비교적 향이 약한 블랑코는 테킬라 특유의 맛을 더하기 위해 쪄낸 아가베 선인장을 곁들이면 좋고, 일반적인 레포사도는 라임과 소금이 무난하다. 그리고 가장 오크 향이 많이 배어 있는 아녜호는 단맛이 첨가되면 풍미가 더해지므로 초콜릿이나 설탕을 곁들이면 좋다.

"과달루페, 언제부터 테킬라를 좋아하게 되었어요?"
"나는 이 동네에서 나서 자랐고 어릴 때부터 가족들이 이 양조장에서 일했어요. 자연스럽게 테킬라를 삶의 일부로 받아들였죠. 이 동네 사람들에게 테킬라는 단순한 술이 아니에요. 삶에 녹아든 문화이자, 멕시코 사람들의 정신이죠. 나는 테킬라 한 잔에 멕시코의 모든 것이 담겨 있다고 생각해요. 10년 가까이 아가베 선인장을 키우고 세대를 거듭하면서 발전시킨 방식으로 술을 만들고 그 나머지는 다시 커뮤니티로, 자연으로 돌려보내죠."

옆에서 듣고 있던 펠리페가 거들었다.

"나도 이 동네 출신이에요. 스무 살이 되었을 때 이 동네와 테킬라가 지겨워서 열심히 영어 공부해서 도시로 떠났죠. 하지만 결국 테킬라가 그리워서 돌아왔어요. 내가 사랑하는 동네와 내가 살아온 삶을 세계 각국에서 온 사람들에게 소개할 수 있어서 매일매일 행복해요."
"펠리페와 나처럼 이 양조장에서 일하는 직원 대부분이 동네

테킬라는 숙성된 과정에 따라 색깔이 다르다.

사람들이에요. 오늘 공연을 한 사람들에서부터 주방에서 일하는
사람들까지 모두 테킬라와 함께 살아온 사람들이기에 일에 대한
자부심이 크죠. 특히 양조장이 관광 프로그램을 만들고부터 직원들에게
부가적인 수입이 돌아가게 되어 상황이 더 좋아졌어요. 가이드나 공연자
같은 새로운 일자리가 생겨서 펠리페처럼 타지로 나갔던 친구들이
고향으로 돌아오기도 했고요. 그래서 이곳을 찾아주는 관광객들이
얼마나 고마운지 몰라요!"

과달루페와 펠리페의 이야기를 들으면서 마음이 찡했다. 멕시코 시골
마을에 사는 한 가족이 가족행사 때 함께 마시려 만들던 테킬라가
250년이 흐른 지금은 전 세계적으로 유명한 호세 꾸에르보 양조장을
만들었다. 우리는 양조장 투어를 통해 멕시코의 전반적인 문화를
경험했다. 과달루페의 말처럼 테킬라에는 멕시코 자체가 담겨 있었다.
한 지역의 특산품이 관광과 만나 수많은 일을 하고, 세계 각국의
사람들을 불러들여 문화를 전파하고 있었다. 이렇듯 관광은 커뮤니티에
긍정적인 영향을 끼치고 커뮤니티를 떠난 사람들을 불러오기도 한다.

Interview

with
—— Mexico Tourism Board

Humberto
Molina Medina

Executive Director of Planning and Evaluation

멕시코 관광청의 기획 및 성과 관리 업무를 총괄하고 있다.

Q1. 관광지로서 멕시코의 가장 큰 매력은 무엇입니까?

A1. 아름다운 바다와 휴양지입니다. 특히 미국과 유럽에서 휴양을 위해
칸쿤이나 카리브 해의 해변, 태평양의 로스카보스 등으로 많이 찾아옵니다.
고급 리조트 등의 휴양 시설이 잘되어 있고 해변이 아름답다 보니 최근에는
이를 활용한 웨딩, 컨벤션 시장도 성장하고 있습니다.

"휴양지로서의 이미지를 탈피하고 멕시코의 다양한 매력을 알리고 싶어요."

움베르토 몰리나 메디나 ■━━

2014. 10. 03

Q2. 홍보하는 데 어려운 점은 무엇인가요?

A2. 휴양지로서의 이미지가 강하다 보니 멕시코의 다른 모습을 알리기가 쉽지 않아요. 멕시코에는 해변과 햇살 외에도 고고학적인 유적지나 문화, 음식, 자연환경 등 다양한 매력이 있습니다. 이처럼 다양한 매력을 홍보해서 앞으로 내륙 지역으로 찾아오는 관광객도 늘리고 싶습니다.

Q3. 멕시코 관광청은 어떻게 운영되고, 지역관광청과의 협업은 어떻게 이루어지나요?

A3. 정부관광청 소속이라 예산은 100% 중앙정부에서 지원해요. 이 비용은 대부분 관광객들이 낸 세금으로 구성되죠. 추가적으로 항공사, 호텔 등 사기업과 함께 마케팅을 진행할 때 얻는 스폰서십 예산도 있습니다. 멕시코에는 주State별로 관광청이 있고 도시City별로도 관광청이 있습니다. 이들 지역관광청은 대부분 그 지역 내 호텔의 룸택스 등을 통해 자체적으로 예산을 확보하죠. 그래서 멕시코 관광청은 매년 초 지역관광청 담당자들을 모아서 올해의 예산과 전략을 설명하고 한 해 동안 진행할 매칭펀드 프로젝트를 구상하기도 합니다.

Q4. 로고와 슬로건에 대해 이야기해 주세요.

A4. 멕시코 관광청의 로고는 멕시코의 다양성과 활력을 보여주기 위해 만들어진 것으로 마야 부족의 전통문양을 활용하여 글자를 디자인하고 바다, 햇살 등 자연의 색을 담았습니다. 예전에는 멕시코에 대한 선입견을 탈피하고 새로운 이미지를 각인시키기 위해 'The Place You Thought You Knew'라는 슬로건을 사용했지만, 2014년부터는 경험 중심의 이미지를 강조하기 위해 'Live It To Believe It'이라는 슬로건을 사용하고 있습니다.

Q5. 멕시코 관광청이 관광에서 중요하게 생각하는 요소는 무엇입니까?

A5. 항공을 통해 입국하는 외국인 관광객입니다. 국경을 통해 입국하는 이들의 목적이 비즈니스인 데 반해 항공 혹은 크루즈로 입국하는 이들의 목적은 관광인 경우가 많기 때문이죠. 관광은 멕시코가 가장 중요하게 생각하는 산업 중 하나이기 때문에 관광청은 외국인 관광객 유치를 위해 노력함과 동시에 내국인 관광객들을 위한 홍보에도 전체 예산의 35%를 활용하고 있습니다.

우리 동네에는
아직도 황중이 있어요

인도네시아 ━━━━━━━━━━━━━━ 발리
우붓

우붓으로 가는 길에서
만난 사향고양이

언젠가 여행에서 만난 누군가가 이런 말을 한 적이 있다. 이집트
다합^{Dahab}, 멕시코 산크리스토발$^{San\ Cristobal}$, 그리고 인도네시아 발리의
우붓^{Ubud}이 전 세계 배낭여행자들의 3대 블랙홀이라고. 작지만
매력적이고 한가로운 이 도시들에서는 시간이 멈춘 듯 빠져나오기가
어렵다는 의미였다. 3대 블랙홀 중 하나인 우붓에 들어가기에 앞서
마음의 준비를 위해 발리의 유명 관광지를 돌아보는 일일 투어를 하기로
했다.

일일 투어는 절벽 위의 힌두사원인 울루와투 사원$^{Uluwatu\ Temple}$과 영화
〈먹고, 기도하고, 사랑하라〉에 나온 빠당빠당 해변을 둘러보고 우붓까지
가는 코스로 중간중간 체험과 쇼핑이 가능한 곳을 추가할 수 있었다.
대부분 패키지 관광객이 찾는다는 바틱^{Batik} 공장은 전통 방식으로 직물을
염색하는 곳으로 기념품으로 살 만한 부담스럽지 않은 가격의 스카프와

손수건 등을 판매하고 있었다. 왁스를 이용해 정교하게 염색하는 바틱을 체험할 때 한글로 된 설명지를 나누어 주는 걸 보니 한국인 관광객도 많이 오는 듯했다.

인도네시아는 커피로도 유명한데 세계에서 가장 비싸다는 루왁커피는 인도네시아가 주산지로 사향고양이의 배설물에서 채취한 커피콩으로 만든다. 루왁커피를 체험할 수 있는 상점을 찾아 인도네시아식 정원을 한 바퀴 돌며 커피를 비롯한 차 나무와 루왁커피가 만들어지는 과정을 보았다. 원래 사향고양이가 영역표시를 하며 배설한 커피콩을 찾아 수집하는 게 전통 방식이지만 요즘은 생산량을 늘리기 위해 사향고양이를 직접 키워서 커피콩을 얻는다.

상점 한쪽에는 관광객들이 구경할 수 있게 사향고양이를 가둔 작은 우리가 있었다. 고양이는 구석에 얼굴을 파묻고 숨어 있었다. 루왁커피는 생산공정상 대량생산이 불가능하여 가격이 높다. 더 많은 커피콩을 얻기 위해 욕심을 부리는 사람들 때문에 우리 안에 갇힌 사향고양이는 매일같이 커피콩을 먹고 배설물을 만들어내며 살아간다.

전통 방식으로 직물을 염색하는 바틱 공장

관광객을 태우는 코끼리, 이빨이 빠진 채 혹은 약물이 투여된 채
사육되는 호랑이, 자살하는 돌고래 등 관광에서의 동물학대는
지속적으로 문제가 되어 왔다. 인간의 욕심이 생명의 자유를 빼앗는
것이다. 동물과 인간이 함께 행복한 관광은 불가능한 것일까? 사람들의
시선을 피해 나무에 몸을 파묻은 고양이가 조금이라도 행복해지길
바라는 마음에 저렴한 가격을 내세워 소비를 부추기는 분위기 속에서
홀로 소심한 불매운동을 했다.

나무에 몸을 피묻은 고양이가
행복했으면 좋겠다

좌. 우붓 시내 관광청 **우**. 우붓 왕궁에서 만난 아디

우붓이 배낭여행객의
블랙홀이 된 이유

자연의 도시 우붓 시내 중심에 오픈한 지 얼마 안 된 관광안내소가
있었다. 'Fabulous Ubud'이라는 브랜드로 작은 카페와 환전소까지 갖춘
신식 안내소였다.

"혹시 관광안내소 운영에 관해 물어볼 사람이 있을까요?"
"흠, 우붓의 관광이 어떻게 변해왔는지 제일 잘 아는 분은 왕궁에 사는
푸트라 씨예요. 미리 약속을 잡지 않으면 만나기 힘들 텐데 한번 왕궁에
가보시겠어요?"
"왕궁에 사신다고요?"
"네, 우붓의 로열패밀리시거든요."

관광지인 줄만 알았던 왕궁에 사람이 살고 있었다. 그것도 로열패밀리가.
이름과 연락처를 받아들고 왕궁을 찾아갔다. 왕궁 한편 '오피스'라는
팻말이 붙은 책상 앞에 나이 지긋한 아저씨 한 분이 앉아 계셨다.

"안녕하세요, 우붓에 대해 궁금한 게 많아 찾아왔어요. 혹시 푸트라 씨를
만날 수 있을까요?"
"푸트라 씨는 지금 외부에 나가셨어요. 저는 푸트라 씨를 20년간 모신
아디라고 합니다. 가능하다면 제가 도와드릴까요?"

아디는 발리 섬에서 나고 자란 현지인으로 젊을 때는 덴파사르에서 일을
하다 20년 전 우붓으로 와 로열패밀리 푸트라 씨의 가족들을 모시게
되었다고 한다.

"이 왕궁은 1970년대 후반까지 이 지역을 통치하던 군주가 살았고,
지금은 그 후손들이 직접 살면서 관리하고 있어요. 우붓은 1960년대
해외의 예술가들이 찾아와 자리를 잡으면서 알려진 관광지예요.
관광객들이 들어오면서 실제 주민들에게 소득이 생기자 로열패밀리 역시
지역의 관광을 활성화하기 위해 왕궁 일부를 숙박시설로 활용하거나
매일 밤 왕궁 안에서 전통춤 공연을 하는 등 많은 노력을 했죠."

우붓에는 주민들이 운영하는 게스트하우스가 많다. 관광청을 만들고
운영하려면 어떤 방식으로든 주민들과 소통해야 할 텐데 주민들이
관광에 어떻게 참여하는지 궁금했다.

"푸트라 씨는 우붓 로열패밀리의 일원이면서 우붓 주민협의회
대표십니다. 이번에 시내에 만들어진 관광안내소와 새로운 관광홍보
사이트, 우붓관광재단Yayasan Bina Wisata Ubud이라는 기관도 푸트라 씨의 주도로
주민들이 참여해 만들었어요. 물론 직접 안내를 맡은 이들도 모두
동네 주민들이에요. 재단이다 보니 수입이 여의치 않아 지도를 팔거나
관광상품을 판매하는 등 방법을 찾는 중이죠. 푸트라 씨는 지난 몇십 년

동안 게스트하우스가 늘어날 수 있게 주민 한 명 한 명을 설득하셨어요.
이번에도 Fabulous Ubud이라는 브랜드를 만들고 우붓 왕궁의 옛
문장을 로고로 사용하는 과정에서 주민들과 지속해서 고민하고
소통했습니다."

우붓의 주민들과 소통하는 데 별다른 문제는 없었느냐는 질문에 아디는
우붓 주민들에게는 예전부터 왕궁의 존재가 당연했고, 로열패밀리에
대한 신뢰가 있기에 가능했다고 답했다. 또한 거기에는 푸트라 씨의
진심과 열정도 한몫했다며 존경심을 표했다.

"푸트라 씨는 왜 이런 일들을 하시는 걸까요?"
"사명감이죠. 우붓을 대표하는 로열패밀리, 왕궁의 가장이잖아요.
우붓은 그가 사랑할 수밖에 없는 그의 도시이고, 저 역시 그의 사명감과
열정을 존중하기 때문에 여기 있는 거예요. 다른 우붓의 주민들도
마찬가지이고요."

우붓의 왕궁을 나서며 우붓 주민들과 관광객을 돌보는 푸트라 씨의
모습을 상상했다. 우붓이 전 세계 배낭여행객들의 블랙홀이 될 수 있었던
이유는 몇십 년에 걸친 그의 노력과 그를 믿고 협력한 주민들의 노력
덕분이라는 생각이 들었다.

세계의 유산,
모두의 유산, 앙코르와트

캄보디아 ━━━━━━━━━━━━━ 시엠립

UNWTO-UNESCO World Conference
on Tourism and Culture

스페인 마드리드에서 UNWTO 본사를 방문했을 때 알게 된 아태
지역 황해국 부국장님의 도움으로 2015년 2월 캄보디아에서
유네스코와 UNWTO가 최초로 함께 주최하는 '관광과 문화'에 관한
국제회의에 참석하게 되었다. 행사가 열리는 곳은 유네스코 세계유산,
앙코르와트^{Angkor Wat}가 있는 캄보디아의 시엠립^{Siem Reap}. 회의 등록을 하기
위해 하루 먼저 찾아간 호텔에서 황 부국장님을 오랜만에 다시 만났다.

"유네스코와 함께하는 행사라 많은 분이 오실 거예요. 관광 분야는
물론이고 세계 각국 문화유산 관련 전문가들도 많습니다. 적극적으로
행사에 참여하면서 다양한 사람들과 이야기 나눠보세요."

내 여행의 취지를 이해하고 이렇게 큰 행사에 참여하게 도와주신
부국장님을 만나니 지원군이 생긴 듯 든든했다. 게다가 아시아에서
열린 행사라 지난번 참가했던 세계관광의 날 행사보다는 한국에서 오신
분들이 많아 마음이 조금 더 편안했다.

앙코르 유적에서의
25년

행사 전날, Pre-Conference 투어가 진행되었다. 개회식 등 공식 행사가
진행되기 전날 미리 도착한 사람들을 위해 주최 측에서 준비한 일정으로
3개 투어 중 하나를 골라 참가할 수 있었다. 나는 앙코르와트 사원
너머로 해지는 모습을 볼 수 있는 프놈 바켕^{Phnom Bakeng} 사원의 노을 투어를
신청했다. 약 20명 정도의 인원과 가이드 한 명이 버스로 움직이는
형태였다.

"안녕하세요! 시엠립에 오신 것을 환영합니다. 저는 앙코르 유적 가이드만
25년째 하고 있어요. 궁금한 것은 언제든지 물어보세요."

따가운 햇볕을 가릴 수 있는 캄보디아 전통 모자를 하나씩 나눠주면서
가이드를 맡은 마라가 말했다. 사원의 한쪽에서는 한창 복원 공사가
진행되고 있었고, 현장에는 좋은 위치에서 일몰을 보러 일찍부터 모여든
한국인과 중국인 단체 관광객으로 북적였다. 마라는 프놈 바켕 사원은
인기가 많아 훼손이 심한 편이지만, 앙코르 유적지 중 복원 공사가
진행되지 않는 곳을 찾기는 어렵다고 말했다. 해가 떨어지기 전까지 꽤
시간이 남아 마라에게 가이드 생활에 관해 물었다.

"앙코르 유적 가이드를 하려면 자격증이 꼭 필요해요. 원칙상으로는
자격증이 없으면 절대 가이드를 할 수 없죠. 저처럼 공식 복장을 하고
명찰을 단 사람들이 제대로 교육받은 가이드입니다. 앙코르 유적은
불교와 힌두교가 섞이면서 만들어진 독특한 유산이라 종교에 대한
공부가 아주 중요해요. 저는 그중에서도 불교 쪽을 좀 더 공부했어요.
물론 종교뿐만 아니라 역사나 문화도 공부해야 하죠. 저는 가이드 일이
좋아요. 그러니까 25년째 하고 있죠. 이 일이 적성에 맞는 것 같아요.
이렇게 매일 새로운 사람들과 교류한다는 게 즐거워요.
이 일을 해서 정말 행복합니다."

마라는 목에 걸린 자격증과 왼쪽 가슴의 명찰을 가리키며
자랑스러워했다. 캄보디아에서 가이드가 되려면 20개가 넘는 과목을 총

360시간 이수해야 한다. 일반적인 역사문화 상식은 물론이고 문화유산 보존, 전통, 종교 등 다양한 분야가 수업에 포함되어 있다. 캄보디아 관광부는 관광에서 인력 개발을 가장 중요하게 여겨 가이드 양성 프로그램에 많은 투자를 하고 있다. 관광 가이드 지망생들은 정부가 협업하는 호텔관광 전문학교를 통해서만 양성 과정을 들을 수 있으며, 이 과정을 수료하고 시험에 합격해야 2년 동안 유효한 가이드 자격증이 나온다.

석양이 세상을 황홀하게 물들이는 순간에도 마라는 혹시 장소를 이탈한 팀원이 없는지를 살피고 팀원들에게 사진이 잘 나오는 자리를 알려주느라 여념이 없었다. 노을 지는 앙코르와트를 수백 번도 더 봤을 그는 눈앞에 펼쳐지는 이 광경에 대한 자부심이 있었고, 그것을 사람들에게 전하고자 25년이라는 시간을 이곳에서 보냈다. 앙코르와트를 물들인 노을만큼이나 진한 그의 열정과 자부심 덕분에 그날의 풍경은 내게 더욱 아름답게 기억된다.

유적에서의
화려한 갈라 디너

첫째 날 저녁 캄보디아 정부의 주최로 국제회의의 하이라이트인 갈라 디너가 진행되었다. 만찬 장소는 앙코르 톰Angkor Thom의 코끼리 테라스. 앙코르 유적에서 즐기는 만찬이라. 생각만 해도 짜릿했다. 12세기 크메르왕국이 국왕 대관식이나 군대 열병식 등 행사를 개최하던 코끼리 테라스의 길이는 약 300m. 유적을 배경으로 만든 엄청난 크기의 무대와 테라스를 빼곡하게 채운 라운드테이블은 그야말로 장관이었다. 행사에 참석한 각국의 장차관들도 각기 다른 색상의 캄보디아 전통 복장을 하고 무대에 올라 한 명씩 국왕과 인사를 나눴다.

2008년 유네스코 인류무형문화유산으로 등재된 캄보디아 왕실의 전통 무용인 압사라 댄스를 비롯하여 캄보디아 소수민족의 춤극, 전통 노래 등이 끊임없이 무대에 올랐다. 유적을 배경으로 하니 전통 공연의 멋이 한층 돋보였다.

"캄보디아에서 지낸 지도 벌써 3년째인데 이 정도 규모의 행사는 처음이에요."

보람 언니는 코이카 단원으로 캄보디아 관광 가이드를 위한 한국어 프로그램을 운영하고 있었다.

"시엠립에서 활동하다 보니 관광 가이드 업무를 많이 하게 돼요. 캄보디아에서 정식 가이드가 되려면 관광청의 위탁기관에서 선발과 교육 과정을 거쳐야 하는데요, 필기와 면접 등 언어별로 선발 과정은 같지만 정원이 달라요. 관광청에서 한국어, 일본어 등 상대적으로 캄보디아인이 배우기 어려운 언어에 대해서는 저희 같은 기관이나 NGO의 도움을 받아 별도 언어 과정을 두고 있지만, 나머지 언어는 언어 능통자들을 대상으로 시험을 봐서 선발하죠. 언어 시험에 합격하면 가이드 자격증 발급을 위해 위탁기관에서 3개월 정도 필수 교육 과정을 듣는데 이 교육은 언어권에 상관없이 캄보디아어로 받게 됩니다."

한국 사람들이 단체관광으로 많이 찾는 캄보디아에 한국어 가이드가 충분한지 물었다.

"현재 등록된 한국어 관광 가이드 수는 300여 명 정도지만, 관광청 추산 자료에 따르면 실제 활동하는 가이드가 80여 명 정도밖에 안 돼요. 다른 언어권은 보통 여행사가 투어 주관만 하고 실제 가이드 행위는 캄보디아인 로컬 가이드를 쓰는데, 한국어는 습득 과정이 어려운 데다 한국에서 오는 관광객의 수보다 한국어에 능통한 캄보디아 가이드 수가 현저히 적어요. 그래서 한국 여행사의 직원들을 통역가로 등록하여 로컬 가이드와 2인 1조로 활동합니다. 통역가로 등록된 한국인은 등록비를 내고 캄보디아 관광청으로부터 일주일 정도 교육을 받고 활동하는데요, 현재 약 250명 정도의 한국인 통역가가 활동하고 있어요. 원래 통역가는 통역만 하고 로컬 가이드가 가이드를 해야 하는데 실제로는 한국인이 대부분의 가이드를 하고 로컬 가이드는 허드렛일만 해서 문제가 되고 있어요. 찾아오는 단체관광객이 너무 많아서 이렇게 외국인 통역가를 쓰는 언어는 한국어밖에 없어요."

어쩌면 한국인 여행자가 한국어가 서툰 캄보디아인 가이드보다 말이
통하는 한국인 통역가를 선호하는 것은 당연하다. 하지만 한국인
통역가의 역할이 커지면서 캄보디아인 가이드들이 가이드는 뒷전이고
쇼핑을 통해 커미션을 받는 등 안 좋은 점을 배우고 있다니 안타까웠다.
이렇듯 열악한 상황에 놓인 현지 가이드의 건강한 일자리를 만들고,
정확한 정보를 전달하는 유적 관광을 활성화하기 위해 그녀는 코이카
임기가 끝나면 NGO를 설립하여 활동할 계획이라고 말했다. 그녀의
이야기를 듣고 나니 앙코르 유적에서 만찬을 즐기고 있는 이 순간이
더욱 소중하게 느껴졌다. 캄보디아인들의 유산이자 세계의 유산인
앙코르 유적은 오늘로써 나의 유산이자 만찬에 참석한 모든 사람의
유산이 되었다.

오늘로써 모든 사람의
유산이 되었다

음식과 공연으로
한국을 만나다

행사 둘째 날에는 한국관광공사와 문화체육관광부가 후원하는 오찬이
있었다. 국제행사에서는 한 나라가 오찬이나 만찬을 후원하는 경우가
많은데, 나는 한 국가의 음식과 문화를 압축해서 체험할 수 있는 이
시간이 정말 좋다. 대한민국이 주최하는 오찬이라니,
과연 한국을 어떻게 압축했을까?

오찬의 주제는 '한국과 캄보디아의 화합'이었다. 주최는 대한민국
정부였지만, 음식과 공연 모두 양국의 문화가 조화를 이루는 그림을
만들어냈다. 애피타이저, 메인 두 가지, 그리고 디저트. 이렇게 4개
코스로 구성된 오찬은 코스마다 한국 음식과 캄보디아 음식이 세트로
구성되었다. 수프로는 삼계탕이 나오고, 샐러드로는 쌀국수가 들어간
크메르식 샐러드가 나오는 식이다. 특히 한국식 디저트인 한과를 테이블
세팅용 나무에 알록달록 열매처럼 매단 것이 인상적이었다. 공연 역시
가야금, 해금 등 국악 악기와 크메르 전통악기가 양국의 전통음악을
연주하는 의미 있는 시간이었다.

세상을 바꿀
관광의 힘

이날은 문화와 관광이라는 주제 아래 문화보존, 창조산업, 도시재생
등 소주제별로 세션이 나뉘어 토론이 진행되었다. 정부기관, NGO,
교수, 개인사업가 등 세계 각국에서 관련 분야에 활동하는 다양한
사람들이 패널로 참여해 인사이트를 더했다. 창조산업 관련 세션에서는
한국관광공사가 한국의 한류관광사업을 발표하는 패널로 참가하여
다른 국가들과 문화자원의 관광 활용을 토론했다. 나 역시 용기 내어
서울시에서 한류관광을 담당하면서 느꼈던 어려움을 질문했다.
문화자원을 관광에 활용하는 데 있어서 저작권이나 초상권 등에
대한 문제를 해결하는 방법에 대해 물었고, 패널들에게 중요한
지적이라는 피드백도 받았다. 수백 명이 모인 국제행사에서 손을

좌. 오찬에는 캄보디아 음식과 한국 음식이 함께 나왔다.
우. 캄보디아 전통악기와 협연하는 한국 전통악기

들고 질문을 하다니. 여행하면서 간은 확실히 커진 것 같다. 흥미로운
이야기가 끊임없이 이어지는 패널 토론을 보면서 나도 언젠가는 이런
국제회의에서 직접 패널로 참여하는 날을 꿈꾸었다.

"여행을 하면 할수록, 우리는 더 나은 사람이 될 수 있습니다. 더 많은
사람이 여행을 할수록, 더 많은 사람이 살아 있는 문화를 경험할 수 있고,
더 많은 사람이 글로벌 세상의 일원이 될 수 있습니다. 여행에는 문화를
교류하고, 나아가 전 세계를 하나로 만드는 힘이 있습니다."

행사 첫날, UNWTO의 리파이 사무총장이 개회식에서 한 연설이다.
그의 연설은 관광을 일상으로 끌어들이는 메시지가 되어 내게 감동을
주었다. 제대로 활용하면 관광은 우리 사회를 긍정적으로 변화시킬 수
있다. 그리고 관광의 중요성을 전달하는 가장 효과적인 방법은 관광을
통해 변화된 사람들의 삶을 보여주는 것이다. 우선 나부터 관광으로 바뀐
내 삶을 통해, 그리고 내가 여행에서 만난 사람들의 변화된 삶을 통해
관광의 중요성을 전해야겠다는 생각이 들었다.

여행을 하면 할수록,

우리는 더 나은 사람이
될 수 있습니다 ————

동네 사람처럼
살아보기

포르투갈 ━━━━━━━━━━━ 포르투

부모님과
함께하는 여행

부모님과의 만남, 세계 여행을 시작하고 가장 기다렸던 순간이다.
여행 전 부모님은 혼자 세계 여행을 떠나는 딸이 걱정되었는지 중간에 꼭
합류하겠다고 약속하셨고, 여름휴가를 맞춰 스페인과 포르투갈 자동차
여행을 함께하기로 했다.

혼자 하는 여행에 익숙해져서일까? 부모님과 함께하는 여행은 신경
써야 하는 일이 많았다. 일단 항상 이용했던 도미토리 숙소는 갈 수가
없었다. 세 명이 함께 움직이다 보니 도미토리보다 호텔을 예약하는 것이
가격대비 적절하기도 했다. 음식 역시 입맛이 까다로운 아빠를 위해
이틀에 한 번 정도는 한식 혹은 일식, 중식을 먹어야 했다.

그런데도 마드리드에서 시작한 2주간의 자동차 여행은 달콤했다. 매번
혼자서 갈 곳을 찾아보고 끼니를 챙기는 게 은근한 스트레스였는데
운전을 좋아하는 아빠가 운전하는 차를 타고, 캐리어 한가득 한국 음식을

싸온 엄마가 챙겨주는 밥을 먹으니 이보다 더 편할 수 없었다. 무엇보다
부모님과 여행을 하니 익숙하지 않은 곳들도 마치 우리 동네처럼
편해졌다. 그중에서도 포르투갈의 포르투[Pôrto]는 우리 가족에게 특별한
경험을 선사한 도시였다.

세상에서 가장 특별한
게스트하우스

"지민아, 굳이 시내 중심에 잡을 필요 없다. 무조건 차 대기 쉽고 붐비지
않는 곳으로 찾아."

혼자서 여행할 때와 가족이 여행할 때 숙소를 찾는 기준은 정말 다르다.
또한 대중교통을 이용할 때와 자동차 여행을 할 때 숙소를 선택하는
기준 역시 다르다. 혼자 여행하는 나는 대중교통을 이용해야 하니
저렴하면서도 시내 중심가에 있는 숙소를 찾았지만, 자동차 여행을
즐기는 아빠는 도심의 길이 좁고 주차가 어려운 시내 한가운데보다

우리가 묵은 파비아나의 게스트하우스

포즈는 강과 바다가
만나는 곳이라는 뜻이에요

차가 들고 나기 편하고 가족이 모두 한 공간에서 지낼 수 있는 외곽의
숙소를 선호하신다.

부모님과 함께하는 포르투에서는 뭔가 특별한 숙소에서
지내고 싶었다. 어디가 좋을지 고민하다가 여행지 리뷰 서비스
트립어드바이저^{Tripadvisor}에서 눈에 띄는 숙소를 찾았다. 도심에서 어느
정도 떨어져 있지만 도심까지 한 번에 가는 트램[1]이 다니며, 해변까지
걸어갈 수도 있고, 우리 가족만 단독으로 쓸 수 있는 방이 있었다. 게다가
평가도 좋아 여행객들의 투표로 상까지 받았단다. 그래, 여기다! 예약을
진행하자마자 숙소에서 메일이 왔다. 우리를 기다리고 있고 오기 전
필요한 정보가 있다면 언제든 연락하라는 따뜻한 메일이. 두 팔 벌려
환영받는 느낌이 들었다.

"안녕하세요! 기다리고 있었습니다."

이메일을 보낸 파비아나가 우리를 반갑게 맞이했다. 우리가 지낼
동네는 포르투 도심에서 트램으로 약 20분 정도 떨어진 올드 포즈^{Old Foz}.
해변을 마주한 구시가지에는 아기자기한 집들이 그대로 남아 있었고
관광객보다는 현지인이 많았다.

"포즈는 강과 바다가 만나는 곳이라는 뜻이에요. 해변을 따라서 오래 전에
만들어진 동네라 아직도 옛 모습을 간직하고 있죠. 돌아다니다 보면 이
동네의 매력에 푹 빠질 거예요. 해변으로 걸어가면 오래된 성이 있는데
그 앞에서 시내로 가는 트램을 타면 됩니다."

웃는 모습이 예쁜 파비아나는 친절하게 동네 지도를 펴놓고 이런저런
설명을 덧붙였다. 그리고 이 건물이 세계 최고의 건축상인 프리츠커상을
받은 에두아르도 모우라가 디자인한 건물이라며 자랑했다. 총 4개의
방을 보유한 그리 크지 않은 규모의 숙소는 방 3개는 한 건물에 있고,
나머지 1개는 다른 건물에 있었다. 외부에 따로 있는 방이 바로 우리가
묵을 곳이었다. 스카이로프트^{Skyloft}라고 불리는 이 방은 원룸 형태로

---

1. 일반 도로에 깔린 레일 위를 달리는 전차

우리 가족만 사용하는 출입문이 있었다. 천장에는 커다란 창문이 있어 아침이면 방 안에 햇살이 가득 찼다. 깨끗한 하얀색 인테리어와 곳곳에서 보이는 파비아나의 센스 넘치는 소품들을 보니 왜 이 게스트하우스가 트립어드바이저에서 상을 받았는지 알 것 같았다.

우리가 올드 포즈를 우리 동네처럼 즐길 수 있었던 데는 파비아나의 역할이 컸다. 그녀는 현지인들만 아는 맛집, 카페, 숍 등을 상세히 알려주고 정성 가득한 조식에서부터 세심한 청소까지 우리 가족이 온전히 올드 포즈에 빠질 수 있게 최고의 서비스를 제공했다. 관광객이 많지 않은 동네에 우리 가족만 쓰는 방에서 지낸다 생각하니 마치 다른 동네로 이사를 온 것 같은 기분이 들었다.

이곳에 사는 사람들의 이야기가 궁금해졌다

———————————————— 무너질 것 같이 오래된 집에서 살아가는 사람들 ————

도시의 유산과 함께
살아가는 사람들

"옛 모습 그대로 운영되는 트램을 타면 시내까지 15분 만에 갈 수 있어. 트램이 강변을 따라 운행하니까 도우로 강을 마음껏 구경할 수 있을 거야."

우리는 파비아나의 소개에 따라 트램을 타고 포르투 시내 구경을 나섰다. 도우로 강이 대서양을 만나는 지점에 있는 포르투는 유럽에서 가장 오래된 도시 중 하나로 도심의 구시가지 전체가 1996년 유네스코 세계문화유산에 등재되었다. 트램을 타고 도우로 강변을 따라 구시가지에서 강을 맞대고 있는 히베이라 광장Ribeira Square에 도착했다. 엄청난 압도감을 자랑하는 루이 1세 다리를 배경으로 히베이라 광장을 둘러싼 알록달록한 집들이 햇빛을 받아 색감을 뽐내고 있었다.

포르투의 구시가지에는 무너질 것 같이 오래된 집에서도 사람들이 살고 있었다. 당장에라도 밀어버리고 재개발이 진행될 것 같은 동네에 사람들이 생활한다는 게 신기했다. 물론 유네스코 세계유산으로 지정되어 보호되고 있지만, '오래됨'의 아름다움을 그대로 간직하면서 삶을 이어가려는 노력이 돋보였다. 가장 반가웠던 것은 빨래였다. 막 빨아 널은 것 같은 하얀 이불을 보니 쓰러질 것 같은 집에도 아직 사람이 살고 있다는 것을 실감할 수 있었다. 이곳에 사는 사람들의 이야기가 궁금해졌다.

포르투만의 특징을 꼽으라면 바로 도자기 타일. 성당과 기차역 등 오래된 건물의 내외부에도 이어 붙인 타일 위에 그려진 한 편의 명화 같은 그림들이 포르투만의 색깔을 보여주고 있었다. 그렇다 보니 관광기념품 역시 도자기로 만든 게 많았다. 히베이라의 집을 형상화한 모양부터 포르투갈의 상징인 닭이나 전통문양 등을 활용한 디자인의 도자 소품들, 포르투 도심의 알록달록한 색깔을 담은 도자 타일자석과 장신구와 접시, 생활용품까지 가지각색 관광기념품이 셀 수 없이 많았다.

"어쩜 이렇게 수천 가지 종류의 도자기가 팔리고 있지!? 쉽게 가져갈 수 있는 작은 크기의 아이템들이 한 상점을 가득 채우고 남을 정도로

윤지민의 리얼관광 ──────── 커뮤니티/문화유산

다양해! 색깔이나 모양이나 전부 포르투갈의 전통을 담고 있어.
이 상점을 통째로 가져가고 싶을 정도야!"

도자기를 전공한 엄마는 쭉 늘어선 도자 소품 상점들에서 떠날 줄을
몰랐다. 한평생 도예가로 살면서 한국의 도자기가 더 다양한 방식으로
상품화되길 꿈꾸는 엄마는 포르투갈만의 색감과 디자인이 담긴 도자기
기념품들을 정말 좋아했다. 특히 알록달록 예쁜 그림이 그려진 건물
외벽의 타일을 미니어처로 만들어놓은 기념품들은 통째로 떼어 가져가고
싶어 했다. 포르투는 전통 방식의 기술들을 현대적으로 재탄생하여
그들이 사랑하는 포르투의 모습을 더 많은 이들과 함께 나누고 있었다.

이 상점을
통째로 가져가고 싶어!

포르투 사람들은 '오래됨'의
아름다움을 간직하면서

삶을 이어가고 있었다 ———

Interview

with
—— Porto Tourism Office

Maria
Nuñes

Information Services center Manager
포르투 시내 공식 관광안내센터에서 안내 및 운영을 맡고 있다.

"포르투는 기회의 도시입니다."

마리아 누녜스 ━━━

Q1. 관광청의 운영 방식을 설명해 주세요.

A1. 역사가 50년이 넘는 포르투 관광청은 시청 소속으로 예산 역시 시청에서
지원합니다. 우리는 지역의 관광협회와 파트너로 일하며 여행사, 호텔 등 60여
군데 회원사들의 홍보물을 안내소에 비치하고, 그들이 운영하는 시티투어
프로그램이나 액티비티 상품을 안내소에서 직접 판매합니다. 관광청은 주로
포르투에 방문한 방문객들을 환대하고 안내하는 일을 하고, 협회는 자체적으로
해외 홍보에 힘씁니다. 현재 30명 정도의 직원이 안내소에 근무하며 웹사이트,
채팅, 전화 등을 통해 포르투갈 관광을 알리고 있는데요, 성수기에는 시내에 있는
4군데 안내센터 외에 이동식 안내센터를 운영하기도 합니다. 우리는 항상 다양한
방식을 활용해 관광객을 만나려 노력합니다.

Q2. 도시 슬로건에 대해 이야기해 주세요.

A2. 'Oportonity City'에는 포르투가 다양한 기회의 도시라는 의미가 담겨
있습니다. 음식, 와인, 건축, 해변 등 포르투에는 즐길 것들이 많습니다. 우리는
슬로건을 활용하여 미식을 이야기할 때는 'oPORTOnity to taste', 투자를
이야기할 때는 'oPORTOnity to invest' 등 다양한 테마와 함께 포르투를 소개하려
노력합니다.

Q3. 포르투를 찾는 관광객에게 보여주고 싶은 것은 무엇입니까?

A3. 타깃마다 좋아하는 것이 다르겠지만 관광객들이 포르투에서 가장 기대하는
건 아무래도 유네스코 세계문화유산으로 지정된 강변의 구시가지라고 생각해요.
그 외에도 도우로 강의 리버크루즈나 유명한 건축물 등 포르투 관광의 필수코스로
생각하는 몇몇 관광지가 있죠. 하지만 최근 포르투가 집중하는 건 와인입니다.
포르투의 와인은 특별해요. 예전에 배를 이용해 영국으로 와인을 보낼 때 와인이
상하지 않도록 브랜디를 섞은 것이 포르투만의 도수 높은 와인이 되었죠.
포르투 주변에는 와이너리도 많고 시내에도 다양한 와인숍과 와인 투어를 할
수 있는 곳이 많아요. 우리는 이런 기반시설을 활용하여 와인으로 칵테일을
만들거나 포르투 지역의 음식과 페어링하는 등 지역 와인을 브랜드화하고
홍보하려 합니다.

2014.08.21

세계유산고
관광 이야기

독일 ━━━━━━━━━━━━━━━━ 코블렌츠
본

한국 대표로 유네스코
청년전문가포럼에 참가하다

윤지민 씨가 이번 포럼의 참가자로 선정된 것을 기쁘게 생각합니다.
유네스코의 2015 청년전문가포럼^{Young Experts Forum}은 6월 18일부터
29일까지 '유네스코 세계유산의 지속 가능한 관리'라는 주제로 독일
코블렌츠^{Koblenz}와 본^{Bonn}에서 열릴 예정입니다. 모든 체류 비용은 독일
유네스코위원회 주최 측에서 지원합니다. 참가 여부를 확인하여
회신 부탁드립니다. 감사합니다.

매년 세계유산에 대한 등재 심사, 평가 등이 진행되는 유네스코의
세계유산위원회에서는 행사 시작 전 열흘간 전 세계 31개국에서
세계유산과 관련하여 활동하는 청년전문가들이 모여 세계유산을
논의하고 교류하는 시간을 갖는다. 세계 여행에서 돌아온 후 혹시나
하는 마음으로 지원했는데 덜컥! 한국 대표로 유네스코 세계유산위원회
청년전문가포럼에 참여하게 되었다.

내게 주어진 E-Ticket은 루프트한자 항공이 독일의 기차 회사인 도이치반과 함께 제공하는 Rail&Fly 상품으로 왕복 비행기 표와 기차표가 하나의 티켓으로 구성되어 있었다. 어떻게 비행기에서 기차로 갈아탈 수 있을까 궁금했는데 프랑크푸르트^{Frankfurt} 공항 게이트에 도착하자마자 곳곳에 기차역 안내 표지판이 보였다. 공항 바로 앞에 기차역이 붙어 있어서 기차역 티켓 판매기에서 E-Ticket의 예약번호만 넣으면 바로 기차를 탈 수 있었다. 환승 과정이 간편해서 항공과 육상 교통의 경계를 느끼지 못할 정도였다. 너무나 잘 만들어진 교통시스템 덕에 편하게 목적지까지 올 수 있었다.

전 세계 31개국
32명의 세계유산 청년전문가들

열흘간의 청년전문가포럼 일정 중 일주일을 보내게 될 도시, 코블렌츠는 라인 강과 모젤 강이 만나는 곳으로 약 5,000년 전부터 인류의 흔적이 발견된 도시다. 두 개의 강이 만나는 도이체스 에크^{Deutsches Eck}를 비롯해 코블렌츠 주변의 파노라마 경관이 한눈에 보이는 에렌브라이트슈타인 요새^{Fortress Ehrenbreitstein}에서 우리의 일정이 시작되었다.

인도의 문화유산 관련 NGO에서 일하는 리티카, 핀란드의
국립공원관리공단에서 일하는 울리카, 콜롬비아에서 건축가로 일하다
스페인에서 유산보존 분야로 대학원을 다니는 펠리페, 필리핀의
해양자연유산에서 수중생물 보호를 위해 다이버로 일하는 제릭,
르완다에서 구전유산의 기록보관 관련 일을 하는 에이미 등 정말 다양한
분야에서 인류의 유산을 보존하기 위해 노력하는 청년들이 모였다.
출신 국가도 서아프리카의 모리타니부터 남미의 브라질까지 참
다양했다. 각자의 전문 분야를 만들어나가는 능동적인 친구들과 함께할
열흘이 기대되었다.

라인 강변의
어제와 오늘

"라인계곡은 살아 있는 세계유산이에요. 문화와 자연이 공존하는
복합유산이자 지금도 계속 만들어지고 있는 세계유산이죠."

리버크루즈를 타고 라인 강변을 따라 내려오는 동안 라인계곡을

관리하고 운영하는 재단의 사라가 이야기했다. 우리가 지내는 코블렌츠를 비롯하여 라인 강변을 따라 있는 여러 개의 마을은 중상류 라인계곡Upper Middle Rhein Valley이라는 이름으로 유네스코 세계유산으로 등재되어 있다. 아름다운 자연환경을 갖춘 라인 강은 유럽 역사에서 중요한 교통수단이자 군사적 요충지로 오랫동안 이어온 사람들의 생활터전이다. 이 점을 탁월한 보편적인 가치Outstanding Universal Value로 인정받아 2002년에 유네스코 세계유산으로 등재되었다.

유럽의 중심을 흐르는 라인 강을 따라 수많은 도시가 만들어졌다. 배를 타고 내려오면서 만난 강변의 도시들은 동화 속 공주님이 살고 있는 듯한 풍경이었다. 깎아지른 절벽 위 각양각색의 성, 옹기종기 모여 있는 예쁜 집, 그리고 마을 한가운데 하나씩은 꼭 있는 교회. 마을들은 놀라울 정도로 옛날 모습을 그대로 간직하고 있었다.

"라인 강변 마을에는 강을 건널 수 있는 다리가 100km 근방에 하나밖에 없어요. 예전에는 라인 강의 상류계곡도 유네스코 세계유산이었는데 주민들의 요구로 다리가 생기면서 세계유산 자격이 취소되었죠. 중상류 계곡에 사는 주민들도 세계유산과 함께 살아간다는 자부심은 있지만,

일상적으로 힘든 부분들이 있어요. 교통이 불편하다 보니 라인 강을 사이에 두고 양쪽 마을이 교류가 어려워 물류 등 경제효과가 감소하고 있죠."

빠르게 변화하는 현대사회에서 마을의 옛 모습과 생활방식을 유지한다는 것은 쉽지 않다. 2009년 라인 강 상류의 독일 드레스덴^{Dresden}이 세계유산 목록에서 제외되었다. 세계유산으로 지정된 지역에 다리가 건설되면서 지역만의 독특한 경관을 잃어버렸기 때문이다. 이처럼 보존과 개발의 가치 사이에서 어떻게 지속 가능한 방법을 찾아갈지에 대한 고민은 항상 있었다. 사람들의 일상과 관련된 유산은 더욱 그렇다. 물론 유산 보존은 무척 중요하지만 매일 강 건넛마을로 출근하려고 100km 거리를 운전해야 한다면 나 역시 고민에 빠질 것 같다. 시간이 지날수록 전통을 보존하기는 어려워질 것이다. 현지인들의 희생만을 강요할 수도 없을 것이다. 그렇다면 보존을 위한 노력을 희생이 아닌 투자라고 생각해 보는 건 어떨까? 오래된 것들은 시간이 지날수록 그 가치가 더해진다. 그리고 선조들의 유산을 보며 팍팍한 현실에서의 삶을 위로받으려는 관광객은 앞으로 계속 늘어날 것이다. 언젠가 보존이 가져오는 경제적 가치가 개발에 의한 효과보다 더 크게 느껴지는 날이 오지 않을까?

로렐라이 언덕을 바라보며 돌담 쌓기

세계유산 보존 봉사활동을 하는 날에는 라인 강변에서 가장 유명한 '로렐라이 언덕' 옆에서 전통 방식으로 돌담을 쌓았다. 라인계곡은 경사가 가팔라서 옛날 사람들은 농사를 짓기 위해 돌담을 축대 삼아 평평한 땅을 만들었다. 워낙 곳곳에서 돌담을 쌓다 보니 이제는 그 모습이 라인계곡의 대표적인 풍경이 되었다. 독일 전통 방식의 이 돌담은 모르타르를 전혀 쓰지 않고 넓적한 돌을 켜켜이 쌓아 올리기에 '마른 돌담'이라고 불리는데 그 축조 방식이 독특하다. 우리에게 돌담 쌓기를 알려주신 피터는 80세임에도 정정한 모습이었다.

"돌담 쌓기는 내 취미생활이에요. 돌담을 쌓는 것이 재미있어서 심심할 때마다 나와요."

우리 가족과 친구들과 함께했던 이 돌담들이 사라지지 않기를

돌담을 쌓으려면 돌을 잘 골라야 한다. 평평하게 넓은 면이 있는 돌은
일명 '얼굴Face'이 있는 돌로 가장 앞면에 얼굴이 나오게 놓는다. 그렇게
얼굴이 있는 돌을 앞쪽에 쌓으면서 뒤쪽으로 납작하고 넓은 돌을 겹겹이
쌓고 작은 돌을 구석구석 채워 넣어 단단하게 만드는 과정을 반복한다.
피터는 돌담 쌓기를 마치 퍼즐게임처럼 즐겼다. 중심을 잡지 않으면 뒤로
고꾸라질 가파른 언덕에서 수십 년째 돌담을 쌓고 있다니 실로 대단한
취미생활이었다.

"피터, 취미생활이라고 하기엔 너무 고된 것 같은데 이 일을 계속하는
원동력이 뭔가요?"
"나의 아버지의, 아버지의, 아버지 대부터 해오던 일인데 원동력이라고
할 게 뭐 있겠어. 내가 이렇게 하다 보면 누군가는 나를 이어 해 주겠지.
항상 나와 우리 가족과 친구들과 함께했던 이 돌담들이 사라지지 않기를
바랄 뿐이야."

'누군가는 나를 이어 해 주겠지.' 이 한마디에서 스스로 세계유산을 만들고 있다는 자부심이 느껴졌다. 누군가는 이 세계유산이 사라지지 않도록 이어서 힘써줄 거라는 그 마음과 믿음이 굳게 돌담에 다져지고 있었다. 아마도 그 돌담은 오래도록 무너지지 않을 것 같다.

보이지 않는 것을 보이게, 로마제국의 경계선

라인 강 유역은 신성로마제국이 유럽 전역을 지배했을 때 가장 멀리까지 진출한 지역으로 로마제국은 국경을 따라 돌로 성벽을 쌓고 나무로 망루를 지어 그들의 제국을 수호했다. 국경 유적 중 가장 보존이 잘되어 있는 이 지역은 로마제국 국경^{Frontiers of Roman Empire}이라는 이름으로 2005년 유네스코 세계유산으로 지정되었다.

"우리는 보이지 않는 것을 보이게 만드는 일을 합니다."

로마제국의 유적을 발굴하고 연구하는 헨리히 박사를 따라 유적 탐방을 시작했다. 첫 번째로 도착한 곳은 로마제국 국경유적 박물관^{Limes Museum}.

좌. 보이지 않는 것을 볼 수 있게 만들어준 쌍안경 우. 새로 지어진 로마식 망루

이 박물관의 모토는 '로마의 역사와 재미있게 놀아요!'다. 체험형
박물관으로 당시 의복을 직접 착용하고, 복원된 마차를 타고, 당시
유행하던 놀이와 활쏘기를 체험할 수 있다. 기본적으로 어린아이들이
타깃이었지만, 어른들도 재미있게 로마 시대를 배울 수 있는 공간이었다.
두 번째로 내린 곳은 어느 작은 마을이었다.

"유적 같은 건 전혀 안 보이는데?"

수군거리며 도착한 작은 다리에는 붙박이로 설치된 쌍안경이 있었다.

"쌍안경으로 저 산 위를 보면 당시 있었던 망루와 성벽의 위치를 볼 수
있습니다. 보이지 않던 것이 보이죠?"

쌍안경으로 보니 당시 모습이 선명하게 보였다. 그는 비록 망루와
성벽은 소실되었지만, 그 위치를 기억하고 보존하기 위해 쌍안경을
설치했다고 말했다. 전혀 기대하지 못했던 곳에서 보석을 발견한 것처럼
우리는 평범해 보이는 마을에서 로마 시대로의 시간여행을 했다.
마지막으로 도착한 곳은 예전 모습을 재건한 로마식 망루와 요새로
누구나 성벽을 따라 망루 위까지 올라갈 수 있게 만들어져 있었다.

"이 망루와 요새 주변으로는 실제 유적이 있던 자리가 있습니다.
저 들판에 표시한 부분들이 보이죠? 표시된 지역의 유적들은 땅속에
그대로 있습니다."

"왜 유적들을 땅속에 묻어두는 건가요?"
"우리는 오랜 세월 묻혀 있던 유적들을 파내면서 훼손시키기보다는
    그대로 땅속에 둔 채 당시 문화와 생활상을 기억하고 알리는 방법을
    택했어요. 이 역시 세계유산을 보존하는 하나의 방법이라고 생각해요."

처음엔 이해하기 어려웠다. 보이지 않는 유적이 땅속에 있다면 무슨
의미가 있을까? 설명이 끝난 후 우리는 복원된 요새에서 로마식
테이블과 식기로 저녁을 먹었다. 요새 내부에는 무대 및 파티 설비를
갖춰 파티나 세미나 등 행사가 가능한 공간으로 운영되고 있었다.
헨리히는 스마트폰 앱을 활용해 로마 국경 걷기 트레킹 코스를 제공하는
방안도 이야기했는데, 이제는 낮은 둔덕 정도만 남아 있는 곳이 많아
GPS 기반 루트를 제안하고 증강현실로 유적을 볼 수 있도록
노력 중이라고 했다. 눈으로 보이지는 않지만 일상에서 로마 시대의
문화를 지속적으로 소비하고 있다고 생각하니 그들이 왜 이 방법을
택했는지 조금은 이해가 되었다. '보이지 않는 것을 보이게 만드는 일'은
생각보다 어려운 일이 아니었다. 그들은 보이지 않는 유산의 가치를
일상생활에 녹여냄으로써 유산을 더욱 의미 있게 만들고 있었다.

한복이
새로운 사람들과의
매개체가 되었다

한복을 입고 유네스코
세계유산위원회에 참석하다

제39회 유네스코 세계유산위원회 개막식 때 한복을 입었다. 한복을
입은 나를 보며 친구들은 탄성을 질렀다. 나뿐만 아니라 인도, 캄보디아,
나미비아, 세네갈 등 꽤 많은 친구가 전통의상을 입었지만 단연 돋보이는
건 한복이었다.

한복을 입고 청년전문가포럼의 수료식에서 수료증을 받고, 공식
세계유산위원회 행사장에서 유네스코 사무총장 이리나 보코바와 면담을
하고, 세계 각국에서 온 대표단들 앞에 섰다. 한복의 아름다움에 다들
눈길이 갔는지 공식 행사가 끝나고 진행된 네트워킹 시간에 많은 사람이
찾아와 응원의 말을 건네고 함께 사진을 찍었다. 아름다운 한복의 미를
통해 한국 문화를 전하겠다는 생각으로 입은 한복이 새로운 사람들과의
매개체가 되었다.

인도를 비롯한 동남아시아, 아프리카, 중동 지역의 국가들은 전통의상을
입고 국제행사에 참석하는 것이 당연하다는 듯 복장으로 본인의
문화를 드러내는 모습이 익숙해 보였다. 백 마디 말보다 한 번 보는
게 더 효과적일 때가 있듯이 앞으로 국제행사에 갈 때마다 한복을
입어야겠다고 생각했다. 나아가 대한민국 대표단도 한복을 입고
국제행사에 나타나는 일이 많아지면 좋겠다.

Nightlife

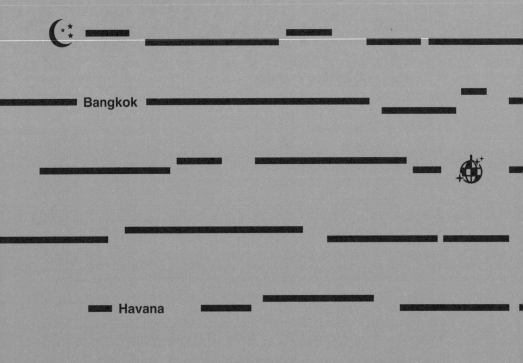

Bangkok

Havana

New York

Madrid

숨겨진
욕망을 활용하다

먹고, 마시고, 놀아보자

태국 ━━━━━━━━━━━━━━━ 방콕

밤이 되면 깨어나는
카오산 로드

방콕^{Bangkok}에서 보고 싶었던 것은 딱 하나였다. 바로 배낭여행자들의
천국이라는 카오산 로드. 전 세계 여행객들을 불러들이는 매력을
확인하기 위해 카오산 로드에 숙소를 잡았다.

대낮의 카오산 로드는 생각보다 한산했다. 저렴한 티셔츠와 신발 등을
판매하는 숍, 환전소, 몇몇 프랜차이즈 식당만 문을 열었고 절반은
셔터가 내려져 있었다. 하지만 저녁 무렵의 카오산 로드는 전혀 다른
모습이었다. 거리 입구에서부터 맛있는 냄새가 진동했다. 낮에는 몇 개
없어 보였던 옷가게들도 가게 앞 도로까지 점령한 채 영업을 하고 있고,
간이의자를 놓고 헤나를 하는 사람들이나 길 한가운데에서 마사지를
받는 사람들이 도로를 잠식하고 있었다. 거리를 꽉 채운 노점은 말할
것도 없고 낮에는 셔터를 내렸던 바나 클럽들도 도로 위에서 손님을 받고
영업을 하고 있으니 통행로는 두세 명이 꼭 끼어서 지나갈 정도밖에
남지 않았다. 길거리를 가득 채운 사람들 대부분은 역시 관광객이었다.

사실 관광객이 아니면 즐길 만한 요소들이 아니었다. 현지들이 이 번잡한
카오산 로드까지 와서 옷이나 선글라스를 사고, 마사지를 받을 것 같지는
않았기 때문이다.

하지만 현지인들도 즐길 법한 요소가 있었으니, 그것은 바로 길거리
음식이다. 방금 만들어낸 팟타이와 스프링롤, 그리고 눈앞에서 직접
갈아주는 망고주스까지! 카오산 로드의 음식점들은 다양한 메뉴와
착한 가격으로 배낭여행자의 입맛을 자극했다. 길거리에 서서 팟타이
한 그릇을 먹고 나니 후끈 올라오는 열기에 맥주가 생각났다. 카오산
로드의 중간 즈음에는 가장 큰 바 두 개가 도로 양쪽을 마주 보고 있다.
양쪽에서부터 점령한 오픈 테라스 덕분에 행인들은 한 줄로 테라스
사이를 지나갈 수밖에 없다. 불편한 마음을 접어두고 바 한편에 자리를
잡았다. 밤이 깊어지고 분위기가 달아오르니 도로 위 테이블에 앉아
있는 사람들이 일어나 춤을 추기 시작했다. 경쟁이라도 하듯 양쪽 바는
음악 소리를 키웠고 손님, 종업원, 행인 할 것 없이 모두 하나가 되어
춤을 추며 카오산 로드의 밤을 즐겼다. 아, 이게 진정한 카오산 로드의
매력이구나!

무엇보다도 관광객을
사로잡는 요소는
길거리 음식이다

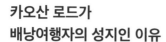

카오산 로드가
배낭여행자의 성지인 이유

카오산 로드가 배낭여행자의 성지로 불리는 이유를 생각해 봤다.
첫째, 가격이 싸다. 숙소, 길거리 음식, 마사지 등의 가격이 저렴해서
가난한 여행자들이 시간을 보내기에 최적의 소비시장이 형성되어 있다.
둘째, 여행자들의 정보교류장이다. 저렴한 환경을 찾아 여행자들이
모이고, 최신 정보가 공유된다. 그러다 보니 더 많은 여행자가 찾아오는
순환구조가 만들어진다. 현대적인 도시 방콕의 다른 지역에서는
여행자들끼리 교류할 기회가 적지만, 여행자들만 모여 있는 카오산
로드에서만큼은 누구나와 친구가 되어도 이상하지 않다. 그렇기 때문에
소통과 교류를 원하는 여행자들이 카오산 로드를 찾게 되는 것이다.

우리나라에서도 게스트하우스가 모여 있는 홍대와 연남동 지역을
중심으로 비슷한 현상이 일어나고 있다. 여행자 간 교류를 표방한
게스트하우스의 증가로 젊은 여행자들끼리 교류할 기회가 많아졌는데,
여행자들뿐만 아니라 우리나라 젊은이들에게도 만남과 교류의 장소인
홍대 지역은 어쩌면 카오산 로드보다 더 다양한 사람들과의 접점을
제공할 수도 있을 것이다. 카오산 로드에 있는 라이브 바에서 노래를
부르던 에이미가 떠올랐다. 20대 중반쯤으로 보이던 그녀는 영국에서
온 여행자였다.

"태국에 온 지는 6개월 정도 됐는데 카오산 로드가 좋아서 지내다 보니
여기 사람들과 친해져서 공연까지 하게 됐어. 시작한 지는 한 달 정도
됐는데 일주일에 3번 정도 1시간씩 노래를 해. 많이 벌 리가 있겠어?
그냥 팟타이 몇 개 더 사 먹고 방값 며칠 더 내는 용돈 벌이 수준이지.
그래도 즐거워. 나도 여행자이면서 여기 있는 여행자들에게는 현지인
행세를 하는 게 재밌으니까."

카오산 로드에는 그녀처럼 소일거리를 하며 지내는 장기 여행자들이
많아 보였다. 현지인보다 여행자가 훨씬 많고, 여행자들이 자신의
공간처럼 즐길 수 있는 이곳은 배낭여행자들의 성지, 카오산 로드다.

여행이 끝나면
더 많은 고민이 시작될 거야

호스텔에서 만난 그렉은 호주 출신으로 29살이다. 20대의 대부분을
길에서 보내면서 세계 여행을 질리도록 한 그는 30대를 맞아 이제는
한 군데에 정착하고 싶어서 콜롬비아로 간다고 했다.

"더 넓은 세상을 보면 뭔가 답이 있을 것 같아서 여행을 시작했어.
오랫동안 여행하면서 다양한 사람을 만나고 넓은 세상을 보면서 많은
것을 배웠지. 이제 그렇게 배운 것들을 나를 위해 올바른 방향으로 써먹을
때가 온 것 같아. 앞으로는 내가 관심 있는 주제를 함께 더 깊이 논의할 수
있는 사람들을 만나거나 내가 하고 싶은 일의 전문가를 만나고 싶어."

나 역시 관심 있는 주제를 함께 논의하고, 내가 하는 일을 더욱 잘하기
위해 세계 각국의 현장 전문가들을 만나러 여행을 시작했다고 말하니
그는 이렇게 말했다.

"여행은 도서관 같아. 도서관에는 정말 다양한 책들이 있잖아. 세계 여행을 마친 후의 삶은 도서관에서 얻은 지식을 바탕으로 새로운 논문을 쓰는 것 같아. 내가 그랬던 것처럼 아마 너도 여행을 마치고 돌아가면 새로운 고민과 가능성이 열릴 거야."

방콕을 떠나기 전 그를 만난 건 행운이었다. 여행 선배의 소중한 조언을 들은 느낌이랄까. 그렉처럼 여행하는 사람들, 즉 관광산업이 가능하게 만들어주는 사람들이 많아지도록 관광의 좋은 점을 더 많이 공유하고 싶다는 생각이 들었다. 나는 여행을 통해서 '관광'을 주제로 한 도서관을 끊임없이 탐험했다. 책을 읽으면 뭔가 배우는 것이 있듯이, 나 역시 세상이라는 책에서 수많은 사람을 만나고 새로운 것을 배웠다. 여행을 통해 세상을 배우고 세상과 소통하며 더욱 풍요로운 세상을 만들 수 있다고 생각하니 관광이 더 소중하게 느껴진다.

이곳의 밤은 새벽
두 시부터 시작이야

스페인 ━━━━━━━━━━━━━━━ 마드리드

장기 여행자의
호스텔 선택 기준

여행을 하다 보면 기운을 빼앗기는 도시가 있고, 기운이 충전되는 도시가
있는데 마드리드는 내게 기운이 충전되는 힐링 도시다. 가장 큰 이유는
묵었던 호스텔이 아주 마음에 들었기 때문이다. 중심가인 마요르 광장^{Plaza}
^{Mayor} 바로 옆에 있는 호스텔은 스페인식 5층 건물을 리모델링하여 방과
로비가 쾌적할 뿐만 아니라 옥상 테라스가 아주 멋졌다.

배낭여행자로 여행 기간 대부분을 호스텔에서 묵은 내게는 호스텔을
선택하는 나만의 기준이 있다. 첫째, 배낭이 전부 들어가는 개인 락커가
있어야 한다. 여러 사람이 함께 쓰는 호스텔은 항상 보안이 걱정이다.
대부분 개인 락커가 있지만 어떤 호스텔은 락커 크기가 너무 작아 고작
노트북과 핸드폰, 여권 정도만 겨우 넣을 수 있다. 물론 없는 것보다는
낫지만 귀중품을 따로 관리해야 하는 번거로움이 있어 배낭이 통째로
들어가는 크기가 좋다.

둘째, 개인 콘센트가 있어야 한다. 여행객에게 충전은 무척 중요하다. 핸드폰이나 카메라, 노트북까지 들고 다닌다면 숙소에 도착하자마자 콘센트 가까운 침대를 잡으려 고군분투해야 하고, 귀중품이다 보니 콘센트가 눈에 보이지 않는 곳에 있으면 밤새 콘센트 옆에 앉아 있어야 하는 상황이 발생하기도 한다. 그래서 나는 숙소를 예약하기 전 침대마다 콘센트가 있는지 확인한다. 밤에도 충전 중인 핸드폰을 베개 밑에 넣고 잘 수 있을 정도로 가까운 위치에 콘센트를 확보해야 한다.

셋째, 개인 침대에 미니 라이트가 설치되어 있는지 확인한다. 밤늦게 귀가하거나 새벽 일찍 떠나야 해서 모두가 자고 있는데 짐을 뒤져야 할 때면 참으로 민망하다. 개인 랜턴이나 핸드폰의 라이트는 손이 자유롭지 못해 불편하다. 이럴 때 침대별로 독서등처럼 미니 라이트가 있으면 큰 도움이 된다.

넷째, 내 방 침대에서 와이파이가 잘 터지는지 확인한다. 와이파이는 대부분의 호스텔이 갖추고 있다. 하지만 건물 전체에서 와이파이가 되는지, 공용 공간에서만 되는지 확인할 것! 나는 침대에 누워서

핸드폰으로 다음날 중요한 일정을 확인하는 경우가 많아서 방에서도
와이파이가 잘 터지는 곳을 선호한다. 와이파이는 소중하니까.

다섯째, 매력적인 공용 공간이 있는지 확인한다. 영화관, 게임룸, 바 등
다양한 공용 공간을 운영하는 호스텔이 많다. 여행자 친구를 만나고
동행을 구하는 등 사교가 이루어지는 공용 공간은 호스텔의 큰 장점이
된다. 공용 공간의 매력에 빠져 호스텔 밖을 벗어나지 못하는 사람들도
있으니 말이다.

현지인과 관광객이
모두 사랑하는
전통시장

호스텔이 있는 마요르 광장 옆에는 산 미구엘 시장^{San Miguel Market}이 있다.
철제 프레임에 통유리가 더해져 새로 지었으리라 생각했는데, 알고 보니
1916년에 만들어져 마드리드에서 유일하게 현대까지 남아 있는 철골
구조의 시장이라고 한다. 마드리드의 전통시장은 이렇듯 모던한 형태로
재탄생되어 시민들과 관광객들을 맞이하고 있었다.

산 미구엘 시장의 주력상품은 식품이다. 30여 개의 매장이 다양한
먹거리를 판매하고 있었는데 특히 스페인만의 색깔을 담은 음식이
많았다. 스페인식 샌드위치 보카디요, 손가락으로 집어 먹을 수 있는
작은 크기의 핀초스, 직접 담근 상그리아 와인, 커다란 가마솥에
요리하는 파에야, 형형색색의 절인 올리브 등 한두 개씩 집어먹다 보면
금세 배가 불렀다.

마드리드는 전통시장을 관광명소뿐만 아니라 동네 사람들의
문화센터로도 활용하고 있었다. 예로부터 식품 판매로 유명했던
산 미구엘 시장을 마드리드의 음식문화센터로 활용하며 정기적으로
요리 교실을 운영하고, 음식과 관련된 각종 전시나 이벤트를 개최했다.
또한 시장과 연계한 미식도서관을 운영하고, 시장 내에 음식과 콜라보한
꽃집이나 디자인숍 등의 업종들을 추가하여 공간을 다채롭게 구성했다.

전통시장은 모던한
형태로 시민들과 관광객들을
맞이하고 있었다

그러다 보니 방문객들은 장을 보는 동안 자연스럽게 스페인 음식문화를 배우게 된다. 스페인 음식문화 체험의 장이 된 것이다. 우리나라에도 전통시장이 참 많다. 내가 매일같이 드나들며 스페인 음식을 배웠던 산 미구엘 시장처럼 우리나라의 전통시장 역시 한식 세계화의 허브가 될 수 있기를 바란다.

마드리드의 독특한 밤문화, 펍 크로울

호스텔에서 펍 크로울Pub Crawl을 추천해 주었다. 펍 크로울은 마드리드 시내에 있는 펍 여러 개를 한꺼번에 돌아볼 수 있는 티켓으로 홍대에서 클럽데이 때 여러 개의 클럽을 묶어서 돌아보는 것과 비슷한 형태다. 다른 점이라면 그룹으로 함께 이동한다는 것. 이런 펍 크로울은 여러 개 업체에서 매일같이 운영한다. 밤 11시가 넘은 늦은 시간에도 솔 광장은 사람들로 북적거렸고 여러 개의 펍 크로울 팻말 사이로 내가 예약한 단체의 빨간색 팻말이 보였다.

"어차피 지금 클럽에 가봤자 별로 사람이 없을걸? 마드리드 클럽들의 피크 타임은 새벽 2~3시야. 스페인 사람들은 저녁을 아주 늦게 먹거든. 보통 10시쯤 저녁 약속을 잡는다 생각하면 곧 2차로 술을 마시러 이동할 즈음이니까 12시쯤 가면 딱 맞을 거야."
"정말 늦은 시간부터 밤새도록 노는구나!"
"스페인이잖아! 여기에서는 아침도 여유롭게 시작하는 데다 낮에는 시에스타가 있잖아. 그러니 밤을 더 길게 즐길 수밖에!"

스페인 사람들에게 괜히 시에스타가 있는 게 아니었다. 그런데 가만 보니 펍 크로울 운영진들은 굉장히 젊어 보였고 본인들끼리도 무척 신난 것 같았다.

"너희는 여기 매일 밤 나오는 거야?"
"일주일에 서너 번 정도 돌아가면서 나와. 우린 마드리드에 있는 교환학생

모임인데 아직 학생인 친구들부터 학교를 졸업하고 마드리드에 정착한 친구들까지 다양하게 있어. 처음에는 우리끼리 친해지면서 마드리드를 즐겨보자고 시작한 모임인데 어쩌다 보니 이렇게 여행자들과 함께하는 모임으로 커져 버렸어. 덕분에 더 재밌어! 하하."

광장에서 수다를 떨다 보니 드디어 떠날 때가 되었다.

"오늘 우리가 갈 펍은 총 3군데예요. 시간을 보고 하나 정도 더 갈 수 있으면 조정해 볼게요. 첫 번째 펍에서는 한 시간 동안 칵테일을 무제한으로 마실 수 있지만, 두 번째 펍은 한 잔만 티켓에 포함되어 있어요. 마지막에 갈 곳은 클럽이니까 두 군데 펍에서 술을 마시고 여기서 함께 춤추며 즐기면 됩니다!"

간단한 공지사항을 듣고 마드리드 시내 골목을 탐험하기 시작했다. 좁은 골목 사이로 들어가면 숨은그림찾기처럼 작은 바와 클럽이 있었다. 골목마다 꽉 들어찬 사람들을 보니 입이 떡 벌어졌다. 들르는 펍마다 사람들이 넘쳐났고 우리는 무제한 칵테일을 신나게 마셨다. 마지막 클럽에서 펍 크로울 운영진들은 이제부터 돌아가는 것은 본인 자유에 맡긴다며 선물로 콧수염 스티커를 하나씩 나눠주었다. 하지만 그 누가 이 분위기를 뒤로하고 숙소로 돌아갈 수 있을까? 나는 알록달록 콧수염을 붙이고 같은 그룹의 친구들과 해가 뜰 때까지 춤을 췄다.

펍 크로울은 마드리드에서의 독특한 경험이었다. 우리나라 홍대에서도 한 달에 한두 번씩 여러 클럽을 투어할 수 있는 클럽데이가 있었다. 내국인뿐만 아니라 외국인들도 좋아하는 프로그램이었으나 사정상 운영이 중단되었다가 2015년부터 재개되었지만 인기가 예전 같지는 않다. 최근에는 홍대와 이태원 부근에서 게스트하우스들을 중심으로 서울만의 펍 크로울 프로그램이 생겨나 진행된다고 한다. 술과 밤 문화는 국적을 불문하고 사람들이 친해질 수 있는 가장 빠른 방법이다. 지나친 음주는 지양해야겠지만 무조건 부정적으로 바라보기보다 외국인과 함께 즐길 수 있는 새로운 문화로 양성했으면 좋겠다. 술과 밤 문화를 논하기에 우리나라만 한 곳은 세상 어디에도 없으니까!

Interview

—— Madrid Destino

Antonio
Álvarez Sienra

Administrative Tourism Business Manager
마드리드의 공식 관광안내센터에서 관광서비스 및 행정 업무를 담당하고 있다.

"관광객들과의 소통이 가장 중요해요."

안토니오 알바레즈 시엔라 ■■■■

Q1. 마드리드 관광청의 조직을 설명해 주세요.

A1. 마드리드 관광청은 관광뿐 아니라 문화, 관광, 컨벤션을 담당하는 세 조직이
합쳐져서 만들어졌습니다. 현재 전체 기관에는 직원이 350명 정도 있지만 이 중
관광만 담당하는 사람은 저를 포함해서 37명이죠. 문화 분야에서는 마드리드의
수많은 공연장이나 미술관을 관리하고 컨벤션 분야에서는 국제회의나 컨벤션
유치 및 컨벤션 베뉴 관리 등을 담당합니다.

Q2. 관광객 유치를 위해 시 정부와 어떻게 일하시나요?

A2. 마드리드 관광청은 시 정부와 가깝게 일합니다. 시 정부가 향후 관광 발전 및
홍보를 위한 가이드라인을 제시하고 어느 정도의 보조금을 지급합니다. 현재는
일정 부분만 민간 자금으로 운영하고 있는데요, 앞으로 더 많이 늘려야 한다고
생각해요. 관광은 마드리드 관광청이 하는 여러 가지 일 중 한 부분일 뿐이에요.
관광 외에도 문화와 비즈니스 같은 다양한 부분을 관장하고 있죠. 관광에서는
관광객들과 직접 소통하는 부분을 가장 중요하게 생각하고 안내와 홍보에 힘쓰고
있습니다.

Q3. 마드리드를 여행하면서 관광경찰을 많이 봤는데요, 이들은 어떤
일을 하나요?

A3. 관광경찰은 시 경찰 소속으로 다양한 언어로 관광객들에게 도움을 주고
있습니다. 영어가 아무래도 가장 수요가 많아요. 관광경찰의 주요 목적은
관광객들의 안전을 보장하는 것이기 때문에 주요 관광지를 돌아다니며 보안에
힘씁니다. 이들은 다양한 언어를 할 수 있어서 관광객 대상으로 범죄가 발생했을
때 재빠르게 관광객을 돕습니다. 여행지에서 범죄를 겪으면 관광객들이 무척이나
당황하는데 그럴 때 언어가 통하는 사람이 도와주면 심리적으로 안정이 되죠.
그래서 관광경찰이나 관광안내소에 사용 가능한 언어의 수를 늘리려 노력하고
있습니다. 특별한 언어가 필요한 상황을 대비해 관광경찰과 관광청에서 그때그때
인력을 파견할 수 있는 나름의 시스템도 갖춰놨고요.
이러한 노력으로 현재 마드리드는 유럽에서 두 번째로 안전한 도시로 선정될
정도로 치안이 좋아졌습니다.

2014. 09. 03

Q4. 관광 슬로건이 무척 독특해요.

A4. 'iMadrid!'는 6년 전쯤 만들었습니다. 스페인어에서 쓰는 뒤집힌
문장부호를 활용해서 스페인의 정체성을 나타내려고 했어요. 느낌표를 통해
마드리드는 뭔가 다르다는 것을 표현하고 싶었죠. 지금은 새로운 슬로건을
만들고 있습니다.

Q5. 관광지로서의 마드리드의 매력은 무엇일까요?

A5. 저는 프라도 미술관을 이야기하고 싶어요. 유명화가의 좋은 작품
콜렉션으로 인기가 많아 세계적으로 알려진 프라도 미술관은 마드리드로
수많은 관광객을 끌어들이는 역할을 하고 있습니다. 일반 관광객뿐만이
아니라 학교, 단체 등의 교육을 위한 방문도 무척 많아요. 프라도 미술관
외에도 레이나 소피아 미술관 등 마드리드에는 수준 높은 갤러리들이 많고,
30여 개의 작은 박물관들이 곳곳에 있어요. 그래서 예술과 미술을 목적으로
찾는 관광객이 많죠. 특히 유럽권과 미주권에서 이러한 예술 감상을
목적으로 마드리드에 많이 옵니다.

Q6. 요즘 관심이 생긴 관광 분야가 있다면 말씀해 주세요.

A6. 미식관광이요. 마드리드에는 기네스북에 올라 있는 세계에서 가장
오래된 레스토랑이 있습니다. 약 300년 정도 되었죠. 스페인 음식과 와인을
파는 레스토랑인데요, 이 레스토랑을 찾기 위해 마드리드에 오는 사람이
있을 정도죠. 그뿐만 아니라 스페인 음식에 관심 있는 사람들이 정말
많습니다. 유럽 다른 지역보다 날씨가 좋아서 과일과 채소 등 식재료가
풍부하고 맛이 좋기 때문이죠. 전통적으로도 스페인 음식이 맛있다는
이미지가 있어서 이를 어떻게 마드리드의 관광으로 연결시킬 수 있을지
고민하고 있어요.

Q7. 일하시면서 어떤 점이 가장 어렵나요?

A7. 가장 신경 쓸 게 많고 어려운 부분은 '관광안내'라고 생각해요.
관광객들을 가장 가깝게 만나기 때문이죠. 그래서 가장 중요합니다. 안내소

공간과 스태프 수가 정해져 있어서 성수기에는 관광객들에게 충분히
안내하지 못할 때도 있어요. 하지만 비수기에는 반대 상황이 벌어지죠.
관광을 담당하는 사람에게 안내소에서의 경험은 아주 중요합니다.
안내소에서 하는 일이 얼마나 관광객에게 실질적인 도움을 주는지 경험해
보면 일에 대한 만족도가 높아지거든요.

매일 밤 화려한 가운데
드러나던 맨 얼굴

쿠바 ━━━━━━━━━━━━━ 아바나

쿠바 여행의 성지,
호아끼나 민박

쿠바로 떠나기 전 나는 마치 무인도로 들어가는 사람처럼 주변 정리를
시작했다. 쿠바에 다녀온 사람들은 하나같이 쿠바에 대한 칭찬을
쏟아냈지만 SNS 중독에, 여행정보는 일단 검색을 해 봐야 안심이
되는 내게 '인터넷 연결이 쉽지 않다'는 점은 크나큰 마음의 짐으로
다가왔다. 하지만 쿠바를 다녀온 지인들은 "호아끼나 민박으로 가면
다 해결돼."라는 말로 나를 안심시켰고, 나는 그 말을 믿고 정말 민박집
주소만 달랑 들고 아바나Havana행 비행기를 탔다.

호아끼나 민박은 쿠바를 다녀온 한국인이라면 모를 수 없는 일명
'아바나의 성지'다. 쿠바를 찾는 여행객 대부분이 묵는 '까사Casa'는
우리나라의 '민박' 같은 숙박시설로, 공산주의 국가인 쿠바에서 까사로
등록하려면 집 규모에 따라 매달 200쿡¹에서 400쿡에 달하는 세금을 내야
한다. 1인 기준 1박 숙박 금액이 10~15쿡인 것에 비하면 적은 돈이 아님에도
쿠바에는 까사가 정말 많다. 그리고 호아끼나 민박은 수많은 한국인과

좌. 호아끼나 민박의 친절한 호아끼나 아주머니 **우.** 호아끼나 민박의 정보북

일본인의 입소문만으로 유명해진 아바나에서 가장 인기 있는 까사다.
호아끼나 민박에 사람들이 몰리는 이유는 먼저 다녀간 여행자들이
남긴 쿠바 여행 정보북 때문이다. 사람들의 생생한 정보가 꼼꼼하게
기록된 이 아날로그 정보북을 보기 위해 일단 호아끼나에서 하루를 묵고
이후에는 더 싸고 시설 좋은 숙소로 옮기는 여행객들도 많다. 손때를
타 너덜너덜해진 세 권의 정보북은 여러 사람이 십시일반 모아놓은
쿠바 여행 최신 정보가 가득해 가이드북을 만드는 사람이 훔쳐 갔다는
이야기가 돌 정도로 쿠바를 찾는 이들에게는 바이블 같은 존재다.

항상 여행 전에는 그 나라의 공식 관광 웹사이트를 찾아보는 것이
버릇이었건만 쿠바는 인터넷이 제대로 안 될 거라는 선입견에 쿠바의
관광 웹사이트는 생각지도 못했다. 하지만 쿠바 공항에서부터 쿠바
관광청의 공식 슬로건과 로고인 'AUTENTICA CUBA'가 붙어 있었는데,
캐나다 디자이너가 만들었다는 이 그럴듯한 로고를 활용해 마케팅을
진행하는 쿠바 관광청은 공식 관광 웹사이트[2]를 갖추고 있을 뿐 아니라

---

1. 1쿡=USD 1달러
2. http://autenticacuba.com

해외에 11개의 관광청지사를 운영하고 있었다. 아바나에 지정된 호텔에서 시간당 요금을 내야만 인터넷을 사용할 수 있는 쿠바에 제대로 만들어진 관광정보 웹사이트가 있다는 것이 놀라웠다.

쿠바 관광청은 쿠바 내에도 여러 개의 관광안내소를 운영한다. 안내소에서는 기본적인 관광안내 업무와 지도 등 리플릿 제공은 물론이고, 쿠바에서 유명하다는 발레 공연표까지 한 자리에서 예약과 발권이 가능했다. 시설은 그리 좋지 않았지만 서비스는 다른 국가의 관광안내소에 견주어 절대 뒤떨어지지 않았다. 이렇듯 열심히 관광객을 위한 정보를 제공하고 있는데도 인터넷이 어렵다는 이미지 때문에 정보를 찾아볼 생각조차 안 했으니 국가 이미지가 얼마나 중요한지 새삼 깨달았다.

쿠바의 매력,
살사에 빠지다!

살사는 쿠바 여행에서 빼놓을 수 없는 요소다. 쿠바의 살사를 경험하기 위해 아바나의 중심가 오비스포 거리 플로리다 호텔 1층에 있는 살사 클럽에 갔다. 동네에서 살사 좀 춘다 하는 사람들은 전부 모인 듯 플로어는 쿠바 사람들과 관광객들로 가득 차 있었다. 살사를 전혀 출 줄 모르는 우리 일행은 구석 테이블에 앉아 어찌할 바를 모르고 무대 위 사람들만 구경하고 있었다. 어떻게든 한번 배워보고 싶지만 용기가 안 나 쭈뼛거리고 있는데 바로 옆 테이블의 흑인 친구가 말을 걸었다. 조금 전 무대에서 현란한 춤솜씨를 뽐내던 친구였다.

"한번 춰볼래? 나만 따라 하면 돼!"

자신 있게 말하는 그 모습에 용기를 냈다. 기본 스텝도 몰랐지만 그의 지도에 따라 몸을 움직이다 보니 어느 순간 음악에 몸을 맡기고 무대를 즐기고 있었다. 처음 경험한 살사와 라틴 특유의 리듬이 마음에 들어 그와 함께 몇 번이나 무대에 나가 춤을 췄고, 우리는 그렇게 친구가 되었다.

좌. 쿠바에서 쉽게 이용할 수 있는 명물, 코코택시 **우.** 아바나 공항에 있는 쿠바의 관광안내센터

한번 춰볼래?
나만 따라 하면 돼!

살사를 본격적으로 배워보고 싶어 다음 날 살사 학원을 찾아갔다.
수강료는 10시간에 15쿡. 관광객은 원하는 시간만큼 등록하고 시간당,
혹은 주 단위로 살사를 배울 수 있다. 한 시간 강습에 몇만 원씩 하는
한국보다 훨씬 저렴해서 이곳에서 몇 달씩 수련하는 여행객들도 많다고
했다. 일단 5시간만 배워보자!

"난 어차피 매일 살사 클럽에서 춤을 추는데 여행객을 가르치면 돈을
벌면서 출 수 있잖아."

살사 학원에서 나를 가르쳐준 선생님이 살사 클럽을 추천해 주며 말했다.
살사 학원의 젊은 강사들은 낮에는 학원에서 강의를 하고, 밤에는 학생이
클럽 입장료를 포함한 비용을 지급할 경우 살사 클럽을 함께 찾아 춤을
추며 살사를 가르친다. 5시간의 강습을 듣고 나니 살사 클럽에서 나름
춤을 즐길 수 있게 되었다. 역시 쿠바의 밤은 살사의 열정을 빼놓고는
이야기할 수 없다!

심야에 만난
쿠바의 맨 얼굴

둘째 날 밤에는 아바나의 대표 클럽이라는 까사 델라 뮤지까를 찾았다.
호아끼나 정보북에는 '까사 델라 뮤지까는 도시별로 하나씩 있는
클럽으로 라이브 뮤직과 쇼를 겸한다'고 적혀 있었지만 실제 찾아간 클럽
안 풍경은 생각했던 것과 달랐다. 클럽에 들어서자마자 화려하게 옷을
입은 쿠바나 언니들이 우리 일행을 둘러쌌고 일행 중 남자들의 옆구리를
계속 찔렀다. 한사코 싫다고 표현했지만 그녀들은 떠나지 않고 우리가
앉은 테이블 주변을 한동안 맴돌았다. 게다가 웨이터는 클럽 전체에서
유일한 동양인들을 우습게 봤는지 테이블에 앉으려면 200달러를 내고
술을 주문해야 한다는 등 말도 안 되는 바가지를 씌우려 했다. 입장료가
아까워 나름대로 클럽을 즐기려 했지만 부담스러운 분위기와 속았다는
마음에 기분이 상한 채 클럽을 나왔다.

클럽에서 나오면서 쿠바가 얼마나 관광산업에 의존하고 있는지를 절실히

느꼈다. 공산주의 체제로 인한 미국의 경제 제재로 공산품을 구하기 힘들고, 자신만의 사업을 꾸리기 쉽지 않은 쿠바 사람들에게 사람 대 사람으로 당장 수익을 낼 수 있는 관광은 중요한 생존 수단이다. 특히 외국인이 사용하는 화폐가 현지인들이 쓰는 화폐의 가치보다 무려 24배나 높기에 더욱 외국인의 씀씀이에 의존할 수밖에 없는 것이다.

까사 델라 뮤지까에서의 황당한 경험을 뒤로하고 다음 날 밤에 찾은 곳은 아바나에서도 부자 동네라고 불리는 베다도^{Vedado} 지역의 클럽 에스파시오였다. 베다도는 아바나의 신시가지로 쿠바의 부호들이 모여 사는 말 그대로 '잘사는 동네'다. 일행 중 한 명이 그 전날 클럽에서 만난 현지인 친구들에게 소개받았다며 데려간 에스파시오는 전혀 클럽이 없을 것 같은 주택가에 있었다. 고급 맨션을 개조한 것 같은 이곳에는 제대로 된 간판도 없었지만 큰 대문을 열고 들어가니 외국인과 현지인이 반반 정도 섞여 꽉 차 있었다. 라틴 음악보다는 팝과 하우스, 일렉트로닉 음악이 더 많이 들리고 깔끔하게 차려입은 젊은 사람들이 대부분이었다. 게다가 쿠바에서는 엄청난 부의 상징이라는 아이폰을 들고 있는 현지인도 많아 그동안 내가 보던 쿠바와는 다른 세상에 와 있는 것 같았다.

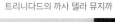

트리니다드의 까사 델라 뮤지까

스무 살도 안 된 것 같은 친구들이 한국과 비슷한 물가의 칵테일을 마시고, 아이폰으로 메시지를 주고받는 모습을 보면서 내 머릿속 공산주의 국가의 이미지가 산산이 조각났다. 이게 내가 모르던 쿠바의 모습이구나. 공산주의 국가임에도 존재하는 엄청난 빈부격차에 거듭 놀란 시간이었다.

쿠바에만 있는
동굴 클럽

아바나에서 4시간 정도 떨어진 트리니다드^Trinidad^는 알록달록한 건물들과 돌길이 예쁜 작은 도시로 동굴 클럽 라 쿠에바가 있는 곳이다. 밤 12시에 가로등 하나 없는 야산을 올랐다. 동굴 콘셉트의 클럽이겠거니 생각했는데 그곳은 진짜 자연동굴이었다. 정말 사람들이 있기는 한가 싶을 정도로 한적한 산속에 지하로 내려가는 입구가 있었다. 외국인의 입장료는 칵테일 한 잔을 포함하여 3쿡. 보통 클럽들은 음악 소리도 쿵쿵 울리고 사람도 많은데 이 클럽의 입구는 조용하다. 수많은 궁금증이 피어올랐다. 동굴 탐험을 하듯이 지하로 이어진 계단을 내려가 좁은 통로를 지나니 점점 음악소리가 커지면서 넓고 높은 자연동굴이 나타났다. 대형스크린에는 최신 뮤직비디오가 나오고, 올려다보기에 목이 뻐근할 정도로 높은 천장 꼭대기에는 DJ 박스가 설치되어 있다.

플로어는 이미 꽉 찼다. 엄청난 사운드 속 흥이 꿈틀대기 시작했다.
이들은 어떻게 동굴을 클럽으로 만들 생각을 했을까? 만약 우리나라에서
자연동굴을 상업시설로 만들려면 환경영향 평가부터 시작해서 관문이
많을 것이다. 단연 환경을 보존하는 것이 최우선이어야 하겠지만 틀에
박힌 생각에서 벗어나 새로운 관광명소를 만들어낸 기발함이 놀라웠다.

닫혀 있기에
더욱 열려 있는 곳

쿠바에서 가장 부자는 까사 주인과 택시기사라는 말이 있다. 그 이유는
쿠바에서 상용되는 화폐가 두 가지이기 때문이다. 공산국가인 쿠바는
현지인을 위한 화폐인 모네다^{MND}와 외국인을 위한 화폐인 쿡^{CUC}을
사용하는데 1모네다의 화폐 가치가 1쿡의 1/24 정도로 차이가 크다.
그렇다 보니 외국인을 상대로 쿡을 벌 수 있는 택시기사와 까사 주인이
정해진 월급을 받으며 일하는 의사, 교사, 간호사보다 훨씬 더 많은 돈을
벌 수 있다. 그래서 쿠바 사람들은 가치가 높은 쿡을 벌 수 있는 외국인을
대상으로 하는 서비스 업종을 선호한다.

다른 나라들보다도 폐쇄적일 거라 생각했던 쿠바는 아주 열려 있는
곳이었다. 쿠바 사람들은 상대적으로 무역로가 막혀 있기에 찾아오는
사람들을 통해 세상과 소통하고, 그를 통해 삶을 이어가야만 했다.
그래서 더욱 많은 사람이 쿠바에 찾아와주기를 바라고 있었다. 관광객이
없다면 나라 경제가 흔들릴 정도로 '관광'은 이들에게 중요한 삶의
일부였다.

미국과의 외교관계가 정상화되면서 쿠바는 더 이상 예전의 쿠바가 아닐
것이라는 예측이 나온다. 하늘길이 뚫리면 그동안 쿠바에 가고 싶었던
미국인 관광객들이 물밀 듯이 밀려올 것이고, 그로 인해 쿠바만의
신비주의는 사라질 것이라는 이야기도 전해진다. 하지만 내가 만났던
쿠바 사람들은 이미 관광객을 맞이하는 데 있어 스스럼이 없었다.
어쩌면 그들은 새로운 자본과 더 많은 관광객으로 변화될 쿠바의 모습을
미리부터 준비하고 있었는지도 모르겠다.

경제가 흔들릴 정도로

'관광'은 이들에게
중요한 삶의 일부였다

대도시를
즐기는 방법

미국 ━━━━━━━━━━━━━━━━━━ 뉴욕

특명,
브로드웨이 뮤지컬을
반값에 보라!

뉴욕에는 내가 정말 좋아하는 친구들이 있다. 1년 차 뉴요커 예슬이, NYU 졸업생 지영이, 뉴욕 아티스트 효정이. 나는 그녀들과 함께 도시관광을 즐기기 위해 세계에서 가장 화려한 도시 뉴욕에 왔다.

"언니! 5분 전이야! 달려야 해!"

뉴욕 한복판 거리를 여자 셋이 정신없이 달리기 시작했다. 뮤지컬 〈헤드윅〉의 티켓 로터리에 참여하기 위해서였다. 브로드웨이의 뮤지컬 극장들은 프로모션을 목적으로 당일 일부 좌석을 저렴한 가격에 제공하는 티켓 로터리를 진행한다. 공연들은 대부분 같은 시간에 로터리를 진행하는데 한 번에 한 공연씩만 도전하게 하기 위함이다.

늦지 않으려 젖 먹던 힘을 다해 달려왔건만, 알고 보니 4시 30분은

로터리 티켓 배부가 시작되는 시각이었다. 30분 동안 찾아오는
사람들을 모아 5시에 추첨을 한단다. 갑자기 여유가 생겨 가쁜 숨을
돌리며 각자 하나씩 표를 받아들고 이름과 전화번호, 메일주소 등을
적어 상자에 넣었다. 최대한 적은 수가 로터리에 참여해야 당첨 확률이
높아지기 때문에 근처에 앉아 행인들이 제발 그냥 지나치기를 두 손
모아 기도했다. 5시 정각, 메가폰을 든 극장 매니저가 100여 명 중 7명을
호명했고 곳곳에서 탄식이 흘러나왔다.

"아깝다. 우리 진짜 열심히 뛰었는데."

아쉬운 마음에 며칠 뒤 뮤지컬 〈킹키부츠〉의 로터리에 참여하기로 했다.
한번 해 봤다고 여유롭게 극장 앞에 도착하여 발표를 기다렸다. 로터리에
참여한 사람들은 약 30명 정도. 운이 좋았는지 우리는 3명 모두 티켓을
받아 40달러에 뮤지컬을 관람했다. 로터리에서 당첨된 사람에게는
기념품으로 '당신은 킹키부츠 로터리에서 당첨되셨습니다!'라고 적힌
배지를 하나씩 나누어줬는데 어찌나 자랑스럽던지. 뭔가 선택받은
사람이 된 것 같아 짜릿했다.

뉴요커들만 아는
뉴욕의 공간들

"언니, 내가 전망대 올라갈 티켓 값으로 야경과 칵테일을 함께 즐길 수
있는 루프탑 바를 알려줄게!"

예슬이의 소개로 우리는 뉴욕에서 유명하다는 루프탑 바에 갔다. 뉴욕의
상징인 엠파이어 스테이트 빌딩이 위압적일 정도로 크게 보이는 이곳은
초록색 나무와 캐노피, 테라스 테이블과 의자 등으로 도심 속 정원이라는
콘셉트를 표방하고 있었다. 대부분의 관광객이 줄을 서서 올라가는
엠파이어 스테이트 빌딩이나 락펠러 센터 전망대는 티켓 가격도 만만치
않고 올라가도 철창이나 유리로 막혀 있는 곳이 많아 오랫동안 야경을
즐기지 못한다. 하지만 뉴요커들은 시내 곳곳에 있는 이런 루프탑 바나
클럽에서 칵테일을 마시며 눈앞에 쏟아지는 야경을 관람하는데, 이런
정보가 관광객들에게 알려지면서 이제는 뉴욕 관광청에서도 루프탑 바를
관광객을 위한 명소로 마케팅하고 있다.

"맨해튼Manhattan은 너무 비싸서 살 수가 없어. 그나마 브루클린은 조금 더
여유롭고 재미도 있어. 지하철만 타면 맨해튼까지 한 번에 올 수 있고!"

미술 전공으로 대학 졸업 후 뉴욕에서 작품 활동을 하는 효정이는
브루클린에 산다. 브루클린에 있는 작은 작업실을 다른 아티스트들과

공유하면서 작업하고 평소에는 파트타임으로 옷가게와 미술관에서 일한다. 그녀는 예술가들에게는 맨해튼이 기회도 많고 네트워킹할 수 있는 최적의 조건이라 비싼 물가에도 최대한 가까운 곳에 있어야 한다고 말했다. 세계적인 아티스트로 성장하려면 아티스트들이 모여 있는 첼시나 소호의 갤러리에서 아르바이트를 하면서 이미 유명한 아티스트들이나 갤러리 오너와도 친분을 쌓아야 한다. 그래야 자신의 작품을 전시하고 작가로 데뷔할 기회를 얻을 수 있다. 배우를 꿈꾸는 많은 이들이 브로드웨이를 찾는 것과 마찬가지다. 하지만 맨해튼의 비싼 물가에 대부분의 아티스트는 브루클린으로 모여들었고, 요즘에는 오히려 브루클린이 예술가들의 아지트를 볼 수 있는 신흥 관광지로 떠오르고 있다.

예술가들의 아지트가 되어가는 브루클린

뉴욕의 밤은

꿈을 쫓는 사람들만큼이나
로맨틱했다 ⸺⸺⸺⸺

이른 저녁을 먹고 아이쇼핑을 하다 보니 해가 어스름해지고 선선한 바람이 불어왔다. 효정이가 좋아하는 디저트 가게에서 맛있어 보이는 미니 케이크를 사서 유니온 스퀘어로 향했다. 공원 곳곳에서 거리공연이 시작되었다. 공원에는 사람들이 꽤 많았는데 커피나 음료를 사서 벤치에 앉아 수다를 떠는 사람들, 늦은 식사인지 귀에 이어폰을 꽂은 채 홀로 앉아 샐러드를 흡입하는 사람 등 각자 다양한 방식으로 공원을 즐기고 있었다.

"지금쯤 센트럴파크에는 더 많은 사람이 나와 있을걸? 뉴욕 사람들은 공원을 참 좋아하거든. 온종일 답답한 건물 사이에 있어서 그런지 초록색만 봐도 기분이 좋아지는 것 같아."

뉴욕 도심 한가운데 노른자위 땅에 엄청난 크기의 공원이 있고, 빡빡하게 건물이 들어선 맨해튼 곳곳에 작은 공원들이 있는 것을 보면, 뉴욕 사람들에게 공원이 얼마나 소중한지 알 수 있다. 뉴욕 하면 떠오르는 이미지 중 하나가 공원에 나와 책을 읽거나 반려동물을 산책시키고, 피크닉을 즐기는 모습이다. 높이를 가늠할 수 없는 고층빌딩과 빵빵거리는 도시의 소음 속에서 푸른 공원과 가끔 들리는 새 소리는 뉴욕만의 반전 매력이다. 거리음악가의 연주를 배경 삼아 디저트를 즐겼던 뉴욕의 밤은 꿈을 좇으며 사는 사람들만큼이나 로맨틱했다.

뉴욕 속 작은 한국, 코리아타운

추운 겨울, 다시 뉴욕을 찾았다. 나 홀로 여행에 지쳐 좋아하는 사람들과 따뜻한 연말을 보내고 싶었다. 오랜만에 한국 분위기를 느끼고 싶어 찾은 곳은 바로 코리아타운! 떡볶이에서부터 치킨, 삼겹살, 된장찌개, 짜장면은 물론이고 막걸리에 모둠전까지 코리아타운에는 없는 것이 없었다. 요즘에는 코리아타운을 벗어난 맨해튼의 다른 지역에서도 한국식 레스토랑과 카페가 늘고 있다. 카페베네와 탐앤탐스 등 한국식 카페도 곳곳에서 볼 수 있고, 독특한 음식점들이 모여 있는 헬스키친^{Hell's} ^{Kitchen}에도 한국식 치킨집이 생기는 등 한국 스타일로 밤을 지새울 만한 공간이 점점 더 많아지고 있다.

고층 빌딩 속 푸른 공원과 새 소리는
뉴욕만의 반전 매력이다

예전에는 코리아타운이라고 하면 한인들만 가득한 공간을 떠올렸지만 요즘에는 전혀 그렇지 않다. 한인 식료품점이나 빵집에서 쇼핑을 하는 현지인들도 많다. 매운 떡볶이집 앞에 줄을 선 현지인들의 모습은 충격적이기까지 하다. 물론 이 모든 일이 순식간에 이뤄진 건 아니다. 이곳의 한인들은 뉴욕이라는 낯선 도시에 뿌리내리기 위해 하루하루 치열하게 살아왔다. 그동안 한국의 위상도 높아졌고 글로벌 사회 역시 타문화에 대한 이해의 폭이 넓어졌다. 그 결과 뉴욕의 코리아타운은 한국인뿐만 아니라 현지인에게도 사랑받는 공간으로 거듭났다. 코리아타운은 뉴욕 속 작은 한국이다. 세계적인 대도시 뉴욕에 소주 한잔을 기울일 수 있는 한국의 정취가 있고, 세계인에게 한국이라는 나라를 알릴 수 있는 코리아타운이 있다는 사실이 뿌듯하고 든든하다.

스피키지, 비밀의 바에서 크리스마스를!

크리스마스 분위기를 만끽하려 한껏 차려입고 모인 가운데 효정이가 재미있는 이야기를 했다.

"혹시 스피키지Speakeasy라고 들어본 적 있어? 1920년대 미국이 금주법을 시행했을 때 몰래 술을 팔던 곳을 스피키지라고 부르는데, 미용실 안쪽에 숨어 있는 바나 레스토랑 앞 공중전화부스를 통해서만 들어갈 수 있는 신기한 바들이 아직 남아 있어. 특히 이스트 빌리지에는 내가 아는 곳이 몇 군데 있어."

몰래 술을 파는 곳이라니. 상상만으로도 신이 났다. 금주령이 내려진 당시 어떻게 해서든 술을 팔고 마시려던 사람들의 욕망을 만날 수 있다니! 우리는 어느 레스토랑 앞에 도착했다. 레스토랑 문을 열고 들어서자 오른쪽에 지하로 내려가는 계단이 보였고 계단에는 다른 간판이 붙어 있었다. 레스토랑 내부 지하에 있는 스피키지 바의 간판이었다. 계단을 따라 내려가니 정말 작은 바가 나왔다. 테이블도 두어 개밖에 없고 열댓 명 정도 들어오면 꽉 차는 공간이다. 손님은 우리 넷. 아담한 바에 서 있던 바텐더는 우리를 반갑게 맞이하며 원하는 칵테일은 무엇이든 이야기하라고 말했다. 그렇게 우리는 시공을 초월한 비밀의 공간에서 잊지 못할 크리스마스이브를 맞이했다.

Interview

with
── NYC & Company

Christopher Heywood &
Makiko Matsuda Healy

Senior Vice President Global communications
해외 시장을 대상으로 한 홍보와 커뮤니케이션을 총괄하고 있다.

Vice President Tourism Development
관광 개발 업무를 총괄하는 업무를 담당하고 있다.

"사람들이 생각하는 뉴욕의 이미지를 형상화하고 매력적으로 만드는 게 가장 중요해요."

크리스토퍼 헤이우드, 마키코 마츠다 힐리 ━━━

2014.07.28

Q1. 뉴욕 관광청의 조직을 설명해 주세요.

A1. 뉴욕 관광청은 1930년대에 처음 뉴욕 시의 일반적인 관광청 형태로 생겨났습니다. 1990년에 마케팅 관련된 New Yorker's for NY와 New York Big Events라는 2개 기관이 합쳐지면서 NYC&Company(NYC&Co.)라는 회사가 되었는데요, 여기에 2006년 NYC Marketing이라는 기관이 더해지면서 관광과 마케팅, 대형행사를 모두 아우르는 현재의 모습을 갖추게 되었습니다. NYC&Company는 세계 곳곳에 17개 오피스를 가지고 있는 글로벌 기관입니다. 관광, 커뮤니케이션, 마케팅 등 다양한 분야가 있는데요, 각기 다른 기능을 하고 있습니다. 우리는 뉴욕 시와 공식적인 파트너로 일하는 도시관광마케팅 기관으로 일반적인 컨벤션뷰로Convention & Visitors Bureau와는 차이가 있다고 생각해요. 2014년 여름 새로운 CEO를 맞이하면서 조직 개편을 거쳐 관광과 컨벤션 분야에 집중하고 있습니다.

Q2. 정부기관과는 어떻게 협업하나요?

A2. 기본적으로 관광과 관련된 정책과 마케팅의 모든 전략과 집행은 우리 기관에서 담당합니다. 뉴욕시청에는 따로 관광을 담당하는 관광 부서가 없지만 우리 기관과의 연락을 담당하는 직원이 있고, 우리 기관의 대표는 경제개발을 담당하는 부시장에게 정기적으로 상황 보고와 앞으로 뉴욕 시가 어떻게 하면 좋겠다는 조언을 하죠. 예산 일부를 시 정부에서 지원받지만 대부분 멤버십이나 후원을 통해 충당하기 때문에 우리 기관이 자체적으로 진행하는 프로젝트가 더 많습니다. 하지만 더욱 효과적인 협업을 위해 뉴욕 시 정부에 여행/관광산업의 중요성을 강조하고 설득하려 노력하죠. 지난 뉴욕 시장 선거 때는 새로운 시장과 보좌진들에게 엄청난 경제효과와 일자리를 창출하며 성장하고 있는 관광의 중요성을 어필하기 위해 뉴욕 시 관광산업에 관한 연구 보고서를 내기도 했습니다.

Q3. 현재 가장 어려운 점은 무엇이고, 이를 극복하기 위해 어떤 노력을 기울이고 있나요?

A3. 미국 내 대도시 간 관광객 유치 경쟁이 점점 치열해지고 있어요. 시카고, 필라델피아 등 도시 마케팅이나 관광에서 성장하고 있는 도시들이 많기 때문에

창의적인 방법으로 뉴욕의 브랜드를 만들고 포지션을 확보하려 노력하고 있죠. 뉴욕 관광청은 예산 대부분을 민간 파트너사들을 통해 자체적으로 충당하기 때문에 시장의 변화를 민감하게 느낄 수 있고, 컨벤션, 마케팅 등 모든 기능이 한 기관에 모여 있어서 어떤 상황이 발생했을 때 빠르게 대처할 수 있어요. 또한 해외 지사를 통해 현지에서 생겨나는 마케팅 이슈들에도 민첩하게 대응할 수 있습니다.

Q4. 세계적인 대도시 뉴욕을 홍보할 때 어떤 부분을 가장 신경 쓰시나요?

A4. 많은 사람이 뉴욕이라는 도시를 알고 있지만, 그들이 생각하는 뉴욕의 이미지를 형상화하고 매력적으로 만드는 게 중요해요. 특히 뉴욕이라는 도시에 더 다양한 국가의 많은 사람이 매력을 느낄 수 있도록 새로운 시장을 발굴하고 독려하는 것이 우리가 해야 할 일이라고 생각해요. 10년 전까지만 해도 뉴욕을 찾는 대부분의 방문객은 유럽 사람들이었지만 요즘에는 아시아와 남미에서 찾아오는 방문객도 점차 늘고 있어요. 연 10만여 명 방문객의 통계를 보면 정말 다양한 국가의 사람들이 뉴욕에 옵니다. 글로벌 세계에서 하나의 시장에만 집중하는 건 위험하기 때문에 최대한 다양한 시장에서 뉴욕을 찾아올 수 있도록 마케팅을 진행하고 있습니다.

무엇보다 뉴욕은 세계 각국의 관심을 받는 도시이다 보니 환율, 테러, 자연재해 등 부정적인 이슈가 있을 때 재빠르게 대응하는 것이 중요한데요, 부정적인 이슈가 있을 때마다 관광업계와 긴밀하게 소통하면서 사태를 극복할 수 있는 마케팅이나 할인 행사를 기획하여 긍정적인 효과로 전환될 수 있도록 노력하고 있습니다.

광고의 경우 너무 예산이 많이 들기 때문에 주로 언론에서의 애드버토리얼이나 소셜 미디어 등을 활용하는 편입니다. 이 외에는 시에서 제공하는 시 소유의 버스정류장이나 택시 등의 광고 영역에 옥외광고를 하기도 하고, 그 광고 영역을 다른 스폰서기관 등에 제공하여 수입을 얻기도 합니다. 예전에 서울시와 광고 교류를 하면서 서울시의 광고를 옥외광고 영역에 내기도 했습니다.

Q5. 뉴욕에는 수많은 여행사나 시티투어버스가 있는데요, 관광청은 어떤 곳을 추천하고 홍보하나요?

A5. NYC & Company가 운영하는 NYCGO.com 웹사이트에 최대한 정보를 많이 리스트업하지만 그 안에서도 광고를 집행합니다.

시 정부에서 지원하는 지원금이 점점 줄면서 관광청의 경제적 자립을 위한 창의적인 비즈니스 모델이 필요해졌는데요, 관광청이라는 상징성을 가진 자사의 미디어 채널을 뉴욕에 있는 수많은 관광업체가 홍보 수단으로 활용할 수 있도록 제공하고 그에 대한 매체 비용을 받습니다. 더 많이 노출할 관광업체를 직접 선정하고 관리하기보다는 이렇게 매체를 비즈니스화하거나 부킹닷컴과 같은 다른 플랫폼 형태의 기업들과 협업하면서 예산을 최소화하고 수익을 창출하고자 합니다.

City Image

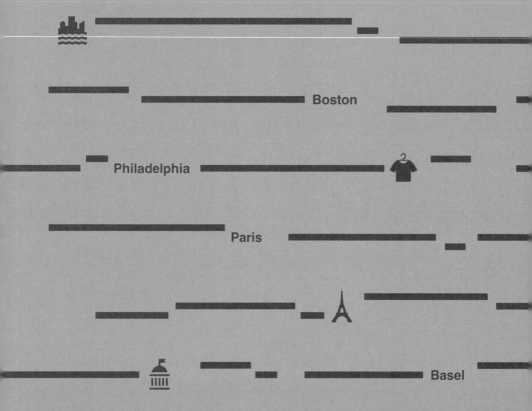

Boston

Philadelphia

Paris

Basel

08

도시 이미지

Washington D.C.

Toronto

도시 이미지를
만드는 다양한
방법

공정적인 내셔널리즘을
이끄는 행정수도관광
미국 ━━━━━━━━━━━━━━━━ 워싱턴 D.C.

가장 미국스러운 날,
가장 미국스러운 공간

미국의 독립기념일에 맞춰서 미국의 수도 워싱턴 D.C.^{Washington D.C.}에
도착했다. 미국에서 가장 화려한 불꽃놀이와 전국 각지에서 찾아온
사람들의 퍼레이드를 볼 수 있는 워싱턴은 독립기념일 며칠 전부터 축제
분위기였다. 레스토랑이나 카페도 미국 국기의 3색으로 장식되었고,
슈퍼마켓에는 독립기념일을 테마로 한 물건들이 잔뜩 진열되어 있었다.

워싱턴의 중심이자 대부분의 행사가 진행되는 내셔널 몰^{National Mall}은
워싱턴의 랜드마크인 워싱턴 기념탑을 중심으로 링컨 기념관과
미국 워싱턴 국회의사당을 포함하는 커다란 공원이다. 미국의
국립공원관리청이 관리하는 이곳은 여러 국립박물관들이 모여 있는 미국
학생들의 대표적인 수학여행 명소다. 스미소니안협회^{Smithsonian Institution}가
관리하는 미술, 자연사, 역사, 항공우주 등 다양한 박물관들은 '지식의
확산'을 목적으로 미국과 세계 전역에서 찾아오는 학생들과 가족들을
맞이하고 있다.

독립기념일 아침 컨스티튜션 애비뉴에서 진행되는 퍼레이드에는 애국심으로 똘똘 뭉친 사람들이 전국 각지에서 찾아와 참여했다. 50개가 넘는 주에서 찾아온 학생 마칭밴드와 주별 미인대회 수상자, 포크가수, 군인들, 대형 국기를 두른 올드카와 말을 타고 행진하는 서부 카우보이 등 각양각색으로 '미국스러움'을 어필하는 사람들은 대부분 순수한 애국심으로 들떠 있었다. 이 퍼레이드는 매년 전국 각지에서 참여 신청을 받아 진행되는데 중간중간 미국 내 타문화권 모임의 퍼레이드도 볼 수 있었다.

"이게 웬 중국이고, 아프리카야?"

가장 미국스러운 날, 가장 미국스러운 공간인 내셔널 몰 한가운데에 중국식 문이 세워져 있고 아프리카 텐트가 설치되어 있다. 이게 대체 뭘까. 매년 7월 4일이 있는 주에 2주간 열리는 스미소니안 포크라이프 페스티벌Smithsonian Folklife Festival이라고 한다. 매년 한두 개 나라의 민속문화와 전통을 소개하는데 이번에는 중국과 케냐가 선정되었다. 내셔널 몰에서 다양한 문화체험을 할 수 있는 부스와 더불어 음식,

공예품을 늘어놓고 판매하는 모습이 어색하게 느껴졌다. 하지만 이내 이것이 미국이 자랑스러워하는 미국만의 문화임을 깨달았다. 이 축제는 멜팅 팟^Melting Pot이라 불리는 다민족사회, 다양한 민족과 문화가 한데 어우러져 민주주의라는 커다란 대의 아래 함께하는 미국이라는 나라를 여실히 보여주고 있었다. 1년에 약 2천4백만의 관광객이 찾는다는 내셔널 몰. 그중 가장 많은 사람이 몰리는 독립기념일에 수많은 사람이 미국 국기가 그려진 옷을 입고 중국식 볶음 국수를 먹으며 케냐 전통 공연을 관람하는 광경은 이곳이 미국이기에 가능한 일이었다.

세계인이 함께 즐기는
국경일

독립기념일 당일, 1년 중 가장 화려한 불꽃놀이를 보려는 사람들이 내셔널 몰로 모여들기 시작했다. 좋은 자리를 맡기 위해 아침부터 돗자리를 깔고 앉은 사람들로 공원은 이미 빽빽하다. 불꽃놀이를 볼 수 있는 명당은 공원보다 높은 위치에서 시야를 확보할 수 있는 내셔널 몰 주변 건물의 옥상. 근처에 있는 UN재단은 독립기념일 당일 직원과 가족들, 친구들에게 건물 옥상의 직원 카페와 테라스를 개방하는데 운 좋게도 나는 UN재단에서 일하던 혜수 덕분에 명당에서 불꽃놀이를 관람할 수 있었다. 9시 정각, 커다란 불꽃 하나가 펑 소리를 내면서 올라왔다.

Happy Independence Day!

"Happy July 4th! Happy Independence Day!"

여기저기서 탄성 소리가 들리고 폭죽 소리에 맞춰 맥주와 샴페인 잔을
부딪쳐 건배한다. 알록달록 끊임없이 하늘에 수놓아지는 불꽃들 덕분에
도시는 축제 분위기로 물들었다. 미국의 독립기념일을 미국 사람도,
외국 사람도 함께 즐기는 분위기가 부러웠다. 미국은 자발적으로
이루어낸 민주주의와 독립에 대한 자부심이 참 강하다. 이러한 국민적
성향과 더불어 미국 정부는 다양한 문화권의 사람들을 하나로 융합하기
위해 모든 국민이 공감하는 국경일을 누구나 참여할 수 있는 축제로
만들고 긍정적인 내셔널리즘을 확산하는 수단으로 활용하고 있다.
생각해 보면 우리나라에도 삼일절, 광복절, 한글날 등 스토리가 있는
국경일이 많다. 우리의 국경일 역시 우리나라 사람들이 축제처럼 즐기며
자랑스러워하고, 외부적으로는 우리나라 문화와 대한민국을 알릴 계기가
되면 좋지 않을까?

긍정적인 내셔널리즘을
만들다

처음 내셔널 몰을 둘러봤을 때는 마음이 불편했다. 번지르르한 건물들과
목이 아플 정도로 높이 솟아 있는 기념탑, 끝에서 끝까지 걸어가기조차
힘든 규모가 위압적이었기 때문이다. 하지만 자국민에게는 긍정적인
애국심을 불러일으키겠다는 생각이 들었다. 수학여행으로 찾아오는
전국의 학생들과 1년에 한 번뿐인 대규모 불꽃놀이를 보러 전국
각지에서 모여든 사람들이 이곳에서 얻어갈 국가에 대한 자부심은
결국 국내 여행을 활성화하는 원동력이 될 것이다. 그리고 내국인들이
애국심을 얻어가는 모습에서 외국인들은 미국만의 매력을 느낀다.
마치 내가 독립기념일에 '미국스러움'을 새로이 발견한 것처럼 말이다.

우리나라에서 이런 내셔널 몰 같은 공간을 찾는다면 어디가 있을까?
수도 서울의 광화문광장이 떠오른다. 나는 가끔 광화문과 경복궁,
그리고 그 뒤를 병풍처럼 둘러싼 산을 바라보면 가슴이 벅차오른다.
광화문광장에는 600년의 유구한 역사를 간직한 경복궁과 경복궁의

정문인 광화문이 발전한 한국을 상징하듯 높이 솟은 건물 사이로
멋지게 서 있다. 내셔널 몰과 같은 역할을 하려면 접근성도 좋아야
하고 주변에 미술관, 박물관 등 시간을 보낼 수 있는 공간이 있어야
하는데 시내 중심에 위치한 데다 대한민국역사박물관, 국립현대미술관,
국립민속박물관, 세종문화회관 등 볼거리도 많다. 그리고 광장에 있는
세종대왕 동상과 충무공 이순신 동상 지하에 있는 박물관 역시 독특한
경험을 제공한다.

이 공간들이 모두 모여 대한민국의 긍정적인 이미지를 전달할 수 있도록
우리나라에서도 누구나 참여하고 축제처럼 즐길 수 있는 국경일 행사가
정기적으로 진행되면 좋겠다는 생각이 들었다. '한국스러움'을 경험하고
싶어 세계 각국에서 우리의 국경일에 맞춰 광화문광장을 찾는 날이
언젠가는 올 수 있기를.

한 나라의 국경일이
누구나 참여할 수 있는
축제가 되었따

대학교가
불러들이는 관광객

미국 ━━━━━━━━━━━━━━━━━ 보스턴

보스턴으로 떠난
대학관광

대학관광을 경험하기 위해 세계적인 명문대가 모여 있는 보스턴^{Boston}으로
떠났다. 숙소를 잡는 데 우여곡절을 겪었지만 학교 후배 주현이의
도움으로 최근 하버드대학교를 졸업하고 컨설팅 회사에 다니는 싱가포르
출신 이준을 만났다. 인도 출신으로 코넬대학을 졸업하고 IT계열
회사에서 근무 중인 앙쿠르와 함께 사는 집에 며칠 신세 지게 된 것이다.

"대학 시절 학생 홍보대사로 일하면서 교내 투어를 담당했어! 우리 학교를
소개해 줄게."

보스턴 하면 가장 먼저 떠오르는 학교이자 세계적인 명문대
하버드대학을 학생 가이드로 활동했던 하버드 졸업생의 안내로
둘러보다니. 생각지 못한 행운에 가슴이 뛰었다.

하버드대학교는 건물에서부터 오랜 역사가 그대로 느껴졌다. 세월의

흔적이 엿보이는 건물 앞에는 역사적으로 의미 있는 장소라는 팻말이
있었다. 새로 지은 건물들도 전체적인 분위기나 모양이 옛 건물들과
조화를 이뤄 어색하지 않았다. 특히 곳곳에 학생들을 위해 만들어둔 휴식
공간이 인상적이었다.

세계적으로 유명한 학교인지라 관광객 역시 많았는데, 학교 견학을 온
일반인 혹은 예비 신입생들이 가이드와 함께 학교를 둘러보고 있었다.
하버드에서 가장 인기 있는 장소인 존 하버드 동상 앞에는 수십 명이
사진을 찍기 위해 줄을 서 있었다.

"존 하버드 동상에는 세 가지 거짓말이 숨어 있어. 첫째는 사실 저 동상이
존 하버드의 얼굴을 모델로 한 게 아니라는 것, 둘째는 존 하버드는
학교의 설립자가 아니라 학교 설립에 필요한 자금을 기부한 사람이라는
것, 그리고 마지막은 하버드의 설립연도가 1638년이 아닌 1636년이라는
거야. 그리고 무엇보다 가장 중요한 거짓말은 바로 동상의 발을 만지면
행운이 온다는 거지."

수많은 관광객이 만진다는 존 하버드 동상의 왼쪽 발이 반질반질하게
빛나고 있었다. 이 동상에 얽힌 여러 미신이 방문객들 사이에서
흥밋거리가 되어 하버드대학교를 방문하면 누구나 인증샷을 찍어야 하는
랜드마크가 된 것이다.

미국의 대학에는 대부분 대학 서점이 있다. 재미없고 딱딱한 교내 서점을
떠올리면 오산이다. 미국 대학에 있는 북스토어는 책보다 더 재미있고
인기 있는 걸 판매한다. 바로 학교 기념품! 대학 스포츠의 인기도 높고
지역별로 대학에 대한 자부심이 강한 미국 사람들은 대학별로 티셔츠,
머그잔, 인형 등 온갖 종류의 기념품을 만들어 교내 서점에서 판매한다.
그중에는 '하버드 엄마'부터 '하버드 할머니', '하버드 할아버지'라는
멘트를 넣어 재학생이 가족들에게 선물할 수 있도록 만든 물건도 있었다.
학교별로 색깔과 디자인이 다양하고, 재미있고 기발한 제품이 많아
미국 대학을 방문할 때마다 꼭 찾게 된다. 대학은 더 예쁘고 매력적인

MIT에서 바라본 보스턴 전경

기념품을 만들어 학교의 브랜드와 이미지를 알리기 위해 노력한다.
기념품 판매에서 얻는 수익은 고스란히 학교로 돌아온다. 쇼핑과 전혀
상관없어 보이는 대학교에서도 지갑을 열게 하는 미국 대학들의 '상술'에
절로 고개가 끄덕여졌다.

대학생도 관광객도
모두가 행복한 방법

보스턴에서의 마지막 날. 우리나라 이화여자대학교를 방문하는
관광객들의 도를 넘은 행태에 관한 기사를 읽었다. 기사의 주요 내용은
이화여자대학교 학생들이 밀려드는 중화권 관광객들로 학습권에 피해를
보고 있음에도 학교와 관광당국이 여행업협회에 공문을 보내는 것
외에는 뾰족한 수를 내놓지 못하고 있다는 것이었다.

동상의 발을 만지면
행운이 온다는 거지 ————

하버드대학교, 매사추세츠공과대학교(MIT) 등 세계적으로 유명한
대학교를 찾아 수많은 관광객이 보스턴에 온다. 대부분 개별적으로
캠퍼스를 구경하는데 학교는 이런 관광객들을 위해 많은 시설을
개방하고 있다. 또한 미리 신청하면 학교에서 자체적으로 운영하는
교내 투어 프로그램에도 참여할 수 있다. 한인여행사에서 'IVY리그
대학교 투어'라는 이름으로 재학생 가이드를 섭외해 학교를 구경하고
자유롭게 교내 카페테리아에서 점심을 먹는 단체상품을 운영할 정도로
보스턴에서는 대학관광이 일반적이다.

하지만 보스턴 시의 공식 관광 홈페이지에는 하버드대학교를 소개하는
페이지가 없다. 학교 자체가 아닌 하버드 자연사 박물관 같이 캠퍼스
내에서도 관광객들의 방문이 장려되는 장소를 소개하는 경우가 많다.
현재 한국관광공사 사이트에는 이화여자대학교 캠퍼스와 주변 상권이
모두 서울의 주요 관광지로 소개되어 있다. 이화여자대학교는 최근
정문에 이화웰컴센터Ewha Welcome Center를 개설하고 관광객을 위해 학교

기념품을 판매하는 등 관광객을 상대하는 공간을 만들었다. 교내에도 박물관 같은 관광객들이 방문하기에 적합한 공간이 있다. 학생들의 동의 없이 학교 캠퍼스를 대표 관광지로 홍보하기보다는 학교 내 관광객의 방문으로 학교 수익이 발생하는 공간, 관광객들의 소비가 필요할 주변 상권을 중심으로 홍보하면 어떨까?

특히 이화여대는 여학생들이 다니는 학교이니만큼 안전이 중요하다. 학생들의 교육환경을 책임져야 하는 학교가 불쑥불쑥 나타나는 관광객들과 그들이 찍는 몰카에 고통받는 학생들을 나 몰라라 해서는 안 될 것이다. 대부분의 미국 대학에서는 온전히 학생들을 위한 공간인 도서관과 교실이 있는 건물들은 보안이 철저하다. 건물이나 교실에 들어갈 때마다 학생증을 찍어야 하고 방문객들의 무분별한 방문을 차단하기 위해 보안 담당이 신분증을 검사하는 일도 비일비재하다. 또한 방문객들을 위한 가이드 투어를 별도로 운영하여 가이드의 관리 아래 진행하는 캠퍼스 투어를 운영한다. 관광객에게 학교의 네임밸류를 높이기 위해 학교를 개방하고 홍보하면서도, 필요한 구역은 보안을 강화하여 학생들의 학습권과 초상권을 보호하는 방법을 택한 것이다.

중국인 관광객들이 이화여자대학교에 몰리는 이유는 이화梨花의 중국어 발음이 '이익이 생긴다'는 말과 비슷하기 때문이라 한다. 이대 정문 앞에서 사진을 찍으면 시집을 잘 간다는 소문은 발이 닳아 반질반질해진 존 하버드 동상의 스토리가 떠오른다. 이런 스토리를 잘 활용한다면 학교의 국제적인 인지도를 높이고 지역사회 발전에도 도움이 될 것이다.

보스턴의 대학교들을 둘러보면서 대학교도 훌륭한 관광지가 될 수 있다는 사실을 깨달았다. 단순한 관광객뿐만 아니라 실제 대학교에 관심이 있는 예비 신입생들과 그의 가족들을 생각하면 대학교는 지역에 지속적인 관광 수요를 공급하는 관광명소가 될 수 있다. 하지만 이를 위해서는 똑똑한 홍보 전략과 더불어 값비싼 등록금을 내고 다니는 학생들의 학습권을 보장하는 대책이 동반되어야 한다. 한류의 성장과 함께 한국의 대학들도 점점 많은 유학생을 받아들이고 국제적인 인지도가 높아지고 있다. 앞으로 우리나라 대학들도 관광을 잘 활용하기 위한 고민이 필요할 것이라는 생각이 든다.

대학교도

훌륭한 관광지가
될 수 있다

역사의 흐름을
좋아가는 역사관광
미국 ━━━━━━━━━━━━━━ 필라델피아

현지인도 즐겨 타는
시티투어버스

With LOVE, Philadelphia♥ XOXO. 필라델피아^{Philadelphia}의 마케팅
로고다. 편지나 명언 형태로 필라델피아의 매력을 전하는 'With Love'와
'Phillyosophy' 캠페인을 개인적으로 좋아했기에 필라델피아 방문이
더욱 기대되었다.

"지민, 선물로 플래쉬^{PHLASH} 패스를 줄게. 플래쉬는 필라델피아의
시티투어버스인데 이 패스를 이용하면 도시를 둘러볼 수 있을 거야."

필라델피아 관광청과의 인터뷰를 마치고 뜻밖의 선물을 받았다. 다른
도시에서도 볼 때마다 타보고 싶었지만 대부분 비싼 티켓 가격에
포기하고는 했는데, 시티투어버스를 체험해 볼 기회가 생긴 것이다.
도심의 주요 관광명소들을 돌아오는 플래쉬 버스는 오전 10시부터 오후

6시까지 15분 간격으로 20여 개 정류장에 정차한다. 일일권의 가격은 5달러. 일회용 티켓이 2달러인 것을 고려하면 2번 이상만 타면 괜찮은 가격이다. 버스에서 직접 티켓을 살 수 있어서 정류장에는 플래쉬 버스 안내판이 크게 붙어 있다.

버스에 몸을 싣고 필라델피아의 대표 관광명소인 독립기념관Independence Hall으로 향했다. 관광객을 위한 투어버스에 관광객은 나밖에 없었고, 대부분 출근을 하는 듯한 현지인들이었다. 필라델피아 시내버스나 지하철 일회권 가격과 비교했을 때 가격이 비싸지 않고, 시내버스 정기권으로도 이용할 수 있다고 하니 현지인들에게도 유용한 교통수단이었다.

물론 기본적으로는 관광객들을 위한 버스이다 보니 노선이 관광지 위주로 구성되어 있었지만 가격 경쟁력을 갖춰 현지인들에게도 활용 범위를 열어두었다는 점이 신선했다. 현지인들의 사용률을 높여 안정적인 수익이 발생할 테니 버스를 운영하는 입장에서도 괜찮은 선택이었을 것이다.

항상 내 위치를 알려주는
아날로그 안내 시스템

필라델피아 시내에서 가장 눈에 띄었던 것은 바로 관광안내판이다. 다른 어떤 도시에서도 본 적 없는 안내판으로 길가의 가로등을 이용해 철판으로 만든 도보 관광 지도를 매달아 놓았다. 표지판마다 현재 위치와 전체 시내 지도가 함께 표시되어 길을 잃으려야 잃을 수 없을 정도다.

1995년에 'Walk! Philadelphia'라는 프로젝트로 기획되어 개발된 이 안내 시스템은 원형지도인 디스크맵Disk Map과 방향지시 안내 표지판 형태로 도보 관광객의 편의를 돕는다. 필라델피아 시내 중심 지역을 5개 구역으로 나눠 영역마다 특정 색깔을 부여하고 랜드마크를 토대로 이름을 붙여 처음 방문한 관광객도 쉽게 인식할 수 있게 했다. 이 시스템은 필라델피아 시내 전반으로 확장되어 현재 1,368개의 방향이

684개의 표지판에 표시되어 있고, 870개의 원형 지도가 양면으로
표시되어 총 435개의 표지판에 설치되어 있다. 필라델피아 특유의
원형지도는 따로 지도를 들고 다니지 않아도 될 정도로 편리했다. 블록
코너마다 원형지도를 볼 수 있는데 지도에 현재 위치와 함께 주요
관광지가 사용자가 보는 방향에 맞게 표시되어 있다. 또한 블록 코너마다
설치된 디스크맵을 따라가다 보면 마치 구글맵을 따라 이동하는
느낌이 든다. 필라델피아 시내가 대부분 직선으로 이루어져 가능한
방법이었겠지만, 아날로그맵이 디지털맵과 같은 역할을 한다는 게
신기했다.[*]

길 안내 표지판뿐 아니라 명소에 대한 설명 표지판도 많았는데, 검은색
바탕에 노란 글씨로 간단한 설명이 적힌 표지판에서 각종 역사적 건물과
장소, 인물들의 흔적이 남아 있는 구시가지의 정보를 얻을 수 있다.
이 표지판들은 필라델피아 역사유적위원회[Philadelphia Historical and Museums
Commission]에서 관리하는데 매년 시민 제안을 통해 추가로 선정하여 도심의
숨겨진 유산들을 보존하는 수단으로 활용한다.

이렇게 표지판이 많은데도 미관상 거슬리지 않았던 이유는 디자인이
일관되었기 때문이다. 도시 전체에 설치된 디스크맵이나 안내판의
색깔이 일관되고, 역사유적 팻말은 주변 미관을 해치지 않게
디자인되었다. 또한 언어의 불편을 최소화하고자 그림과 색깔을 주로
활용했고, 설명 또한 아주 간결하게 표시했다.

관광안내 시스템이 방문지 결정에 큰 요소는 아니다. 가보기 전에는 알
수 없는 영역이기 때문이다. 하지만 관광지에 대한 좋은 인상을 남기고
재방문을 끌어내는 데는 중요하다. 안내 시스템은 지극히 여행자의
입장에서 고민하고 섬세하게 정성을 들여야 한다. 낯선 여행지를 익숙한
동네처럼 다닐 수 있게 만드는 것은 절대 쉽지 않기 때문이다. 하지만
여행자의 입장을 배려한 친절한 안내 시스템이 있다면 언제든 다시 찾고
싶은 공간으로 기억되지 않을까?

---

* Walk!Philadelphia information sheet는 http://www.centercityphila.org/에서 확인할 수 있다.

안내 시스템은

여행자의
입장에서 고민하고
정성을 들여야 한다

위에서부터 시계방향으로.
역사유적 안내판, 원형지도,
명소 안내판, 방향지시 안내판

역사관광의 효과를
높이는 방법

19세기 초 미국의 독립선언 후 한동안 수도의 역할을 했던 필라델피아는
당시 미국에서 가장 큰 도시였다. 그래서 미국 독립 역사의 현장을
체험하는 역사 지구Historic District 투어는 필라델피아를 찾는 이들의 필수
코스다. 플래쉬 버스 노선에서 가장 인기 있는 정류장은 바로 독립기념관
앞. 이곳에서 1776년 미국 민주주의의 첫걸음이었던 독립선언문이
발표되고, 1787년 미국의 헌법이 발표되었다.

펜실베이니아 주 의회의사당이었던 이 건물을 중심으로 자유의 종,
헌법박물관을 포함한 주변 지역을 미국독립국립역사공원Independence
National Historical Park 으로 지정하여 국립공원관리청National Parks Service이 관리하고
있다. 자연환경만 국립공원으로 지정되는 우리나라와는 달리 미국은
역사공원 역시 국립공원으로 지정하여 관리하는 곳이 50여 곳에 달한다.
우리나라보다 상대적으로 역사가 짧은 미국이 역사 유적들을 정부
차원에서 체계적으로 관리하고 있다는 것이 놀라웠다.

독립기념관 내부 관람은 무료이지만 가이드 투어로만 가능하기에 예약을
해야 한다. 아침 8시 30분부터 선착순으로 직접 티켓을 수령하거나
사전에 웹사이트나 전화로 예약할 수도 있다. 투어 시간에 맞춰 사람들이
독립기념관 앞에 줄을 서면 국립공원 관리자인 파크 레인저가 30명
정도의 사람들을 데리고 매 15분 간격으로 투어를 시작한다. 투어
참여자는 외국인 관광객도 있었지만 대부분 미국 각지에서 모여든
사람들이었다. 우리의 안내를 맡은 스티브는 기념관 내부를 구석구석
소개하며 미국 민주주의의 시작을 열정적으로 설명했다. 의회가 열렸던
모습을 그대로 재현한 공간에서 스티브의 생생한 설명을 듣고 있으니
역사 속으로 빠져드는 느낌이었다.

역사와 같은 중요한 가치를 배우는 관광지에서는 가이드 투어가
효과적이다. 역사의 어두운 면을 만날 때는 더더욱 그렇다. 수많은
유대인이 학살된 폴란드의 아우슈비츠 수용소를 방문했을 때 모든
방문객은 개별 투어가 아닌 가이드 투어로만 관람할 수 있었고 가이드가

진심을 담아 전하는 슬픈 역사 앞에서 웃고 떠든다는 건 상상할 수 없었다. 그만큼 역사를 제대로 배우고 가슴 깊이 담을 수 있었다. 우리도 서대문형무소를 비롯한 우리나라의 역사적으로 가치 있는 장소들을 가이드 투어로만 운영하는 건 어떨까? 오픈된 박물관 형태로 더 많은 사람을 받기보다는 제한된 수의 방문객일지라도 전문 가이드의 설명을 통해 역사적 의미를 제대로 전하는 것이 역사관광에는 더 효과적일 것 같다는 생각이 들었다.

역사를 제대로 배우고
가슴 깊이 담을 수 있었다

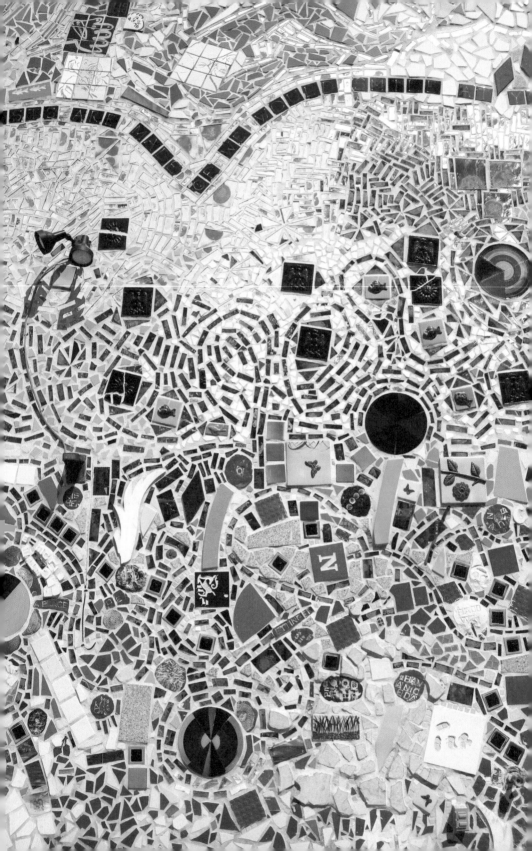

좌. 동전 기념품 자판기 **우**. 기업과 콜라보레이션한 관광기념품들

관광기념품으로
역사를 간직하다

유네스코 세계유산에 등록된 필라델피아 역사 지구는 외국인 관광객뿐만
아니라 미국 내국인들, 특히 학생들의 수학여행 장소로 인기가 있다.
독립기념관 앞에는 필라델피아에서 가장 규모가 큰 공식 관광안내소가
있는데 들어가는 길목부터 1700년대 복장을 한 자원봉사자들이 악기를
연주하거나 당시 물건들을 보여주며 설명을 한다. 관광안내와 관광상품
예약 상담, 각종 리플릿과 다양한 시티투어 상품 판매 등 일반적인
관광서비스는 물론이고 안내소 내부에는 미국 독립선언에 대한 전시
공간도 따로 있었다.

안내소의 규모만큼이나 함께 있는 기념품숍의 규모도 컸다. 1700년대
후반 독립선언을 테마로 한 기발한 상품도 많았다. 토머스 제퍼슨이나
벤저민 프랭클린의 사인을 활용한 상품과 그들이 사용했을 법한 깃털 펜,
모자와 가발도 인기 상품이었다. 이 외에도 자유의 종 모양으로 만들어진
쿠키, 위인의 사인이 담긴 노트북과 메모장 등 역사적인 사실들을
새미있게 표현한 기념품들이 관광객을 유혹했다.

그중에서도 눈에 띄는 건 동전 기념품 자판기. 미국의 관광명소에는 동전 기념품 자판기가 꼭 하나씩 있는데 1페니와 50센트를 넣고 손잡이를 돌리면 원하는 모양으로 페니가 변형되어 나온다. 자판기마다 명소의 모습을 담은 모양이 3~4개 정도 있어 미국 선역을 여행하는 사람들의 인기 수집품이기도 하다. 저렴한 가격으로 관광객들의 수집 욕구를 자극하는 깜찍한 기계라 할 수 있다.

기업과 콜라보레이션을 통해 진행하는 관광기념품은 더욱 인상적이었다. 크래프트 사에서 만드는 필라델피아 크림치즈는 전 세계적으로 유명한 상품이다. 기념품숍에는 필라델피아 크림치즈를 비롯해 관련 요리책 등 다양한 상품이 판매되고 있었다. 서울시 근무 시절 형평성 문제로 관광안내소 기념품숍에 놓을 상품 선정에 어려움을 겪었던 일이 생각났다. 기념품숍은 잘 활용하면 안내소 운영 비용을 절감하고 자체 예산을 확보하는 방법이 될 수 있다. 다양한 브랜드와 협업하고 관광객들이 좋아할 만한 기념품으로 가득 채운 필라델피아 관광안내소의 기념품숍을 보면서 관광안내소도 쇼핑몰처럼 즐길 수 있다는 가능성을 보았다.

곳곳에서 사랑에 관한
필라델피아인들의
열린 마인드를 볼 수 있다

브랜드를 만들어가는 도시,
필라델피아

필라델피아는 '사랑의 도시' 브랜드를 만들고 있다. 도시 이름이
그리스어로 'Brotherly Love'라는 뜻에서 왔다는 점에 착안했다고
한다. 시청사 옆 러브 파크에 있는 로버트 인디애나의 LOVE 조형물은
필라델피아를 상징하는 랜드마크가 되어 수많은 연인과 가족들의
포토존이 되었다. '사랑의 도시'라는 이미지 때문인지 성소수자
커뮤니티도 큰 편이라 시내 한가운데 성소수자들이 많이 사는 지역의
표지판에는 상징적으로 무지개가 표시되어 있다. 이렇듯 곳곳에서
사랑에 관한 필라델피아인들의 열린 마인드를 볼 수 있다.

자발적으로 스토리를 발굴하고 일관된 브랜딩과 마케팅으로 도시의
브랜드를 만들어가는 필라델피아는 배울 점이 많은 도시였다. 디테일한
안내판과 관광안내소의 서비스는 관광객들에게 어떤 모습으로 보이고
싶은지 치열하게 고민한 결과물이다. 현재에 머무르지 않고 새로운
이미지를 위해 끊임없이 고민하는 필라델피아의 능동적이고 열린 자세,
그것이 필라델피아가 '사랑의 도시'로 사랑받는 비밀이었다.

대체 왜 파리는
로맨틱한가요

프랑스 ──────────── 파리

로맨틱 파리의
다른 얼굴

이번 여행지는 낭만의 도시 파리^{Paris}. 2007년에 파리에 왔을 때 인연을 맺은 나애리 원장님께 출발 전 미리 연락을 드렸다. 파리에서 거주한 지 30년이 넘은 원장님은 에펠탑에서 걸어갈 수 있는 거리에 있는 민박집으로 나를 초대해 주셨다.

"사람들은 파리를 세계에서 가장 로맨틱한 도시라고 말하지만 막상 와보면 생각했던 것과 너무 다르지. 파리는 양면적인 이미지를 가진 도시야. 고급 명품 쇼핑의 천국이기도 하지만, 소매치기의 천국이기도 하니까."

파리는 세계 각국의 브랜드가 입점해 있어 원하는 브랜드의 쇼핑을

즐길 수 있을 뿐만 아니라 쇼핑 세금환급 정책[1]으로 관광객들의 부담을 덜었다. 요즘에는 명품뿐만 아니라 약국에서도 살 수 있는 저렴한 화장품과 편집숍에서 독특한 아이템을 찾는 사람들도 늘고 있다.

하지만 로맨틱하고 고급스러운 파리의 이미지를 상상하고 온 관광객의 환상이 부서지기도 한다. 낙후된 지하철 시설은 물론이고, 언제 어디에서 소매치기가 나타날지 모른다. 18세 미만은 미성년자로 분류되어 비교적 형량이 가벼운 프랑스의 법 때문에 어린아이들이 소매치기로 많이 나서는 데다, 깔끔하고 예쁘게 차려입고 다니는 경우가 많아 피하기 쉽지 않다. 생각보다 많은 한국인이 파리에서 강도나 절도 등 범죄로 인한 피해를 본다 하니 문제가 심각했다. 긴장을 늦췄다간 큰코다칠 수 있는 곳이 바로 여기, 프랑스 파리였다.

---

1. 파리에서의 체류 기간이 3개월 이내일 때 10~14%까지 세금 환급이 가능하다.

파리의
쇼핑관광

파리 여행을 검색하면 연관검색어에 '쇼핑'이 뜬다. 관광객에게 유리한
세금 우대 정책 때문이기도 하지만, 세계의 유행을 선도하는 도시인지라
전 세계 쇼퍼홀릭들이 소위 말하는 '희귀템'을 찾아 파리에 모인다.
쇼핑을 즐기진 않지만 파리의 쇼핑 환경을 체험하기 위해 길을 나섰다.

독특한 브랜드숍과 편집숍이 많은 튈르리^{Tuileries} 역에 내리자 한눈에
봐도 모델일 것 같은 늘씬한 여성들이 패셔너블한 옷을 입고 걸어
다닌다. 파리에서 가장 유명한 고급 편집숍 꼴레트^{Colette}에 들어가니 세계
각국에서 온 관광객들이 가득해 고급스러운 시장을 보는 듯했다. 티셔츠
한 장 가격이 어마어마하다. 누군가에게는 그만한 값어치를 하겠지?
매장 가득 북적이는 사람들의 모습만 봐도 그 답을 알 수 있었다.

꼴레트를 지나 파리에서 가장 유명한 백화점인 라파예트 백화점^{Galeries}
^{Lafayette} 쪽으로 걸어갔다. 단독으로 운영 중인 명품숍이나 고가의 편집숍,
그리고 젊은 사람들이 좋아할 만한 센스 있는 신생 브랜드숍이 거리에
빼곡히 들어찼다. 하나하나 특색 있는 숍들을 정신없이 구경하다가
들어선 라파예트 백화점에는 동양인들로 인산인해를 이루었다. 특히

여행지에서는
새로운 무언가를

누리고 싶어진다

계산대 앞에는 물건을 든 사람들의 줄이 길게 늘어서 있었다. 자국보다
저렴한 가격에 명품을 살 수 있기 때문이리라.

대체 쇼핑은 관광객에게 어떤 기쁨을 주는 것일까? 쇼핑에서 관광객이
얻는 즐거움을 생각하다 보니 물가가 저렴한 나라에 가면 나도 모르게
씀씀이가 커졌던 내 모습이 떠올랐다. 일상에서 벗어난 여행지에서는
좀 더 과감하게 새로운 무언가를 누리고 싶어진다. 게다가 한국에서
사고 싶었던 물건을 조금 더 저렴하게 살 수 있다면 여기까지 온 수고를
생각해서라도 사야겠다는 생각이 들 것이다. 쇼핑을 하러 한국에 오는
관광객들도 마찬가지겠지. 명동에서 화장품을 사는 관광객들의 나라에도
한국의 화장품 브랜드들이 진출해 있다. 그렇지만 한국에서 사는 것이
더 저렴하기 때문에 '온 김에' 여러 개를 장만해서 돌아가는 것이리라.
여기에 한류 드라마에서 보던 한국인의 라이프 스타일을 현장에서
경험하고, 그 경험의 일부를 내 일상으로 가져가고 싶은 마음이 더해져
관광객들의 지갑이 열리는 것이 아닐까?

그래도 로맨틱하기에
파리

파리에서 사진 학교 진학을 준비하는 성호 오빠는 여행자들의
스냅사진을 촬영하는데 요즘에는 신혼여행을 온 부부가 많다고 한다.
파리를 비롯한 프라하, 하와이 등 신혼부부에게 인기가 많은 지역에는
성호 오빠처럼 스냅사진을 찍어주는 프리랜서 사진작가들이 많다.
포트폴리오가 담긴 웹사이트를 운영하며 의뢰를 받고 촬영한 후 사진을
보정해서 온라인으로 납품하는 형태로 진행하는데 요즘에는 해외에서
활동하는 작가들을 연결해 주는 플랫폼도 생겼다. 오빠의 안내로 파리
곳곳에 숨어 있는 달달한 명소들을 찾아가 보기로 했다.

루브르 박물관, 에펠탑을 둘러보고 해가 지는 매직아워에 맞춰 개선문에
올랐다. 샹젤리제 거리 끝, 파리의 상징처럼 서 있는 개선문은 웅장했다.

차로에 둘러싸여 있어 건너편 도보에서 지하도를 통해 접근해야 하는
개선문은 사람들의 방문을 쉽게 허락하지 않는 것 같아 신비롭게
느껴졌다. 개선문은 입구부터 꼭대기까지 개선문에 담긴 의미와 역사를
소개하는 하나의 박물관이나 다름없기에 파리 관광청이 직접 판매하는
박물관 패스로도 입장이 가능한 명소다. 개선문 내부의 동그란 계단을
오르면 파리 시내가 한눈에 들어온다. 개선문으로부터 곧게 방사형으로
뻗어 나가는 도로와 에펠탑, 몽마르트 언덕, 라데팡스까지 360도로 파리
시내가 들어오니 기분이 묘하다.

높은 건물이라곤 에펠탑뿐이고, 마치 베르사유궁전을 모티브로 만든
듯한 상아색 건물로 가득한 거리를 보니 '로맨틱=파리'의 공식이
이제서야 이해가 됐다. 파리는 감성이 충만한 도시다. 언제든 세계
거장의 예술품이 모여 있는 미술관에 갈 수 있고, 중세 시대의 감성이
남아 있는 샤이오궁이나 노트르담 성당을 찾을 수 있다. 그리고
샹젤리제 거리를 걸으면서 예쁜 마카롱을 사 먹고 전 세계에서 찾아오는
패셔니스타들을 구경할 수도 있다. 붉게 노을이 지는 파리의 하늘을 넋
놓고 바라보니 에펠탑에 반짝이는 조명이 들어왔다. 잊고 있던 감성에
불이 반짝 켜지는 느낌이다.

"그래, 로맨틱하니까 파리 맞네!"

그래,

로맨틱하니까
파리 맞네!

Interview ——————————

with
—— Paris Convention and
Visitors Bureau

Veronique
Potelet

Media & PR manager
미디어와 홍보와 관련된 실무를 담당하고 있다.

"항상 조금씩 새로운 파리의
모습을 보여주려 노력해요."

베로니크 포텔레 ━━

2014. 09. 10

Q1. 수많은 사람이 파리를 찾는 이유가 무엇이라고 생각하세요?

A1. 파리의 가장 큰 장점은 세계적으로 많이 알려진 유산들과 박물관 같은 문화자원이에요. 처음 오는 사람들은 대부분 문화유산을 보러 오죠. 하지만 삶 속의 예술이라 할 수 있는 음식이나 쇼핑도 파리의 큰 매력이랍니다. 파리는 여러 번 방문한 사람에게도 매번 다른 모습을 보여줄 수 있다는 장점이 있어요. 파리 시내에 있는 140개 박물관에 전부 가보려면 파리에 오래 머물거나 여러 번 와야 하죠. 또한 파리는 다이내믹한 도시이기 때문에 올 때마다 새로운 박물관, 새로운 레스토랑을 볼 수 있어요. 즐길 거리가 풍부해서 많은 사람에게 사랑받고 있죠.

Q2. 유명한 도시이지만 홍보할 때 어려운 점도 있을 것 같은데요?

A2. 다양한 매력이 있다는 것은 장점인 동시에 단점이에요. 이 많은 매력요소를 파리라는 도시로 한 번에 홍보하는 게 어려운 것 같아요.

Q3. 파리는 로맨틱하고 문화예술이 풍부한 도시라는 이미지가 있는데요, 관광청이 생각하는 파리의 이미지는 어떤가요?

A3. 파리에 처음 오는 사람들을 위해 에펠탑이나 루브르 박물관을 내세우긴 하지만, 우리는 항상 조금씩 새로운 파리의 이미지를 보여주기 위해 노력하고 있어요. 새로운 사진들을 관광홍보물이나 웹사이트에 활용하기도 하고, 젊은 사람들을 타깃으로 모던하고 자유로운 파리의 모습을 보여주기 위해 저널리스트들과 일하기도 하죠. 도시에서 일어나는 새로운 프로젝트들이 있을 때마다 디자인이나 건축 등 특별한 분야의 사람들을 타깃으로 홍보하고 '로맨틱'한 이미지의 파리에 가려진 이야기들을 전달하는 데 많은 마케팅적 노력을 하고 있습니다.

Q4. 파리 관광청이 어떻게 조직되었고 운영되는지 궁금합니다.

A4. 파리 관광청은 1971년 파리시청과 파리상공회의소에 의해 설립되었어요. 비영리조직Non-Profit Organization, NPO으로 운영되고 시청과 상공회의소에서 보조금을 받고 있죠. 이 외에는 회원들이 지급하는 멤버십 비용이 있는데, 카테고리별로 비용이 달라요. 가장 적게는 개인투어 가이드가 1년에 150유로 정도 지급하고

호텔이나 여행사 등은 더 큰 비용을 지급하죠. 관광청이 판매하는 박물관 패스, 메트로 패스 등을 통해 수익을 얻기도 해요. 전체 직원은 약 80명 정도로, 이 중 50명 정도가 기차역이나 시내에 있는 다섯 군데 공식 관광안내소에서 근무합니다. 프랑스 정부관광청과는 가깝게 일하는 편으로 국제적인 홍보나 마케팅의 경우에는 35개의 국제지사가 있는 정부관광청과 협업을 합니다.

Q5. 파리처럼 세계적으로 유명한 관광도시는 관광객으로 인한 국민의 불편이나 불만이 있을 것 같은데요, 소매치기, 숙박, 주민 불편 등 너무 많은 관광객 때문에 발생하는 문제들은 어떻게 해결하나요?

A5. 관광청 내 파트너십 관계를 담당하는 부서가 있는데요, 이 부서에서 관광 불편도 담당하고 있어요. 우리가 가장 중요하게 생각하는 것은 관광객의 안전이에요. 소매치기 같은 안전문제는 파리에 대한 부정적인 이미지를 만들기 때문에 항상 경찰과 긴밀한 관계를 유지하며 관광객들에게 경고 안내문이 담긴 리플릿을 나눠주는 등의 노력을 하고 있어요.

요즘에는 에어비앤비 같은 새로운 개념의 숙박시설이 생겨나면서 주민들의 불편이 늘어났는데요, 이를 어떻게 규제할까에 대해 고민하고 있어요. 아마 이 문제는 전 유럽이 고민하는 문제일 거예요. 정식 호텔과 공정하게 경쟁할 수 있도록 숙박일 수를 규제하는 등의 사항들을 고민하고 있죠. 그런데 사실 이 문제는 관광객 때문에 생기는 문제라기보다는 집 주인이나 호텔 등 현지인들의 문제라고 생각해요. 파리 관광청은 관광객들이 에어비앤비를 이용하는 것을 파리의 진솔한 모습을 보여줄 기회라 생각하기 때문에, 관광객의 편의를 극대화하는 동시에 시청이나 현지인들과의 중간자 역할을 하려 노력하고 있습니다.

Q6. 파리를 관광지로 알리는 데 가장 집중적으로 활용하는 마케팅 수단은 무엇인가요?

A6. 관광청의 마케팅 부서는 목적에 따라 두 팀으로 나누어져 있습니다. 첫째는 레저 목적의 일반 관광객을 위한 마케팅으로 B2C를 담당하는 이 팀의 가장 큰 수단은 웹사이트입니다. 국내외에서 1년에 1천 5백만 명이 방문하는

파리 관광청의 공식 웹사이트는 일반 관광객들이 가장 쉽게 접근할 수 있는
창구죠. 레저 목적의 마케팅을 위해 우리는 타깃 마켓에 맞춰 해외 관광청지사와
협업하거나 온라인 뉴스레터 등 다양한 수단을 활용합니다.
두 번째는 비즈니스 목적의 B2B 마케팅으로 이 팀에서는 여행사, 미디어, 기업
등을 대상으로 마케팅하고 무역전시나 컨벤션 등을 통해 교류해요.
대부분 저널리스트나 미디어와 함께 홍보하고 단순 지면광고나 옥외광고를 위해
배정된 예산은 없어요. 리플릿이나 출판물들은 직접 프랑스어와 영어 등으로
발행하되 모두 무료로 배포하고 있습니다.

Q7. 파리가 생각하는 관광의 의미와 관광을 통해 기대하는 바는 무엇인가요?
A7. 파리를 찾는 관광객의 40%가 프랑스 사람이라 내국인 역시 관광청의 큰
타깃이에요. 관광객들은 항상 파리지앵의 생활을 직접 경험하기를 원합니다.
그래서 우리는 파리의 모습을 인공적으로 만들어내기보다는 파리에 사는
사람들이 그들의 삶을 더 풍요롭게 살 수 있게 돕고 있어요. 이미 파리뿐만 아니라
프랑스 전체는 '관광'이 경제적으로 얼마나 중요한지 인식하고 있어요. '관광'은
프랑스의 주요 산업 중 하나이고, 파리에서도 가장 많은 일자리를 창출하는
산업이죠. 그렇기 때문에 관광청 역시 마케팅보다는 관광객이 실제 현지에서
안전하고 편하게 지내고 갈 수 있는 구조를 만드는 데 의미를 두고 있습니다.
그리고 그런 구조를 만드는 데 가장 중요한 것은 파리 사람들의 방문자들을
환영하는 마음가짐이라고 생각해요.

거대도시 토론토의
부드러운 면모

캐나다 ━━━━━━━━━━━━━━━ 토론토

도시의 유산에서
결혼하는 사람들

토론토^{Toronto}에 가게 된 가장 큰 이유는 지인의 결혼식 참석이었다.
결혼식은 토론토의 외곽에 있는 올드밀 채플 호텔에서 진행됐다.
토론토가 산업도시로 발전한 1800년대 후반, 올드밀 지역에는 제재소를
비롯한 공장들이 많았는데 큰 화재가 일어나 공장 대부분이 소실된 후
주거 지역이 되었다.

올드밀 채플 호텔은 원래 동네의 커뮤니티센터로 지어져 100년이라는
시간 동안 동네 행사와 공연 등을 진행하는 장소로 활용되었고 1991년
호텔과 스파로 개조되어 지금의 모습을 갖추었다고 한다. 이곳은 외부
관광객들이 찾아오는 공간이라기보다는 현지인이 결혼식이나 파티 같은
이벤트를 열었을 때 찾아오는 관광지였다. 멀리서 찾아와 오랜 시간을
함께 보내는 서양식 결혼에서 더욱 특별한 추억을 만들어주는 유서 깊고
아름다운 공간이었다.

높은 현대식 아파트 사이에서 홀로 독특하게 서 있는 전통 유럽식 건물은 도시의 유산이라고 할 만했다. 산업도시이자 대도시로만 생각했던 토론토에서 이렇게 고풍스러운 건물을 보게 될 줄이야. 안으로 들어가니 아기자기한 홀이 나타났다. 알록달록한 스테인드글라스를 배경으로 수많은 촛불이 감싸고 있는 단상에 빨간 카펫을 따라 걷는 신랑과 신부의 모습은 영화 속 한 장면 같았다. 그렇게 크지 않은 공간에 가족과 가까운 사람들만 참석하는 결혼식은 경건한 분위기에서 진행되었다. 피로연은 건물 뒤편의 연회장에서 진행되었는데, 결혼식뿐만 아니라 다양한 행사들을 많이 진행하기에 크기별로 다양한 연회장을 갖추고 있었다. 모든 공간은 올드밀의 정체성을 잃어버리지 않기 위해 고풍스러운 샹들리에나 유럽풍 벽 장식으로 꾸며져 있었다.

100년 동안 자리를 지켜온 공간에서 평생을 약속하는 부부, 그들에게 그 공간은 어떤 의미일까? 올드밀 채플은 산업도시의 역사적 산물을 유니크 베뉴로 보존하고 유지해나가고 있었다. 그 가치를 충분히 인정받지 못한 채 사라지고 있을 한국의 의미 있는 장소들이 떠올랐다. 낡았지만 역사가 있고 이야기가 있는 장소들. 그 특별한 장소들을 찾아내고 현대적으로 활용하여 가치를 보존할 수 있다면 얼마나 좋을까?

토론토의 자유이용권, 관광명소 패스포트

"지민 씨, 토론토 관광명소 패스포트Toronto Attraction Passport로 시내에 있는 수많은 관광명소를 둘러볼 수 있을 거예요. 토론토의 매력을 충분히 경험하고 돌아가서 더 많은 사람에게 전해 주면 좋겠습니다."

토론토 관광청에서 인터뷰를 했던 앤드류에게 선물을 받았다. 이름만으로도 짜릿한 '토론토 관광명소 패스포트'. 관광청이 토론토를 찾은 기자나 파트너사에 세계 각국에 토론토를 알릴 수 있도록 제공하는 무료 티켓으로 26개에 달하는 토론토 시내와 근교의 관광명소들을 둘러볼 수 있다.

물론 비슷한 패스를 살 수도 있다. 토론토를 비롯한 북미의 많은
대도시에서는 이처럼 하나의 티켓으로 여러 곳을 방문할 수 있는
관광 패스 시스템에 익숙하다. 각 패스 판매 회사가 직접 영업을 하여
구성하기에 패스 종류마다 조금씩 방문할 수 있는 명소가 다른데 대부분
근거리에 있는 가볼 만한 미술관, 동물원, 테마파크 등 입장료를 내고
들어가야 하는 명소들이다. 내가 받은 패스에는 CN타워를 비롯한
레고랜드, 아쿠아리움 등 굵직한 관광명소와 더불어 이곳들을 전부
둘러볼 수 있는 시티투어버스까지 포함되어 있었다.

일일권, 3일권 등의 패스를 사용하면 할인된 가격으로 도시에서 꼭
가봐야 하는 명소들에 입장할 수 있다. 도시 전체가 하나의 테마파크가
되고 패스는 자유이용권이 되는 셈이다. 메인 관광명소 몇 군데의
입장료를 더한 것이 패스의 가격보다 비싸다면 훨씬 유리하겠지만,

제한된 시간 안에 그만한 가격에 상응하는 관광명소들을 돌아다니려면 정말 부지런히 다녀야 한다. 서울에서도 이와 비슷한 패스 시스템을 도입해 사업을 진행하는 스타트업이 있고, 종이로 만들어진 패스가 아닌 애플리케이션, QR코드를 활용하는 등 패스 시스템이 점점 발달하고 있다.

패스를 이용해 캐나다의 자부심을 나타내듯 엄청난 높이를 자랑하는 CN타워에 올랐다. 유리 바닥으로 된 전망대에 서니 온몸에 전기가 통하는 듯 짜릿하다. 하지만 짜릿한 기분으로 바라본 토론토의 야경은 의외로 소박했다. 넓은 호수가 어둠을 머금어 캄캄한 가운데 건물의 불빛이 은은하게 어우러진 도시를 보니 이내 마음이 편안해졌다. 허공에서 본 거대도시 토론토의 밤은 생각보다 부드럽고 편안했다.

관광명소 패스포트로
도시 전체가 테마파크가 되었다

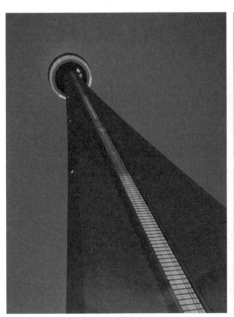

거대도시 토론토의 밤은

생각보다
부드럽고 편안했다 ————————

Interview ———————

with
—— Tourism Toronto

Andrew
Weir

Executive Vice President & Chief Marketing Officer
기관의 최고 마케팅 책임자를 맡고 있다.

"세련되고 도회적인 토론토의
면모를 보여주려 노력합니다."

앤드류 위어 ━━━

2014. 12. 11

**Q1. 토론토는 비즈니스와 경제의 중심지로 더욱 알려져 있는데요,
관광지로서 토론토의 매력을 이야기해 주세요.**

A1. 토론토의 장점은 방문객들이 다양하다는 것입니다. 물론 북미 지역의 금융 중심지라 비즈니스를 위해 방문하는 사람들이 많지만 그건 일부일 뿐이에요. 이외에도 스포츠, 미디어, 영화 분야에서도 여러 국제회의를 유치하며 중심 도시로 활약하고 있죠. 정말 다양한 사람들이 토론토를 찾아요. 업무차 출장을 오는 사람도 많고, 여행을 오는 사람도 많죠. 그래서 토론토에는 비수기가 없습니다. 물론 여름이 가장 바쁘긴 하지만 다른 계절에도 어느 정도 관광객 수가 유지되기 때문에 비교적 숙박업계가 안정적이죠. 평일에는 업무 출장으로 도시를 찾는 사람이 많고, 주말에는 레저 목적의 여행을 오는 사람들이 많습니다.

Q2. 토론토에는 주로 어떤 사람들이 오나요?

A2. 토론토는 미국 국경과도 가깝고, 차로 5시간 정도 거리 내에 많은 인구가 살고 있습니다. 이러한 지리적인 장점으로 방문객의 대부분은 주변 지역에서 찾아옵니다. 중국, 유럽 등 점점 먼 곳에서 오는 국제 방문객들도 늘고 있는데요, 특히 미국은 토론토를 비롯한 대부분의 캐나다 관광업계에 큰 시장입니다. 한동안은 캐나다의 환율 덕분에 미국에서 온 관광객들이 폭발적으로 늘기도 했죠. 요즘에는 운전으로 찾아오는 미국인들이 줄어들고 비행기를 타고 찾아오는 사람들이 많아졌어요. 5년 전만 해도 미국에서 토론토로 운전해서 오는 사람들과 비행기를 타고 오는 사람의 비율이 50:50이었는데요, 현재는 62%가 비행기를 타고 옵니다. 비행기를 타고 오면 이동 시간이 짧아져 토론토에 더 오래 머물면서, 더 다양한 활동을 하고, 더 많은 소비를 하기 때문에 우리는 이러한 변화를 긍정적으로 보고 있습니다.

Q3. 조직과 예산은 어떻게 구성되나요?

A3. 토론토 관광청이 조직된 지는 약 80년 정도 되었는데요, 우리는 도시 관광청이지만 여러 레벨의 정부기관과 협업을 합니다. 토론토 시, 온타리오 주, 그리고 캐나다 정부관광청과도 파트너십을 맺고 있죠. 예산의 2/3는 토론토호텔협회와의 파트너십에서 얻습니다. 자발적으로 참여한 시내 호텔이 자사 규모에 맞게 비용을 지급하여 'Destination Marketing Program'이라는

이름의 기금을 마련합니다. 기금을 마련하는 방법은 호텔의 자유인데 투숙객에게
추가 비용을 받는 호텔도 있고, 자체 비용으로 충당하는 호텔도 있습니다.
따로 법적인 근거는 없고 협회 내부 규율에 따라 운영되고 있습니다. 호텔들의
자발적인 참여라서 관광청 역시 적극적으로 활동을 해야 하죠. 예산의 1/3은
주 정부에서 나옵니다. 온타리오 주 앞으로 배정된 주 정부 예산에서 13군데
지역관광청의 일환으로 받는 것이죠.

Q4. 멤버로 함께하는 1,200개 기관을 어떻게 관리하나요?

A4. 그중 약 60개가 호텔이고, 대부분은 레스토랑이나 상점, 관광명소, 축제,
국제회의 운영자입니다. 개인적으로 운영하는 작은 곳도 많아요. 이렇게 많은
멤버를 유지하는 건 쉬운 일이 아니에요. 멤버십에 사인하는 기관 대부분이
관광청의 멤버가 되면 당장 관광객 수천 명이 찾아올 것처럼 기대하는데요,
항상 그렇게 많은 관광객이 보장되진 않아요. 우리는 멤버들의 성격과 매력을
분석해서 토론토 관광안내 웹사이트나 지도, 가이드북에 노출하고, 세계 각국에서
찾아오는 기자들에게 마케팅과 세일즈하는 등 다양한 역할을 하고 있습니다. 항상
멤버들에게 멤버십 비용을 낸다고 해서 마케팅이 모두 해결되는 것은 아니라고
이야기해요. 관광청과 더 많이 소통하고 협업할수록 우리가 그들을 위해 할 수
있는 마케팅이 많아지죠. 호텔협회를 통해 비용을 지급하는 호텔을 제외하고
나머지 멤버들이 내는 멤버십 비용은 전체 예산의 약 5% 정도밖에 되지 않습니다.

Q5. 토론토의 도시브랜드 방향성과 어려운 점을 이야기해 주세요.

A5. 대부분 캐나다라고 하면 추운 날씨, 눈 덮인 산맥, 얼어붙은 평야, 북극곰이나
무스 같은 야생동물 등 자연을 떠올리는데 토론토는 그런 이미지와는 거리가
멀어요. 인구 600만 명 이상에 다양한 인종과 문화가 혼재하는 북미에서
가장 큰 도시 중 하나죠. 토론토 관광청의 마케팅을 보시면 도시적인 모습을
강조하고 있다는 것을 느낄 수 있는데요, 우리는 이렇게 다양한 창구를 통해
세련되고 도회적인 토론토의 면모를 보여주려 노력하고 있어요. 동시에 캐나다의
자연친화적인 이미지 중에서 토론토와 상충하는 부분에 대해 토론토의 이미지와
캐나다 전체 이미지의 밸런스도 고민하고 있습니다.

Q6. 요즘 주력하는 마케팅 도구는 무엇입니까?

A6. 현재 가장 효과가 있다고 판단되는 것은 미디어 활용입니다. 일반적인 광고를 뿌리기에는 세계의 관광 시장이 너무 크고 비용도 비쌉니다. 광고는 타깃을 세분화해서 진행하고 있어요. 도시관광청에서는 비용이 많이 드는 광고보다는 적절한 예산으로 정확한 타깃에게 필요한 정보를 전달하는 게 효과적이라 생각해요. 그래서 주변 지역을 중심으로 토론토를 알리고 방문자를 유치하는 데 집중합니다. 주로 특별한 이벤트나 축제가 있을 때 활용하죠. 조금 먼 지역에 홍보할 때는 그 지역을 제일 잘 아는 저널리스트를 초청합니다. 1년에 약 650명 정도의 저널리스트가 해외 각지에서 취재를 위해 토론토에 오는데요, 여행에서부터 라이프스타일, 푸드, 패션, 사진, 비즈니스 등 분야가 다양해요. 장기적으로 봤을 때 이들이 쓴 기사를 통해 많은 이들에게 토론토의 모습을 전하는 게 경제적으로 효과적이라 생각합니다.

Q7. 관광청에서 가장 중요하게 생각하는 점은 무엇입니까?

A7. 토론토를 찾는 방문객의 80% 이상이 캐나다에서 옵니다. 그중 대부분이 온타리오 주에서 와요. 우리는 이들이 토론토에서 숙박하게 하는 데 집중하고 있어요. 그들이 오래 머물면서 다양한 활동을 즐기고 더 많이 소비하게 하는 것이 중요하죠. 국가의 경제적·문화적 중심 도시로서 국내 시장을 활성화하고 주변 지역 사람들이 토론토를 즐기게 하는 것도 중요하게 생각합니다. 또한 도시가 성장하는 데 해외 관광객의 역할이 크기 때문에 미국을 비롯한 해외 시장에서 정확한 타깃을 데려올 수 있게 홍보 마케팅에 힘쓰고 있습니다.

예술도시로 거듭난
산업도시

스위스 ━━━━━━━━━━━━━━ 바젤

아침은 스위스,
점심은 프랑스,
저녁은 독일?

바젤Basel로 가는 기차 안, 나는 기대에 부풀어 있었다. 도시 브랜드에 대한
관심으로 읽었던 『도시 재탄생의 비밀, 도시브랜딩』이란 책에서 '작은
도시, 강한 브랜딩'이라는 제목으로 바젤의 도시 브랜딩 전략을 분석한
부분이 아주 인상적이었기 때문이다. 내가 생각하는 바젤의 이미지는 이
책에서 만들어졌다. 정부 차원에서 도시 마케팅을 해야겠다고 인식하고,
민간에서 마케팅 담당자를 데려와 도시의 전략을 기초부터 차근차근
만들어간 바젤의 사례는 매력적이었다. 책으로 접한 내용을 눈으로
확인하기 위해 'Culture Unlimited'라는 슬로건을 가진 문화예술의
도시, 바젤로 향했다.

"바젤에 가면 아침은 스위스에서, 점심은 프랑스에서, 저녁은 독일에서
먹을 수 있다."는 말이 있다. 바젤의 지리적 장점을 표현한 말로,
독일과 프랑스가 만나는 스위스의 북서쪽 경계에 있는 바젤은 교통의
중심지이자 3개국이 교류하는 무역의 중심지로 비즈니스를 위해
찾아오는 사람들이 많다. 또한 취리히, 제네바에 이어 스위스에서 세
번째로 큰 도시인 바젤은 아기자기한 구시가지로 유명한데 문화예술의
도시답게 각종 박물관과 미술관이 가득하다.

바젤이
산업도시라구요?

"바젤을 홍보하면서 가장 어려운 점은 산업도시의 이미지를 탈피하는
것입니다."

바젤 관광청에서 일하는 크리스토프의 말에 깜짝 놀랐다. 내게는 '아트
바젤'이라는 이미지가 너무 강력해서 '산업도시'로서의 바젤이 오히려
생소했기 때문이다. 바젤은 3개 국가가 국경을 맞대고, 유럽을 관통하는
라인 강이 흐른다는 지리적인 이점으로 섬유, 제약, 화학 등의 산업이

발달하여 물류와 유통의 중심지로 성장했다. 바젤을 찾는 대부분의
관광객이 비즈니스 목적의 방문자라는 것 역시 산업도시 바젤의 모습을
보여준다.

바젤 관광청은 이러한 비즈니스 관광객들을 위한 MICE¹ 관광에
집중하는 동시에 비즈니스 목적 외에 바젤에서 1박 이상 숙박하고
가는 관광객을 늘리기 위해 노력하고 있다. 숙박을 하는 관광객이
많아져야 관광으로 인한 경제적 효과가 늘어나기에 바젤 관광청은 보고
즐길 거리가 많은 예술의 도시 이미지를 더욱 강조하고 있다. '아트
바젤'의 이미지 덕에 바젤이 산업도시인지 전혀 몰랐다고 놀라는 내게
크리스토프는 이렇게 말했다.

"우리가 아시아에서 마케팅을 제대로 하고 있나보네요!"

한 사람을 한 문장으로 정의할 수 없듯이 도시 역시 하나의 이미지로
규정할 수 없다. 다양한 사람들이 모여 사는 도시에는 다양한 이미지가
있고, 도시 이미지를 받아들이는 이들 또한 다양하다. 그렇기에 도시
관광의 발전 가능성은 무궁무진하다. 도시의 여러 가지 매력을 타깃에
맞춰 발전시켜 다양한 스펙트럼의 도시 이미지를 만들고, 이미지별로
마케팅과 홍보를 진행하여 관광객을 맞이하면 그에 따른 관광산업은
더 다양하고 세분화될 것이다. 바젤에서 난 또 한 번 관광의 무궁무진한
가능성을 만났다.

---

1. Meetings, Incentive tours, Conferences, Exhibitions를 뜻하는 관광용어

관광의
발전 가능성은

무궁무진하다 ————

좌. 바젤 관광안내소 우. 바젤 시 문장을 활용한 디자인

예술가들의 협업으로 도시를
대표하는 디자인이 되었다

역시 넌
예술의 도시였어!

관광청과의 미팅을 마치고 바젤 시내를 돌아다니다 관광안내소를
발견했다. 깔끔하고 모던한 관광안내소에 들어가니 가운데 커다랗게
자리를 차지한 바젤의 슬로건이 보였다. 멋스럽게 뻗은 글씨체가 예술
도시다웠다. 관광안내소임에도 제일 안쪽에 있는 데스크를 제외하고는
다양한 관광기념품이 디스플레이되어 있었다. 모든 상품에는 똑같은
디자인이 있었는데 하얀색과 검은색의 형이상학적인 문양이 신기해서
직원에게 물어봤다.

"이 그림은 오래된 바젤 주의 문장이에요. 1800년대까지 바젤은
주였지만, 그 이후로는 바젤 시로 분리되어 지금은 이 문장을 시에서
사용하고 있죠. 이 그림들은 다양한 아티스트들이 바젤의 문장을 그린
의미 있는 디자인이라 관광청이 만드는 기념품에 많이 사용해요."

지역에서 대대로 내려온 문장이 다양한 예술가들의 협업으로 도시를
대표하는 디자인이 되었다. 다양한 예술가가 각자의 스타일로 디자인을
하여 머그잔, 에코백, 모자 등 일반적인 관광상품 외에 벽에 거는 장식품,
고풍스러운 촛대, 스카프 등 미적인 상품으로도 만들어져 있었다.
대부분의 관광기념품은 시간이 지나면 촌스러운 로고나 디자인 때문에
서랍 어딘가에 처박아두는 일이 다반사인데, 바젤의 기념품만큼은
그렇지 않을 것 같았다. 예술가의 손이 닿은 관광기념품 디자인
덕분인지 문화예술의 도시라는 바젤의 브랜드와 슬로건이 더 신뢰가
갔다.

"바젤, 너 정말 예술도시 맞구나!"

Interview

Basel Tourismus

Christoph
Bosshardt

Vice director, Head of Marketing
기관의 마케팅 총 책임을 맡고 있다.

"바젤은 산업도시 이미지를 탈피하기 위해 많은 노력을 하고 있어요."

크리스토프 보슈할트 ■■■■

Q1. 바젤의 슬로건인 'Culture Unlimited'는 문화도시로서의 바젤을 대변한다고 생각하는데요, 관광객들이 바젤을 선택하는 가장 큰 매력은 무엇일까요?

A1. 'Culture Unlimited'라는 슬로건은 10년 전부터 사용하기 시작했습니다. 어떻게 바젤이라는 도시를 관광지로 포지셔닝할 수 있을까 고민하면서 스위스를 비롯한 주변 도시들을 연구했어요. 바젤에 있는 박물관과 미술관들이 매력적일 거라는 판단에 '예술(Art)'을 바젤의 주 무기로 삼기로 결정했죠. 또한 독일, 스위스, 프랑스 3개국이 만나는 곳에 있는 지리적인 장점도 무기가 되었습니다. 하루 안에 3개국을 다니는 건 바젤에서만 할 수 있는 경험이죠. 'Culture Unlimited'라는 슬로건에는 바젤의 예술문화를 즐길 수 있다는 의미와 3개국의 다양한 문화를 접할 수 있다는 의미가 담겨 있습니다. 이 외에도 구시가지가 아주 잘 보존되어 있고, 대표 관광명소를 도보로 다닐 수 있는 것 또한 바젤의 매력입니다.

Q2. 관광 홍보에서 어려운 점이 있나요?

A2. 이미지를 전환하는 게 가장 어렵습니다. 아직도 많은 사람이 바젤을 산업도시로 생각하거든요. 지리적인 강점이 있지만 외곽에는 공장이 많아서 구시가지나 도심으로 들어오지 않는 이상 바젤의 문화적인 매력을 느끼기 힘들어요. 그래서 독일 같은 근접 국가에서는 바젤을 다른 나라로 가는 데 지나가는 도시로만 생각하는 경우도 많죠. 또한 산업도시로 유명하다 보니 전체 관광객의 70%가 비즈니스 관광객이고 나머지 30%만이 레저 관광객이에요. 그래서 주말이나 휴가 때 오히려 관광객이 줄어들죠. 레저나 휴양을 목적으로 하는 관광객을 늘리는 것 또한 바젤이 고민하고 있는 부분입니다. 그리고 바젤을 도시가 아닌 기업이나 브랜드로만 알고 있는 경우가 있어서 도시로서의 바젤을 국제적으로 알리기 위해 노력하고 있습니다.

Q3. 비즈니스 관광객이 대부분이라면 혹시 컨퍼런스나 국제회의 유치를 위한 활동도 하시나요?

A3. 물론입니다. 바젤에는 관광청과 별개로 컨벤션뷰로가 있어요. 그들의 목적은 바젤을 컨벤션이나 국제회의의 장소로 홍보하는 것입니다. 관광청이

2014. 09. 19

도시 내 관광 관련 협회와 협업하고 전반적인 바젤의 이미지를 만들고
홍보한다면, 컨벤션뷰로는 구체적 타깃인 비즈니스 관광객 유치에 집중합니다.
개별기관이지만 아주 가깝게 일하는 파트너이죠.

Q4. 바젤 관광청이 어떻게 조직되었고 운영되는지 궁금합니다.

A4. 2016년이면 바젤 관광청이 조직된 지 26년이 됩니다. 초기에는 도시의
미관을 담당하는 작은 협회로 출발했습니다. 마케팅은 전혀 하지 않았죠.
하지만 지금은 관광지로서의 바젤을 국제적으로 홍보하는 마케팅과 이곳에
온 관광객들에게 관광안내를 합니다. 전체 예산의 1/4 정도를 시 정부에서
지원받지만 기본적으로는 민간조직입니다. 관광청의 중요한 전략을 결정하는
이사회는 도시 내 호텔, 레스토랑 등 각 분야의 관광 전문가들로 구성되어 있죠.
전체 예산의 또 다른 1/4은 관광객이 시내 호텔에 내는 룸택스로 충당하고요,
1/2은 멤버십 비용, 기업 스폰서십이나 마케팅 프로젝트, 기념품 판매와 가이드
투어 판매 비용 등으로 마련합니다. 스위스 도시 대부분이 비슷한 형태로 운영될
거예요. 우리는 멤버십을 기반으로 하는 협회이지만 멤버가 아니더라도 도시의 큰
행사가 있을 때는 함께 일합니다.

Q5. 스위스 정부관광청과는 어떻게 협력하나요?

A5. 스위스 정부관광청은 우리에게 아주 중요합니다. 지붕 역할을 해 주죠.
특히 해외 관광전이나 홍보를 갈 때 정부와 함께 가면 훨씬 효과적이에요.
정부관광청에서 우리에게 지원하는 건 없지만 우리가 그들의 홍보에 참여하려
예산을 편성하는 경우는 있어요. 상하관계라기보다는 일종의 파트너십이죠.

**Q6. 관광청 자료집에서 보면 2003년쯤부터 관광객이 급증했는데, 그때가
'Culture Unlimited'라는 슬로건을 사용하기 시작한 때인가요?**

A6. 약 10년 전부터 바젤의 관광객이 급증했고, 조직 역시 성장했습니다. 'Culture
Unlimited'를 사용한 지도 10년이 되었지만, 슬로건 때문에 관광객이 증가한
것은 아니었습니다. 우연의 일치라고 할 수 있겠죠. 당시 여러 대형 이벤트를
진행하는 과정에서 호텔이나 관광 관련 인프라가 늘어났어요. 거기에 2005년에

공항이 확장되었고, 바젤 공항을 기항지로 한 이지젯이라는 저가항공사가 생겨나 항공편이 늘어나니 바젤의 지리적인 위치가 더욱 부각되어 관광객이 늘어난 것 같습니다.

Q7. 바젤의 이름을 알린 '아트 바젤Art Basel'에 대해 이야기해 주세요.

A7. 아트 바젤이 시작된 지는 굉장히 오래되었습니다. 약 45년 정도 된 것 같아요. 관광청은 운영에는 개입하지 않지만 홍보에는 참여하고 있어요. 행사 VIP를 위한 호텔을 관광청의 멤버와 연결해 주는 식이죠. 아트 바젤 운영위원회는 민간단체이지만 시가 어느 정도의 지분을 보유하고, 아트 바젤을 담당하는 기관의 이사가 관광청의 이사회에 함께하기도 합니다.

Q8. 홍보할 때 가장 집중하는 시장은 어디입니까?

A8. 가장 중요하고 큰 시장은 근접한 국가입니다. 국내도 물론 포함입니다. 독일, 이탈리아, 영국, 스페인 등 유럽권 국가들이 가장 큰 시장이고, 북미 지역도 중요해요. 해외 방문객 중 미국이 독일에 이어 2위 국가이기 때문이죠. 아시아에서는 일본이 가장 크고요. 몇 년 전부터는 BRIC(브라질, 러시아, 인도, 중국) 국가에도 신경을 쓰고 있습니다. 그리고 작지만 강한 니치 마켓Niche market을 찾고 있어요. 요즘 관심 있는 시장은 이스라엘입니다. 바젤에서 첫 번째 국회를 열고 국가로서 시작하는 등 역사적인 연결고리가 있기 때문이죠.

Q9. 도시 바젤에서 관광은 어떤 의미입니까?

A9. 사실 경제적으로 보면 관광이 차지하는 비율은 아주 낮아요. 말씀드렸다시피 바젤은 산업과 유통의 중심도시라 다른 산업들이 차지하는 비율이 아주 높습니다. 하지만 관광을 통해 바젤이 성장할 가능성은 무궁무진합니다. 개별관광객과 리버 크루즈 관광객이 늘어나는 추세이고, 교통이 수상으로 확대되면서 호텔이나 관련 비즈니스가 생겨날 전망입니다. 지리적인 장점을 이용하여 컨퍼런스나 국제회의도 최대한 많이 유치하려고 합니다. 대형 회의가 열리면 많은 사람이 방문해서 오랫동안 머물고 가기 때문이죠.

길에서
배운 ———— '진짜 관광'

SNS를 통해 "여행과 관광이 어떻게 다른가요?"라는 질문을 던져보았다.
저마다 다른 정의를 쏟아냈지만, 대부분 여행은 목적이 없는 행위인데
반해 관광은 목적이 있다고 답했다. 또한 여행은 긍정적으로, 관광은
부정적으로 인식하는 사람들이 많았다. 왜 이런 차이가 발생하는 걸까?
도대체 여행과 관광은 어떻게 다른 걸까? 여행이 관광을 포함하는
것일까, 관광이 여행을 포함하는 것일까? 아니면 둘은 아예 다른
개념일까?

> 관광觀光: 다른 지방이나 다른 나라에 가서 그곳의 풍경, 풍습,
> 문물 따위를 구경함.

관광의 사전적 정의다. '볼 관觀' 자의 영향으로 '구경하다'에 초점이
맞춰져 영어에서의 'Sightseeing'에 가까운 의미로 해석되고 있다.
이러한 사전적 정의에 익숙한 사람들은 관광을 그저 보고만 오는

수동적인 여행(Travel)의 한 종류로 인식한다. 하지만 영어로 'Tourism'이라 할 수 있는 관광은 여행과 구분하여 사용된다.

보통 단어에 -ism이 붙으면 체계화된 이론이나 학설을 이야기하는데, 영어에서는 여행(Travel 혹은 Tour)이 자연스럽게 체계화되어 사회적인 현상으로 자리 잡은 것을 관광(Tourism)이라고 한다. 서구에서는 1900년대 초 산업혁명으로 기차가 생기고 교통이 편리해지며 '이동'이 보편화되자 즐거움을 목적으로 여행을 다니는 사람들이 생겨났다. 기술이 발달하면서 자연스럽게 관광(Tour-ism)이라는 사회적인 현상이 형성된 것이다. 반면에 한국은 1954년 교통부에 관광과가 처음 설치되었고 1960년이 되어서야 관광산업의 기반이 만들어지기 시작했다. 또한 관광이라는 개념 역시 기술의 발달로 자연스럽게 사회에 퍼진 서구와 달리 정부의 주도로 사람들에게 알려졌다.

'관광'하지 말고 '여행'하라?

경험을 우선시하는 사람에게 관광은 '돈 내고 수동적으로 보고 돌아오는 여행'으로 생각되기 쉽다. 그래서인지 여행 좀 한다는 배낭여행자들은 관광이 아닌 여행을 하라고 말한다. 아마도 이들은 광범위한 사회적 현상을 이야기하는 Tourism이 아닌 Sightseeing으로 관광을 받아들인 듯하다.

그동안 한국 관광은 Sightseeing의 관광에 집중해왔다. Sight를 만들어내야 한다는 의무감과 무언가 실질적으로 눈에 보이는 성과를 만들어내야 한다는 압박감은 관광을 주도하는 공공기관들이 하드웨어에 집착하게 만들었다. 사람들이 찾아와 '구경할 무언가'가 있어야 한다는 인식 탓에 홍보물과 기념품 제작, 로고 디자인, 건물이나 구조물 설치, 이벤트 개최 등 눈에 보이는 관광자원 위주로 개발이 진행되었다.

물론 어느 정도의 하드웨어는 기초적인 관광 인프라를 만들어내는 데 있어 중요하다. 하지만, 연간 이천만 명의 외래 관광객이 드나드는 현 상황에는 관광에 대한 새로운 시각이 필요하다.

진정한 '관광'은 무엇일까?

생존에 필수였던 '이동'을 중심으로 정신적 행복감을 추구하는 휴식이나 새로운 것에 대한 호기심과 같은 인간의 기본적인 욕구가 '여행'이라는 행위가 되었다. 나는 관광(Tourism)이 여행이라는 행위로부터 파생되는 사회적인 현상이라고 생각하고, 한 나라 또는 한 도시의 관광정책을 주도하는 기관이 관광이라는 개념을 어떻게 이해하느냐에 따라 조직체계, 관광개발 및 마케팅 전략, 예산 편성 등 많은 부분이 달라질 것이라는 가설을 세웠다. 그리고 세계 여행을 하며 이를 직접 확인해 보기로 했다.

관광정책은 관광의 출발점이 어디인지에 따라 좌우된다. 가령 오래전부터 많은 사람이 찾는 파리는 방문객 유치보다는 그들을 수용할 숙박, 안내, 안전 등을 정비하는 데 주력할 것이다. 반대로 접근성이 떨어지는 작은 도시의 경우 더 많은 사람을 끌어오기 위한 매력적인 스토리를 만들고 마케팅하는 데 주력할 것이다.

정답은 없다. 각 나라, 도시 정책에는 그에 따른 이유와 그렇게 될 수밖에 없었던 과정이 있을 것이다. 하지만 그 과정은 눈에 보이지 않기에 현장에서 사람들을 만나고, 직접 느끼면서 스스로 알아가야 한다. 나는 여행자의 시선으로 세계 관광지를 여행하면서 '관광'이라는 사회적인 현상을 체험하고 탐구했다. 진짜 세상에서 일어나는 진정한 관광은 세상으로 떠나지 않고서는 배울 수 없기에.

인간의 본능에
대응하는 산업

농경이 발달하기 전까지 인간은 먹을 것을 찾아다니는 '이동'을 바탕으로
생활했다. 이동, 즉 '행(行)'은 인간의 역사와 함께했다. 그리고 관광의
토대가 되는 '휴식 혹은 여가'는 누구에게나 필요한 가치이자 본능이다.
이 두 가지를 바탕으로 이루어진 관광은 누구나 참여할 수 있는 보편적인
가치를 지닌 산업이다.

기술과 교통의 발달로 이동이 쉬워지고, 생활 수준의 향상으로
사람들에게 여가를 즐길 여유가 생겼다. 세계화가 진행될수록 더 많은
사람이 이동하고, 그들을 위한 관광의 역할이 커질 것이다. 관광산업은
끝없이 성장할 수밖에 없다. 인간의 본능인 '행(行)'이 보편적 가치로
성장하는 데 있어 필수불가결하기 때문이다.

관광은 사람에게 꼭 필요한 의식주를 바탕으로 사람과 사람의 접점을
만드는 '행'을 통해 일어나는 경제적이고 사회적인 활동이다. 산업화와
세계화를 겪어낸 현대사회에서 '행'은 필수가 되었다. 그리고 '행'을
바탕에 둔 관광산업은 모든 이의 삶에서 절대 분리할 수 없다.

관광,
사람이 답이다

사람들은 '현지인'과 '여행자' 사이에서 수없이 역할을 바꾸며 산다.
서울에 사는 나는 서울의 '현지인'이지만 어디론가 가기 위해 대문 밖을
나서는 순간부터 '여행자'가 된다. '여행자'의 역할을 경험하는 사람이
늘어날수록 현지인과 여행자의 경계는 더욱 모호해질 것이다. 그리고
언젠가는 길거리에서 마주치는 사람 중 현지인과 여행자를 구분하기

어려운 상황을 마주할 것이다. 여행지에서 며칠이 아닌 몇 달, 몇 년을 보내고 떠나는 사람들을 생각해 보자. 대체 누구를 현지인이라 부르고 누구를 여행자라 부를 수 있을까?

"결국 우리가 잘 살자고 관광을 개발하는 것인데, 관광 때문에 우리가 불편하다면 무슨 의미가 있겠습니까?"

멕시코 관광부 클라우디아 마시유 장관의 말처럼 관광은 한쪽만 만족시켜서는 안 된다. 세계관광의 날 행사 연설에서 UNWTO 탈렙 리파이 사무총장은 이렇게 말했다.

"관광은 사람이 중심이다. 지역 사람들이 관광을 즐기지 못한다면, 관광객 역시 즐길 수 없다."

이 말은 지금까지도 내 마음에 깊이 남아 있다. 260일 동안 거쳐온 수많은 여행지 중 기억에 남는 여행지, 다시 가고 싶은 여행지에는 언제나 자신들의 문화를 일상적으로 소비하며 자랑스러워하는 현지인들이 있었다. 내가 경험한 관광은 사람이 중심이 되는 관광이었다. 여행을 하며 내가 밥을 먹고 잠을 자고 이동하는 모든 것이 얼마나 많은 사람의 삶과 연관되어 있는지 보았다. 그리고 내가 '대한민국'이라는 나라를 보여주는 창이 된다는 사실도 경험했다. 이렇듯 여행자 한 명이 방문하는 나라에, 그리고 떠나온 나라에 미치는 영향은 굉장하다.

'관광'은 수많은 사람People의 삶에 영향을 미치며, 너무나 많은 장소Place에서 환경을 좌지우지하고, 전 세계 사람들의 인식Perception을 변화시킨다. 사람과 사람 사이의 접점에서 일어나는 모든 활동이 관광과 이어지고, 수많은 이들이 자신도 모르는 사이에 관광을 소비하고 생산하는 산업의 주체가 된다. 관광산업은 지역사회를 개발하는 데 직접적이고 즉각적인 효과를 발휘한다. 관광을 구성하는 다양한 서비스업의 특성상 여성과 아이들이 참여하기 쉽고, 관광객들이 먹고 잘 곳을 운영하는 일자리를 만들어낸다. 또한 관광명소를 관리하고 홍보하기 위해 지역의 문화와 유산을 보존할 가능성도 크다. 이렇듯 관광은 현지인과 관광객, 양자가 행복한 산업이 될 수 있다.

나는
관광커뮤니케이터

우리에게는 '관광'에 대한 새로운 정의가 필요하다. 그동안 우리 사회에는 관광에 대한 합의가 이루어진 적이 없다. 관광청에서, 여행사에서, 공공기관에서, 학계에서, 일반인들이 이야기하는 관광은 저마다 의미가 달랐다. 그렇다 보니 같은 주제로 이야기하고 있음에도 서로 다른 이야기를 하는 느낌이 들 때가 많았다.

나는 여행을 하며 수많은 사람과 '관광'에 대해 이야기하고 경험하며 관광을 배웠다. 그리고 앞으로도 끊임없이 여행하며 관광을 배우고, 사람들에게 내가 생각하는 관광에 관해 이야기하고 싶다. 그래서 관광을 주제로 사람들과 소통하는 '관광커뮤니케이터'라는 나만의 직업을 만들었다. 더 많은 곳을 여행하며 경험할 수 있는 관광의 무궁무진한 가치를 더 많은 사람에게 전달하고, 누구나 자유롭게 관광을 이야기하는 기회를 만들고 싶다. 여행을 마치고 돌아오니 관광이 얼마나 우리의 삶과 밀접하게 맞닿아 있는지 보인다. 더 많은 이들이 일상에서 관광의 가능성을 볼 수 있기를 바란다.